आचार्य चतुरसेन शास्त्री का जन्म 26 अगस्त 1891 में उत्तर प्रदेश के बुलंदशहर के पास चंदोख नामक गाँव में हुआ था। सिकंदराबाद में स्कूल की पढ़ाई खत्म करने के बाद उन्होंने संस्कृत कालेज, जयपुर में दाखिला लिया और वहीं उन्होंने 1915 में आयुर्वेद में 'आयुर्वेदाचार्य' और संस्कृत में 'शास्त्री' की उपाधि प्राप्त की। आयुर्वेदाचार्य की एक अन्य उपाधि उन्होंने आयुर्वेद विद्यापीठ से भी प्राप्त की। फिर 1917 में लाहौर में डी.ए.वी. कॉलेज में आयुर्वेद के वरिष्ठ प्रोफेसर बने। उसके बाद वे दिल्ली में बस गए और आयुर्वेद चिकित्सा की अपनी डिस्पेंसरी खोली। 1918 में उनकी पहली पुस्तक *हृदय की परख* प्रकाशित हुई और उसके बाद पुस्तकें लिखने का सिलसिला बराबर चलता रहा। अपने जीवन में उन्होंने अनेक ऐतिहासिक और सामाजिक उपन्यास, कहानियों की रचना करने के साथ आयुर्वेद पर आधारित स्वास्थ्य और यौन संबंधी कई पुस्तकें लिखीं। 2 फरवरी, 1960 में 68 वर्ष की उम्र में बहुविध प्रतिभा के धनी लेखक का देहांत हो गया, लेकिन उनकी रचनाएँ आज भी पाठकों में बहुत लोकप्रिय हैं।

धर्मपुत्र

आचार्य चतुरसेन

राजपाल

स्थापित 1912
100 वर्षों की
श्रेष्ठ प्रकाशन परम्परा
राजपाल

₹ 215
ISBN : 9789386534279
संस्करण : 2025

DHARAMPUTRA (Novel) by Acharya Chatursen

मुद्रक : जी.एस. ऑफसेट, दिल्ली

राजपाल एण्ड सन्ज़

1590, मदरसा रोड, कश्मीरी गेट, दिल्ली-110006
फोन: 011-23869812, 23865483, 23867791
website : www.rajpalpublishing.com
e-mail : sales@rajpalpublishing.com
www.facebook.com/rajpalandsons

भूमिका

कृश्न चन्दर को एक पार्टी दी गई थी। पार्टी दिल्ली के एक प्रतिष्ठित प्रकाशक ने दी थी। निमन्त्रण मुझे भी मिला। गो यह एक नई बात थी। आमतौर पर मुझे लोग पार्टियों में बुलाते-उलाते नहीं। नई दिल्ली के एक शानदार होटल में पार्टी का आयोजन था। पार्टी में अनेक प्रकाशक, साहित्यिक, पत्रकार और अध्यापक भी थे। और मैं तो था ही। पार्टी की धूमधाम और शान को मैंने देखा। कृश्न चन्दर को देखा—निपट बालक-सा तरुण है। मैं सोच रहा था—इसे भला क्यों पार्टी दी गई? ऐसी शानदार पार्टी तो मुझे मिलनी चाहिए थी। इसके बाद अकस्मात् मेरे मन में एक विचार पैदा हुआ कि क्या कारण है अब तक मुझे किसी ने ऐसी शानदार पार्टी नहीं दी। चालीस साल कलम घिसी, पैंसठ की दहलीज़ पर पहुँचा, ग्रंथों की संख्या एक सौ इक्कीस को पार कर गई, फिर क्या लोग अन्धे हैं, बहरे हैं, मूर्ख हैं या साहित्य को समझते नहीं हैं? क्या बात है? वास्तव में पार्टी यदि किसी को मिलनी चाहिए थी, तो मुझी को मिलनी चाहिए थी। मैंने एक बार आँख और सिर उठाकर चारों ओर देखा, तो मुझे ऐसा प्रतीत हुआ कि उस जमघट में मुझसे बड़ा साहित्यकार तो कोई नज़र नहीं आ रहा है। फिर भी पार्टी मुझे नहीं, कृश्न चन्दर को ही दी गई थी। इसमें तनिक भी शुबहा न था।

बड़ी देर तक मैं इस बात पर विचार करता रहा। और अन्त में मेरे मन ने मान लिया कि मैं सिर्फ आयु में ही कृश्न चन्दर से बड़ा हूँ, परन्तु साहित्यकार बड़ा कृश्न चन्दर ही है, गो है बालक ही। अब मुझे इस बात का भी पछतावा हो रहा था कि मैं तो कृश्न चन्दर के सम्बन्ध में कुछ जानता ही नहीं हूँ। खुदा की मार मुझ पर कि मैंने उनकी कोई कहानी पढ़ी ही नहीं। निन्दा और स्तुति मैं साहित्यकारों की सुनने का आदी नहीं। अब मैं घबराने भी लगा कि थोड़ी देर में भाषण होंगे—कृश्न चन्दर की और उनके साहित्य की प्रशंसात्मक आलोचना करनी होगी। संभवतः यह काम मुझे ही सबसे प्रथम अंजाम देना होगा, क्योंकि

यहाँ सबसे बड़ा साहित्यकार तो मैं ही हूँ; गो कृश्न चन्दर से छोटा ही सही। मगर कहाँ? प्रशस्तिगान आरम्भ कराया गया देवेन्द्र सत्यार्थी से। मानता हूँ कि उनकी जैसी शानदार दाढ़ी दिल्ली-भर में नहीं मिल सकती, हालाँकि इस वक्त दिल्ली दाढ़ियों का सबसे बड़ा मार्केट है। मगर उस मजलिस में मैं तो था ही; उग्र थे, जैनेन्द्र थे और भी अनेक थे। इन सबके सिर पर लम्बी दाढ़ी की यह थानेदारी मुझे बहुत नागवार प्रतीत हुई। गो दाढ़ी बहुत ही शानदार थी, और कला की दृष्टि से वह भी साहित्य के अन्तर्गत आती है। निरालापन ही तो साहित्य की जान है—और यह दाढ़ी ज़रूर निराली थी। फिर भी हम लोगों के रहते हुए सिर्फ दाढ़ी ही के ज़ोर पर उसे साहित्यिक मजलिस की नाक का बाल बनाना अप्रैल की सिर्फ पहली तारीख को ही बर्दाश्त किया जा सकता है। उग्र भी शायद गुनगुने हो रहे थे—मैं सोच ही रहा था कि दाढ़ी के बाद अब मेरी बारी आएगी। परन्तु कहाँ? उग्र एकदम उठ खड़े हुए। अपना परिचय दिया, जो कहना-सुनना था, कह गए। परन्तु मेरी बारी तो फिर भी नहीं आई। बारी जैनेन्द्र की। धत्तेरे की! अब मुझे स्वीकार करना पड़ा कि जैनेन्द्र भी मुझसे बड़े साहित्यकार हैं—यद्यपि उम्र में वे भी छोटे हैं। जैनेन्द्र का भाषण आरम्भ हुआ—और मैंने कुछ सोचना आरम्भ कर दिया। पुरानी आदत है; जैनेन्द्र जब बोलने लगते हैं तो मैं किसी विषय का चिन्तन करने लगता हूँ। ध्यान से सुनने-समझने पर भी कुछ पता ही नहीं लगता कि वे क्या कह रहे हैं। बस, यही सोचकर सन्तोष कर लेता हूँ कि कुछ दार्शनिक बातें कर रहे होंगे—जिससे मैं प्याज़ की बू की तरह घबराता हूँ। इसलिए, जैनेन्द्र के भाषण के साथ ही मैं अपने किसी प्रिय को सोचने लगता हूँ। परन्तु उस समय मैं जैनेन्द्र ही की बात सोचने लगा। ज़रूर ही जैनेन्द्र मुझसे बड़े साहित्यकार हैं, तभी तो सब लोग मेरे रहते भी उन्हें ही आगे रखते हैं—जिसमें उन्हें भी कभी संकोच नहीं हुआ। अवश्य ही वे भी ऐसा ही समझते हैं। सोचते-सोचते मन ने कहा—प्रत्येक साहित्यकार का पृथक-पृथक ब्राण्ड है। जैनेन्द्र जलेबी ब्राण्ड साहित्यकार हैं। उनके साहित्य में जलेबी जैसा कुछ चिपचिप चिपकता, कुछ टपकता, कुछ गोल-गोल उलझा, कुछ सुलझा—मीठा-मीठा साहित्य-रस रहता है। बासी होने पर प्रसाद कहकर बेचा जाता है। फिर मेरा ध्यान सामने बैठे उग्र पर पड़ा। निस्संदेह उग्र डंडा ब्राण्ड साहित्यकार हैं—सीधा खोपड़ी पर खींच मारते हैं। फिर वह बिलबिलाया करे, अस्पताल जाए या चूना-गुड़ का लेप करे। और मैं हूँ लाठी ब्राण्ड साहित्यकार—चोट करूँगा तो ठौर करके धर देना ही मेरा लक्ष्य है, साँसें आने का काम नहीं। सामने नज़र उठी तो बनारसीदास चतुर्वेदी रसगुल्लों पर हाथ साफ

कर रहे थे। भई वाह, ये हैं बल्ली ब्राण्ड साहित्यकार। जिसका जी चाहे नापकर देखे ले। लीजिए साहेब, मैं तो सोचता ही रहा और लोग उठ-उठकर घर चलने भी लगे। हड़बड़ाकर देखा—पार्टी खत्म हो चुकी थी। भाषण और भी हुए थे। कृश्न चन्दर ने जवाब में भी कुछ कहा-सुनी की थी। पर मेरी हिमाकत देखिए—मुझे कुछ पता ही नहीं लगा। अब मैं समझ गया कि क्यों लोग मुझे बुलाते-वुलाते नहीं। परन्तु अब क्या हो सकता था? पछताता-पछताता घर चला आया।

बहुत गुस्सा आ रहा था सब लोगों पर। क्यों नहीं लोग मुझे ऐसी पार्टियां देते? परन्तु कहूँ किससे? मन ही मन खीझ रहा था कि मन ने एक धक्का दिया, कहा—अपनी इतनी पूजा करता है तो दुनिया से क्या? तू खुद अपनी ओर देख, अपना साहित्य रचे जा, अपनी कलम चलाए जा, अपने आँसू बिखेरे जा। अपनी रचना आप ही पढ़। अपनी सम्पदा से आप ही सम्पन्न रह। मगन रह। पार्टी-वार्टी को गोली मार, और उठा अपना कलम। अभी उठा। इस वक्त दिल चुटीला है—ऐसी ही चोट खाकर साहित्यिक वेदनाएँ मूर्त होती हैं। खींच तो एक 'दर्द की तस्वीर'।

क्या कहा जाए, अपने ही मन की बात टाली नहीं जा सकी। लो साहेब, हद हो गई। हाथ आप ही कलम पर आ पड़ा। कलम था फाउंटेन पैन। इसी साल मेरे चौंसठवें जन्म-नक्षत्र पर दिल्ली की प्रगतिशील साहित्य-परिषद् ने मुझे स्नेह-भेंट के रूप में दिया था। इस सम्बन्ध में भी कुछ कहना पड़ा। आज तक किसी भी साहित्यकार, साहित्य-संस्था या साहित्य संघ ने कभी मेरे पास आकर नहीं कहा—कि आ, तुझे हम सम्मानित करें। तेरा जन्म-नक्षत्र मनाएँ, तेरी कुछ धूमधाम करें, पब्लिसिटी करें। न कभी किसी सम्मेलन का सभापति ही मुझे बनाया गया।

आह-ब-ज़ारी बहुत की। सभापति बनाना तो दूर—साहित्य सम्मेलन के अधिवेशन में कभी मुझे निमन्त्रण तक नहीं मिला। पिछली बार मेरठ में हिन्दी साहित्य सम्मेलन का अधिवेशन था। वहाँ मैं बिना बुलाए ही चला गया—इसलिए कि पास तो है ही, बहुत-से साहित्य-बन्धुओं के दर्श-पर्श हो जाएँगे। देखा सबने, पर किसी ने भीतर मंच पर चलकर बैठने तक को नहीं कहा। दो दिन बाहर ही बाहर घूमकर चला आया। सो ऐसी हालत में हर साल मैं ही अपना जन्म-नक्षत्र मना लिया करता हूँ। बन्धु-बान्धव, मित्र और कुछ साहित्य-परिजन आ जाते हैं—मेरे घर को जुठार जाते हैं, मेरे प्राणों को आनन्द दे जाते हैं। पर भेंट-उपहार कभी कोई नहीं देता। इस बार न जाने यह क्या एक बदपरहेज़ी हो ही गई कि प्रगतिशील मण्डल ने हरिदत्त भाई के हाथ मुझे एक कलम भेंट दी। उसी समय मैंने यह

स्वीकारोक्ति की थी कि इस कलम से पहली बार एक उपन्यास लिखूँगा। और यह भी लिख दूँगा कि–कि यह उपन्यास इस कलम से लिखा हुआ है। सो हाथ इस कलम पर आ पड़ा और वह स्वीकारोक्ति भी याद पड़ गई। बस, एक पन्थ दो काज। उसी कलम से 'दर्द की यह तस्वीर' खींची गई है। इस तस्वीर में दर्द जितना है वह मेरे कलेजे का है, और प्यार जितना है वह प्रगतिशील साहित्य-मण्डल के सदस्यों का–जो उन्होंने अपने कलम में भरकर मेरे जन्म-नक्षत्र पर भेजा था।

26 अगस्त, 1954

–चतुरसेन

1

मई के अन्तिम दिन। दिल्ली जैसे भाड़ में भुनी जा रही थी। पंखा आग के थपेड़े मार रहा था। डाक्टर अमृतराय ने अपने अन्तिम रोगी को बेबाक किया और कुर्सी छोड़ी। परन्तु इसी समय एक कार डिस्पेन्सरी के सामने आकर रुकी। डाक्टर ने घड़ी की ओर नज़र घुमाई, एक बज रहा था। उसकी भृकुटी में बल पड़ गए—भुनभुनाकर उसने कहा, 'नहीं, इस समय अब और कोई मरीज़ नहीं देखा जाएगा।' परन्तु उसने देखा—एक भद्र बूढ़ा मुसलमान कार से उतरकर हाथ की कीमती छड़ी के सहारे धीरे-धीरे डिस्पेन्सरी की सीढ़ियों पर चढ़ रहा है।

कार निहायत कीमती और नई थी। वृद्ध की आयु अस्सी के ऊपर होगी। लम्बा, छरहरा और कभी का सुन्दर कमनीय शरीर सूखकर झुर्रियों से भर गया था। कमर झुक गई थी। और अब, जैसे वृद्ध की दोनों टाँगें उसके शरीर के भार को उठाने में असमर्थ हो रही थीं, इसी से वह एक कीमती नाज़ुक मलक्का छड़ी के सहारे आगे बढ़ रहा था। बदन पर महीन तनज़ेब का चिकनदार कुर्ता, और उस पर अतलस की अद्धी। सिर पर डेढ़ माशे की लखनवी दुपल्ली टोपी, पुराने फैशन के कटे बाल, ढीला पायजामा और वसली के सलीमशाही जूते। वृद्ध का उज्ज्वल गौर वर्ण उसकी बगुले के पर जैसी सफ़ेद दाढ़ी-मूँछों से स्पर्द्धा-सा कर रहा था। बड़ी-बड़ी आँखों में लाल डोरे उसके अतीत रुआबदार जीवन की साक्षी दे रहे थे। उन्नत ललाट और उभरी हुई नाक तथा पतले सम्पुटित होंठ उसके व्यक्तित्व को प्रभावशाली बना रहे थे।

वृद्ध ने भीतर आकर मुस्लिम तरीके से दोनों हाथ बढ़ाकर डाक्टर के हाथ अपने हाथों में लेकर अभिवादन किया। फिर कुछ काँपती-सी धीमी आवाज़ में कहा, 'मुआफ कीजिए, मैंने बेवक्त आपको तकलीफ दी। ओफ, किस शिद्दत की गर्मी है, आग बरस रही है। यह आपके आराम करने का वक्त है, लेकिन मैं भीड़ से बचने और तख्लिये में आपसे मिलने की खातिर ही देर से आया।' इतना

कहकर जेब से पर्स निकाला और बत्तीस रुपयों के नोट टेबल पर आहिस्ता से रखकर वह डाक्टर के मुँह की ओर देखने लगा।

नकद फीस को देख तथा वृद्ध के अस्तित्व से प्रभावित होकर डाक्टर ने नम्रतापूर्वक कहा, 'कोई बात नहीं। मुझे तो रोज़ ही इस वक्त तक बैठना पड़ता है। फरमाइए, मैं आपकी क्या सेवा कर सकता हूँ! लेकिन, आप कृपा कर बैठिए तो।'

'अब इस वक्त नहीं, फिर कभी, जब आपको फुर्सत हो। जबकि हम लोग इत्मीनान से बातें कर सकें।'

'तो कल, इसी वक्त।'

'बेहतर, लेकिन इस गर्मी में तो मेरी जान ही निकल जाएगी।' बूढ़ा भुनभुनाया। और उसी तरह डाक्टर के हाथों को अपने हाथ में लेकर उन्हें आँखों से लगाया और कहा, 'खुदा हाफिज़।'

वह चल दिया। डाक्टर ने बाहर आकर उसे सादर विदा किया। कार के जाने पर डाक्टर बड़ी देर तक उसी की बात सोचता रहा—अवश्य ही यह बूढ़ा सनकी रईस किसी रहस्य से सम्बन्धित है।

2

दूसरे दिन ठीक समय पर बूढ़ा आ पहुँचा। इस समय कार की खिड़कियों में दुहरे शीशे जड़े थे और भीतर गहरे आसमानी साटन के पर्दे लगे थे। डाक्टर बूढ़े के अभिप्राय को कुछ-कुछ समझ गया था और उसने पहले से ही यहाँ एकान्त की सब सम्भव व्यवस्था कर रखी थी।

डिस्पेन्सरी में आकर बूढ़े ने उसी भाँति मुस्लिम पद्धति से डाक्टर का अभिवादन किया; एक बार डिस्पेन्सरी पर सतर्क दृष्टि डाली और बत्तीस रुपए मेज़ पर रखकर कहा, ''क्या यहाँ हम इत्मीनान से बातें कर सकते हैं?'

'यकीनन', डाक्टर ने जवाब दिया।

'तो मैं उसे बुलाऊँ?' उसने साभिप्राय दृष्टि से डाक्टर की ओर देखा।

डाक्टर की आँखें कार की नीले साटन से ढकी हुई खिड़कियों की ओर उठ गईं। उसने आहिस्ता से कहा, 'जैसा आप मुनासिब समझें।'

बूढ़ा उसी भाँति छड़ी टेकता हुआ कार तक गया। कार का दरवाज़ा खुला

और कीमती काली सिल्क का बुर्का ओढ़े हुए एक किशोरी ने हाथ बढ़ाकर अपनी चम्पे की कली के समान कोमल उँगलियों से बूढ़े का हाथ पकड़ लिया। हाथ का सहारा लेकर वह नीचे उतरी और धीरे-धीरे लाल मखमल के जूतों से सुशोभित उसके चरण आगे बढ़कर डिस्पेन्सरी की सीढ़ियों पर चढ़ने लगे।

बाला का सर्वांग बुर्के से ढका था। केवल उन मखमली जूतों के बाहर उसके उज्ज्वल चरणों का जो भाग खुला दिख पड़ता था—तथा चम्पे की कली के समान जो दो उँगलियाँ बुर्के से बाहर बूढ़े के हाथ को पकड़े थीं— उसी से उस अनिन्द्य सुन्दरी की सुषमा का डाक्टर ने अनुमान कर लिया। वह भीता-चकिता हरिणी के समान रुकती-अटकती सीढ़ियां चढ़ रही थी। उसका सीधा-लम्बा और दुबला-पतला किशोर शरीर और बहुत संकोच सावधानी से छिपाया हुआ प्रच्छन्न यौवन डाक्टर को विचलित कर गया। उसकी बोली बन्द हो गई। उसके मुँह से बात ही नहीं निकली।

सबके यथास्थान बैठ जाने पर वृद्ध ने एक बार छिपी नज़रों से बाला की ओर, फिर डाक्टर की ओर देखा, तब कहा :

"शायद आपने मेरा नाम सुना हो, मेरा नाम मुश्ताक अहमद है।"

"आप रंगमहल वाले नवाब मुश्ताक अहमद सालार जंग बहादुर हैं?" डाक्टर ने कुछ झिझकते हुए और आदर प्रदर्शित करते हुए कहा।

"जी हाँ, और आपके वालिद मरहूम—खुदा उन्हें जन्नत दे—मेरे गहरे दोस्त थे। मेरी ही सलाह से उन्होंने आपको विलायत पढ़ने को भेजा था।"

"मैं अच्छी तरह हुजूर के नाम से वाकिफ हूँ। पिताजी ने मुझसे अक्सर आपका ज़िक्र किया है, और यह भी बताया था कि आप ही ने मेरी विलायत की तालीम का कुल सर्फा उठाया था। वे मरते दम तक आपका नाम रटते रहे, लेकिन मुलाकात न हो सकी। आप शायद यहाँ अरसे से नहीं रहते हैं?"

"जी हाँ, मैं अरसे से कराची में रह रहा हूँ। कल ही हम लोग मंसूरी से यहाँ आए हैं। इधर कई साल से मैं गर्मी में मंसूरी ही रहता हूँ।"

"आपने दर्शन देकर कृतार्थ कर दिया। अब फरमाइए, आपकी क्या सेवा मैं कर सकता हूँ?"

"शुक्रिया!" नवाब ने अजब अन्दाज़ से सिर झुकाया, आँखें बन्द कीं और क्षण-भर कुछ सोचा, फिर जैसे एकाएक साहस मन में लाकर कहा, "यह मेरी पोती शाहज़ादी हुस्नबानू है। माँ-बाप इसके कोई नहीं हैं। मेरी भी अब कोई दूसरी औलाद नहीं है। यही वारिस है। बात इसी के मुतल्लिक होगी।"

“मर्ज़ क्या है?” डाक्टर ने सहज स्वभाव से पूछा।

“मर्ज़? मर्ज़ बेआबरुई।’

डाक्टर कुछ भी न समझ सका। उसने अचकचाकर बाला की ओर देखा जो इस समय बुर्के के भीतर पीपल के पत्ते के समान काँप रही थी, फिर उसकी प्रश्नसूचक दृष्टि नवाब के चेहरे पर अटक गई।

बूढ़े ने अब अकंपित वाणी से कहा, “शायद इस नए मर्ज़ का नाम आपने अभी न सुना हो। आप बड़े डाक्टर तो ज़रूर हैं, पर नए हैं, नौजवान हैं। ज़िन्दगी सलामत रही तो आप देखेंगे कि ऐसी बीमारियाँ आम होती हैं, खासकर बड़े घरों में तो यह बेहद तकलीफदेह हो जाती हैं।” एक दार्शनिक-सा भाव उसकी आँखों और होंठों में खेल गया। डाक्टर उलझन में पड़ गया। उसने कहा, “मेहरबानी करके ज़रा साफ-साफ कहिए, मामला क्या है?”

“यही मुनासिब भी है। लड़की हामिला है। उम्र इसकी बाईस साल की है। और इसी नवम्बर में इसकी शादी नवाब वज़ीर अली खाँ से होना करार पा चुका है।”

परेशानी की रेखाएँ डाक्टर के माथे पर खिंच गईं। उसने कहा, “लेकिन, लेकिन इसमें मैं आपकी क्या मदद कर सकता हूँ। आप मेरे मुरब्बी ज़रूर हैं, पर आप मुझसे कोई गैरकानूनी काम कराने की तो उम्मीद ही न रखेंगे।”

“कतई नहीं, मैं तो आपसे महज़ एक इन्सानी फर्ज़ अदा कराना चाहता हूँ। आपके वालिद की दोस्ती के नाम पर, या उस सलूक के बदले जिसका अभी आपने ज़िक्र किया है। इसके सिवा मैं आपको इसका मुनासिब मुआवज़ा भी दूँगा।”

“लेकिन आप चाहते क्या हैं? किस तरह मैं अपना फर्ज़ अदा कर सकता हूँ।”

“बताता हूँ। पहले आप मेरे कुछ सवालों का जवाब दीजिए।”

“पूछिए आप।”

“आपकी शादी हो गई है?”

“जी हाँ।”

“आपको कोई बाल-बच्चा है?”

“जी नहीं।”

“बेहतर, तो आप इस बच्चे के ‘धर्मपिता’ बन जाइए। मैंने हिन्दू आलिमों से सुना है, भले हिन्दू ‘धर्मपिता’ होना सवाब का काम समझते हैं। मैं इक्कीस गाँवों का समूचा इलाका इस बच्चे के नाम कर दूँगा। लेकिन बज़ाहिरा आप बच्चे

के धर्मपिता नहीं, असल बाप ही कहलाएँगे। यानी यह बच्चा मेरी लड़की का नहीं, आपका ज़ाती बच्चा, आपका और आपकी बीवी का पैदायशी बच्चा कहलाएगा। और मैं आपके इस बच्चे का 'धर्मपिता' बनकर अपनी आधी जायदाद, यानी इक्कीस मौज़ो का इलाका बच्चे के नाम लिख दूँगा।"

डाक्टर का सिर घूम गया। उसने कहा—"लेकिन यह हो कैसे सकता है?"

"आप मंजूर कर लीजिए तो मैं यह भी अर्ज़ करूँगा।"

"आप पूरी बात कर लीजिए, तो मैं कुछ सोचूं और अर्ज़ करूं।'

"पहली बात तो यह कि आप और आपकी बीवी दोनों हमारे साथ मंसूरी चलें। और जब तक बच्चा पैदा होकर तीन महीने का न हो जाए, हमारे साथ वहीं रहें। इस दौरान में मैं आपको बतौर हर्जाने पाँच हज़ार रुपए माहवार दूँगा, इसके अलावा तमाम अखराज़ात भी मैं उठाऊँगा। किसी किस्म की तकलीफ आपको न होगी। यह मई का महीना खत्म हो रहा है, जुलाई या अगस्त में डिलीवरी हो जाएगी। और अक्तूबर के आखिर तक आप ढाई या तीन माह के बच्चे को लेकर बखुशी दिल्ली आ सकते हैं। किसी को कानों-कान यह शक करने की गुंजाइश भी न रहेगी कि बच्चा आपका नहीं है। यहाँ आकर आप एक दावत अपने दोस्तों को दे सकते हैं, तभी मैं भी आपको दावत देकर इलाका आपके बच्चे को लिख दूँगा।"

डाक्टर सोच में पड़ गए। फिर कहा, "मुझे आप सोचने का कुछ समय दीजिए। फिर मुझे अपनी स्त्री से भी सलाह करनी होगी।"

"सोचने-विचारने का मौका मैं आपको नहीं दूँगा, और आपकी बीवी से इस मामले में मैं ही बात करूँगा। और अगर मेरी यह आरजू नहीं मानेंगे तो मैं समझ लूँगा कि मेरे और आपके वालिद के बीच पचास साल तक जो भाईचारा रहा, उसकी कीमत आप, गो कि बहुत शरीफ और आमिल हैं, कानी कौड़ी के बराबर भी नहीं समझते।"

बूढ़ा नवाब तैश में आकर खड़ा हो गया। फिर उसने कहा, "और कुछ मिनट आपके बरबाद होंगे—यहाँ तक जब बात हो चुकी है तो आपको मुनासिब है कि आप बानू से भी दो-दो बातें कर लें। मैं तब तक बाहर जाता हूँ।"

इतना कहकर नवाब उसी भाँति छड़ी टेकता हुआ बाहर आकर कार में बैठ गया।

डिस्पेन्सरी में रह गए—डाक्टर और हुस्नबानू शाहज़ादी। कुछ देर सन्नाटा रहा—इसके बाद हुस्नबानू ने कहा, 'ज़रा तकलीफ उठाकर डिस्पेंसरी का दरवाज़ा

भीतर से बन्द कर लीजिए—बेआबरुई का मर्ज़ है—डाक्टर से परदा फजूल है, मगर दीगर...।'' वीणा की झंकार के समान कुछ कोप के-से ये स्वर डाक्टर की चेतना को आहत-सा कर गए।

डाक्टर ने उठकर द्वार बन्द कर लिया। दरवाज़ा बन्द करके जब वह लौटा तो उसकी आँखें चौंधिया गईं। हुस्नबानू ने अपना बुर्का उतारकर रख दिया था—स्लेटी रंग की न्यूकट जार्जेट की साड़ी में छनकर उसका धवल कुन्दकली के समान नवल रूप आलोक बिखेर रहा था। आँखें उसकी रोते-रोते सूजकर फूल गई थीं—वे लाल चोट हो रही थीं—फिर उनमें व्यक्त क्रुद्ध सिंहनी के समान तीखी दृष्टि डाक्टर पर केन्द्रित थी। हीरे के समूचे टुकड़े से जैसे उसका मुख-चन्द्र निर्मित हुआ था। वह उज्ज्वल गौरवर्ण और सुडौल शरीर ऐसा था, जैसा डाक्टर ने अपने जीवन में आज तक नहीं देखा था। उस रूप में माधुर्य के साथ ही एक तेज—गौरव और प्रताप व्यक्त हो रहा था, जिससे अभिभूत होकर डाक्टर की वाणी जड़ हो गई। उसके मुँह से बोली न निकली। उस तेज को जैसे न सहकर उसकी आँखें नीचे को झुक गईं।

बानू ने बात शुरू की। उसने कहा :

''आपने इन्कार तो किया नहीं—सिर्फ सोचने का वक्त माँगा है, उम्मीद है, सौदा पट जाएगा। सौदा तो बड़े अब्बा ने कर ही लिया है, लेकिन मैं कुछ अखलाकी सवाल आपसे करूँगी।''

''फरमाइए।''

''मेरा यह काम, जिसकी वजह से मैं इस ज़िल्लत में फँस गई हूँ—आप कैसा समझते हैं?''

''मैं समझता हूँ, आपके साथ धोखा और विश्वासघात हुआ है।''

''जी नहीं, मैं कोई अनपढ़—बेवकूफ और दहकानी, बेसमझ लड़की नहीं हूँ। कैम्ब्रिज युनिवर्सिटी की ग्रेजुएट हूँ, और इसी साल मैंने मनोविज्ञान में एम. ए. की डिग्री ली है।''

''तब तो...''

''कहती हूँ, मैंने अपने पसन्द का जीवन-साथी चुना और इत्मीनान से अपने-आपको उसे सौंप दिया। लेकिन बड़े अब्बा को यह पसन्द नहीं हुआ। क्योंकि जिसे मैंने अपने को सौंपा, वह महज़ एक प्रोफेसर है, नवाब नहीं है—नवाबज़ादा भी नहीं है। उसकी कोई खानदानी हिस्ट्री भी नहीं है। बड़े अब्बा की बहुत भारी स्टेट है—वे चाहते तो उन्हीं को सब स्टेट देकर नवाब बना सकते थे। मगर उन्होंने

आपको आधी जायदाद देना कबूल किया—पर उन्हें नहीं। वे नवाब वज़ीर अली खाँ बहादुर से मेरी शादी कर रहे हैं—जिनकी तीन बीवियाँ पहले से मौजूद हैं, और जिनकी सूरत ठीक गैंडे के जैसी है, उम्र भी माशा अल्लाह, पचास के ऊपर होगी।''

''आप क्या यह शादी पसन्द नहीं करतीं?''

''कैसे कर सकती हूँ—जबकि मैं अपने-आपको किसी को दे चुकी; फिर कहीं कुछ तुक भी तो हो!''

''तो फिर आप इन्कार कर दीजिए। आप बालिग हैं—और उन्हीं से शादी कीजिए जिन्हें आपने अपना शौहर चुना है।''

''मुझे कोई कानूनी दिक्कत नहीं है, उन्होंने भी यही कहा था। मगर मैं ऐसा नहीं कर सकती?''

''क्यों नहीं कर सकतीं?''

''इसलिए कि बड़े अब्बा ने मुझे बचपन से अपना प्यार दिया है। जब अब्बा न रहे तो मुझे गोद में लेकर वे यही कहकर दिल की आग बुझाते रहे कि—तू उसी का नूर है। बड़े अब्बा बड़े शानदार आदमी हैं। बड़े हौसलेमन्द हैं, बड़े दिलवाले हैं। वे अपनी नवाबी शान को नहीं छोड़ सकते। खानदानी इज़्ज़त का ख्याल भी उन्हें बहुत है, इसी से उन्होंने मेरे इस मुकाम को नापसन्द किया और मेरी शादी नवाब वज़ीर अली खाँ बहादुर से तय कर दी। तब मेरा फर्ज़ है कि उनकी बात पर हर्फ न लगाऊँ—मेरी ज़रा-सी ज़िन्दगी तबाह हो जाए तो परवाह नहीं, लेकिन मैं उनकी मर्ज़ी के खिलाफ कुछ नहीं कर सकती।''

''लेकिन इस तरह शादी करना तो सरासर एक-दूसरे को धोखा देना है। क्या आप नवाब वज़ीर अली खाँ बहादुर पर यह राज़ जाहिर कर देंगी?''

''नहीं कर सकती।''

''और वह प्रोफेसर?''

''नहीं करेंगे।''

''लेकिन बड़े नवाब आपके आराम और तकलीफ का कुछ ख्याल ही नहीं करेंगे? वे अगर आपकी शादी प्रोफेसर साहब से कर दें तो कोई झगड़ा-झंझट ही नहीं है।''

''ये सब बातें तो हो चुकीं। घर में न कोई दूसरी औरत है न मर्द, सिर्फ मैं और बड़े अब्बा हैं। वे अपनी खानदानी इज़्ज़त के बाद मुझी को प्यार करते हैं और मैं अपने से ज़्यादा उन्हें प्यार करती हूँ। इसी से मैंने जब मुँह खोलकर

अपनी दिक्कत उनके सामने पेश की तो वे गुस्सा नहीं हुए, उन्होंने कहा—तब तो बानू, तेरी शादी प्रोफेसर से ही होनी चाहिए, मेरी बात जाए तो जाए। —लेकिन मैंने यह मंजूर नहीं किया और कहा—यह नहीं होगा बड़े अब्बा, आपकी बात और खानदानी इज़्ज़त पहले है। मैंने पहले इसका कुछ खयाल नहीं किया था; लेकिन अब तो आप जैसा चाहेंगे। वैसा ही होगा।''

डाक्टर के हृदय में कहीं जाकर दर्द उठा। उसने आँख उठाकर बानू के लाल-लाल फूले हुए नेत्रों को देखकर कहा, ''तो फिर, आपकी ये लाल-लाल फूली हुई आँखें...''

''अपने लिए नहीं, उनके लिए, जिनकी ज़िन्दगी मैंने सूनी कर दी, लेकिन फर्ज़ कीजिए, मैं मर ही जाती; तब भी तो उन्हें सब्र करना पड़ता।''

एकाएक डाक्टर के मन में एक बात उठी। उसने कहा :

''तब तो नवाब जो काम मेरे सुपुर्द करना चाहते हैं, प्रोफेसर के सुपुर्द भी कर सकते हैं। यह ज़्यादा ठीक भी रहेगा।''

''बड़े अब्बा ऐसा नहीं कर सकते। मैं कह चुकी हूँ। फिर मैं भी इसी में भलाई समझती हूँ कि मुझसे और बच्चे से उनका कोई ताल्लुक ही न रहे।''

''सिर्फ बड़े नवाब साहब की एक सनक के लिए आप कई-कई ज़िन्दगी बर्बाद कर देना पसन्द करती हैं?''

''ऐसा तो दुनिया में होता ही है डाक्टर! लड़ाई में लाखों जवान जो कट मरते हैं, तो कुछ अपने किसी काम से नहीं—अपने जनरल के हुक्म से, मालिक के नाम और काम के लिए। यों एक-एक जान की कीमत लेकर हम कहाँ तक दुनिया में आगे बढ़ सकते हैं!''

''आपके विचार पाक हैं, आदर्श ऊँचे हैं, मैं उन्हें पसन्द भले ही न करूँ लेकिन मैं आपकी इज़्ज़त के लिए—आप जैसा कहेंगी—करने को राज़ी हूँ।''

''लेकिन आपकी बीवी?''

''वह तो नवाब साहब ने अपने ज़िम्मे ली है।''

''शुक्रिया, मेरी अपनी एक आरज़ू है।''

''फर्माइए।''

''मेरे बच्चे को, चाहे वह लड़का हो या लड़की—कभी भी उसकी माँ का नाम न बताइए—न बाप का। मुझे कभी-कभी उसे देख लेने और प्यार करने की इजाज़त दीजिए। अल्लाह आपका भला करेगा।''

''ऐसा ही होगा शाहज़ादी साहिबा।''

"तो बात खत्म हुई। दरवाज़ा खोल दीजिए और बड़े अब्बा को बुला लीजिए।" उसने बुर्का पहन लिया।

नवाब के भीतर आने पर डाक्टर ने कहा, "आपका हुक्म बजा लाऊँगा, लेकिन मेरी दो शर्तें हैं—एक मेरी स्त्री को आप राज़ी कर लें, दूसरे वह सौदा-सुल्फ रहने दें। ज़मीन-ज़ायदाद की बात छोड़ दें।"

"खैर, तो ये दोनों बातें आप मुझी पर छोड़ दीजिए। मैं कल सुबह आपकी बीवी से बात करने आऊँगा।"

वह उठा। उसी भाँति डाक्टर को अभिवादन किया और बानू के कन्धे का सहारा लेकर धीरे-धीरे डिस्पेंसरी से बाहर हो गया।

3

डाक्टर की पत्नी का नाम था अरुणा, उसे राज़ी करने में नवाब को कठिनाई नहीं हुई—सन्तान की प्रच्छन्न लालसा तथा स्त्री-जाति पर दया-भावना से अभिभूत होकर उसने स्वीकृति दे दी। अतुल सम्पदा पर भी उसका ध्यान गया। डाक्टर यद्यपि कहते थे कि वे सौदा नहीं चाहते, परन्तु यह ऐसा सौदा न था जो आसानी से अपने प्रलोभन का प्रभाव जाने दे। फिर हुस्नबानू को देखकर डाक्टर जिस प्रकार प्रभावित हो गया था, उसी भाँति डाक्टर की पत्नी भी प्रभावित हुई।

इस प्रकार सब बातें ठीक-ठीक तय हो गईं और डाक्टर सपत्नीक नवाब के साथ मसूरी चले आए। यथा समय हुस्नबानू ने पुत्र को जन्म दिया—और प्यार और खून का सदमा खाकर उसने उसे आँसुओं से आँखें भरकर डाक्टर की पत्नी को दिया। सारे ही औपचारिक बन्दोबस्त हो गए और एक दिन हुस्नबानू के उस कलेजे के टुकड़े को अपनी बिना दूध की छाती से लगाकर अरुणादेवी दिल्ली चली आईं। दुःख व शोक से असहाय हुस्नबानू मूर्च्छित हो गई।

दिल्ली में आकर डाक्टर अमृतराय ने धूमधाम से पुत्र-जन्मोत्सव मनाया। हिन्दू-संस्कार किए और बालक का नाम रखा—दिलीपकुमार राय।

कुछ दिन बाद नवाब ने दिल्ली आकर अपने घर एक जश्न किया। उसमें सभी परिचित हिन्दू-मुसलमान मित्र-परिजनों को बुला, सबके सामने डाक्टर, उनकी पत्नी और पुत्र का अभिनन्दन किया। नवाब ने कहा, "ये डाक्टर अमृतराय मेरे दोस्त बंसगोपालराय के पुत्र हैं। बचपन ही से मैंने इन्हें अपना पुत्र समझा है।

मेरे और बंसगोपालराय के बीच भेदभाव न था। हम लंगोटिया यार थे। मैंने ही हठ करके इन्हें विलायत भेजा था। मैंने ही इनकी शिक्षा का सारा खर्च बर्दाश्त किया। अब, जब डाक्टर अमृतराय को पुत्र-लाभ हुआ है, और इस खुशी में शामिल होने के लिए बंसगोपाल ज़िन्दा नहीं रहे, मैं उनकी जगह उनके हिस्से की खुशी ज़ाहिर करता हूँ और मेरी यह खुशी सिर्फ ऊपरी ही नहीं है, दिली है। इसका अभी मैं एक सबूत आपको दूँगा। बंसगोपाल ज़िन्दा होते तो वे भी यही करते।''

इतना कहकर नवाब क्षण-भर को रुके। एक नज़र उन्होंने उपस्थित लोगों पर डाली। शायद अपने खिसकते हुए हृदय को बल दिया। हुस्नबानू की स्मृति पर पर्दा डाला, आँखों के उमड़ते आँसुओं को भीतर ही जज़्ब किया और आवाज़ की कँपकँपी को संभाला। फिर धीर स्थिर स्वर में कहा, ''आप सब जानते हैं, मेरी कोई औलाद नहीं। मेरी पोती हुस्नबानू ही एक मेरा सहारा है। आज हुस्नबानू के बाप छोटे नवाब ज़िन्दा होते, तो वे भी अमृतराय के बराबर ही होते; मगर खुदा ने उन्हें अपनी खिदमत में ले लिया। शुक्र है उसका। आप देखते हैं, मैं सुबह का चिराग हूँ। मेरा दिल प्यार से भरपूर है, ज़िन्दगी-भर मैंने अपने फर्ज़ को अव्वल दर्जा दिया है; आज भी मेरा वही ख्याल है।

''दुनिया के सामने दोस्ती की मिसाल पेश करने का इरादा नहीं रखता, न हिन्दू-मुस्लिम भाईचारे का कोई दिखावा कर रहा हूँ; मैं तो सिर्फ अपने दिली प्यार, ज़ज्बे और फर्ज़ को देख रहा हूँ। और मैं आज अपनी तमाम जायदाद के दो हिस्से करता हूँ। आधी जायदाद मैं अपनी पोती शाहज़ादी हुस्नबानू को देता हूँ और आधी दोस्त के लड़के, इस नन्हे-से फरिश्ते को। आप आमीन कहिए।''

लोग सकते की हालत में आ गए। इतना बड़ा दान, दोस्ती का इतना बड़ा पुरस्कार उन्होंने सुना भी न था। नवाब ने काँपते हाथों से दान-पत्र जेब से निकालकर हुस्नबानू की ओर देखा जो वहाँ स्त्रियों के बीच बैठी थी। नवाब की आवाज़ काँपी। मगर उन्होंने कहा, ''बेटी हुस्न, खड़ी हो जाओ और दुनिया के एक पाक काम को अंजाम देने में अपने इस बूढ़े अब्बा की मदद करो। यह कवाला लो और अपने मुबारक हाथों से उस नन्हें फरिश्ते के हाथ में दे दो।''

सैकड़ों आँखें उसी ओर उठ गईं। हुस्नबानू उठी और उसने अकम्पित हाथों से कवाला लेकर अरुणादेवी की गोद में लेटे हुए बालक के हाथों में दे दिया। परन्तु इसके बाद ही उसके पैर लड़खड़ा गए। बूढ़े नवाब ने भाँपकर उसे संभाला, वे उसे भीतर ले गए। भीतर जाते ही हुस्नबानू मूर्च्छित होकर धरती पर गिर गई।

पर किसी ने भी इस मर्मपीड़िता, बाणविद्धा हरिणी की वेदना को नहीं जाना।

बाहर शहनाई बज रही थी, डाक्टर पर मुबारकवादियों की वर्षा हो रही थी, हर्षोन्माद में लोग भाँति-भाँति की बातें कह रहे थे। कोई आश्चर्यमुद्रा से कपार पर आँखें चढ़ाकर कह रहे थे, ''अभूतपूर्व है, अद्‌भुत! ऐसी दोस्ती का निभाव, ऐसा त्याग, ऐसा दान देखा नहीं, सुना भी नहीं!''

खाने-पीने की धूमधाम चली। इत्र-पान से सत्कृत होकर आगत-समागत सब अपने घर गए। केवल डाक्टर दम्पती एक असहनीय भार-सा अपने पर लादकर चुपचाप अपने घर लौटे।

4

लेकिन इस सारी सुव्यवस्थित व्यवस्था में डाक्टर अमृतराय अव्यवस्थित हो गए। हुस्नबानू के प्रति गहरी आसक्ति ने उन्हें अभिभूत कर लिया। डाक्टर अमृतराय एक चरित्रवान्, बुद्धिमान् और ज़िम्मेदार आदमी थे। मर्यादा का उन्हें बहुत ज्ञान था। पत्नी अरुणा के प्रति उनमें गहरी आत्मीयता थी। इस घटना से प्रथम दोनों पति-पत्नी एक प्राण दो शरीर रहते थे। अरुणा को छोड़कर कोई दूसरी स्त्री भी संसार में है यह उन्होंने कभी जाना भी न था। परन्तु इस असाधारण संयोग में, एक विशिष्ट भावना के वातावरण के भंवर-जाल में फँसकर तथा हुस्नबानू के असाधारण रूप-माधुर्य, सुषमा, तेज और निष्ठा से वे जैसे एकबारगी ही अपना आपा खो बैठे। उन्होंने बहुत समय तक मन की पीड़ा को बहलाया। जब पीड़ा असह्य हुई और उसका असर उनके शरीर और चेष्टाओं पर पड़ने लगा, तो वे असंयत हो गए। कभी एक आह और कभी गहरी निःश्वास निकल जाती, हँसी उनकी विद्रूप और निष्प्राण हो गई। दृष्टि सूनी, प्राण व्याकुल और मन हाहाकार से भर गया। डाक्टर का यह भाव-परिवर्तन देखा औरों ने भी, पर सबसे अधिक देखा हुस्नबानू ने और उसके बाद अरुणा ने। परन्तु समझा दोनों ने भिन्न-भिन्न रूपों में। अरुणा को सन्देह हुआ कि कोई शरीर व्याधि है। उसने बहुत बार पूछा और डाक्टर ने वैसी ही निष्प्रभ हँसी में उसे टाल दिया। परन्तु वे महामेधाविनी हुस्नबानू को भुलावे में न रख सके और एक दिन दोनों में खुलकर बातें हुईं।

हुस्नबानू ने कहा :

''भाईजान, क्या आप मेरे इस तरह पुकारने पर नाराज़ होंगे?''

''जी नहीं!'' डाक्टर ने घबराकर कहा।

''तो फिर सिर्फ 'नहीं' कहिए, 'जी नहीं' नहीं। और अगर मैं आपको 'तुम' कहकर पुकारूँ?''

''तो—तो मैं समझूँगा, तुमने मुझे निहाल कर दिया, जीवन-दान दे दिया!''

''शुक्रिया, पहल तुम्हीं ने की। लेकिन मैंने सुना है, आप सात विलायत घूम आए हैं?''

''यों ही, आदतन घुमक्कड़ हूँ। इंग्लैंड जब डिग्री लेने गया तो एक डिग्री अमेरिका की भी ले लूँ, यह इच्छा हुई। इसी सिलसिले में दूसरे मुल्कों की भी सैर हो गई।''

''तब तो मुझे समझना चाहिए कि दुनिया की ऊँच-नीच, भलाई-बुराई और अपना नफा-नुकसान आप बखूबी समझ सकते हैं।''

''लेकिन मैं कोई ज़्यादा समझदार आदमी नहीं हूँ।''

''हो सकता है, लेकिन नासमझ होना कोई तारीफ की बात नहीं है भाईजान, खास कर आप जैसे जहाँदीदा आदमी के लिए।''

''क्या कहीं मुझसे कोई गलती हो गई बानू? क्या मैंने तुम्हें नाराज़ कर दिया? कहो, यदि ऐसा है तो कभी अपने को माफ न करूँगा।''

''नाराज़ नहीं, मुझे तुमने तकलीफ दी है, और मेरी यह तकलीफ मेरे लिए नहीं, तुम्हारे लिए है। तुम, मुमकिन है अपने को माफ न करो, कोई सज़ा ही अपने ऊपर लो, तो जानते हो, यह मैं किसी हालत में बर्दाश्त नहीं कर सकूँगी।''

''तो तुम, बानू...'' डाक्टर के मुँह से बात पूरी निकली नहीं।

''हाँ, मैं तुम्हें प्यार करने लगी हूँ, यह सच है। तुम मेरी आँखों में यह न देख पाते तो शायद अपनी यह हालत न बना लेते। मगर तुमने मेरी यह जुर्रत नहीं देखी कि मैं प्यार, और प्यार से भी ज्यादा लख्ते-जिगर तक की परवाह नहीं करती। मैं पहले अपने फर्ज़ को देखती हूँ।''

''लेकिन...''

''तुम जो कुछ कहना चाहते हो वह मैं जानती हूँ। जबान खोलने से क्या फायदा? मैं तो तुम्हारे रोम-रोम की हरकत में, तुम्हारी नज़रों में, तुम्हारी लम्बी-लम्बी साँसों में, सूखे होंठों में तुम्हारी सब बातें पढ़ चुकी। नादान नहीं हूँ भाईजान, लेकिन हद से आगे कदम रखना अच्छा न होगा, सिर्फ तुम्हारी ज़िन्दगी बर्बाद हो जाएगी।''

''मुझे कुछ कह लेने दो बानू।''

“कहना चाहते हो तो कहो, लेकिन उससे फायदा कुछ न होगा। मैं जानती हूं कि तुम जो कुछ कहोगे, उसका सब मिलाकर सार यही होगा कि तुम मेरे बिना ज़िन्दा नहीं रह सकते। सो इसका जवाब मैं तुम्हें वही देती हूँ, जो मैंने हबीब साहब को दिया था : यानी, अगर ज़िन्दा रहोगे, खुश रहोगे, मुझ पर अपनी बरकत की नज़र डालोगे, तो मैं तुम्हें फरिश्ता समझकर परस्तिश करूँगी। तुम्हारी मूरत मेरी आँखों पर रहेगी। और अगर मर मिटोगे, तो मैं तुम्हें एक नाचीज़, हकीर, अदना इन्सान समझूँगी। तब सिर्फ ज़रा-सी हमदर्दी ही मेरे दिल में तुम्हारे लिए रह जाएगी, और कुछ नहीं।”

“तो बानू, क्या प्यार की यही सज़ा है?”

“सज़ा है कि इनाम, यह तो समझने की बात है। मगर मैं तो यह समझने लगी हूँ कि प्यार की सही सूरत तो जुदाई ही है, मिलन नहीं—वह जुदाई, जहाँ प्यार की भूख रोम-रोम में रमकर जिस्म को प्यार से सराबोर कर देती है। इतने जतन से जो लज़ीज़ खाना तैयार किया जाता है, उसे भरपेट खा चुकने पर जो जूठन बच रहती है, उस पर तो नफरत और हिकारत की नज़र डालना कोई पसन्द नहीं करता। उसे तो कुत्तों को खिलाकर बर्तनों को जल्द से जल्द धोकर साफ कर डालना ही सब सलीके-वाले लोग पसन्द करते हैं। प्यार तो पत्थर का बुत है, जिसे हिन्दू पूजते हैं। भीतर-बाहर वह सब तरफ पत्थर है—ठोस, वहाँ अहसास कहाँ? इसी से वह प्यार सब भूख प्यास से पाक-साफ होकर भक्ति बन जाता है। इस भक्ति से किसी का पेट नहीं भरता। कभी ऊब नहीं पैदा होती। वह इतना पाक हो जाता है कि सिवा पूजा करने के दूसरी किसी बात का ख्याल दिमाग में लाया ही नहीं जा सकता।”

डाक्टर की आँखों से झर-झर आँसू झरने लगे। उसने कहा :

“मानता हूँ बानू, मैं एक कमज़ोर आदमी हूँ और तुम बेशक इन्सान से परे कोई शय हो; फिर भी मैं शायद बर्बाद हो चुका। दुनिया के किसी काम का न रहा!”

“तब तो बड़े अब्बा ने तुम्हें ऐसा नाजुक काम सौंपकर बड़ी गलती की। तुम न सिर्फ अपने ही को, मेरे लड़के को, अब्बा की इज़्ज़त को और अरुणा बहिन की ज़िन्दगी को बर्बाद करोगे। कहो, क्या तुम अपनी कमज़ोरी को दूर नहीं कर सकते? अब भी वक्त है, मैं अब्बा से कहकर कुछ दूसरा बन्दोबस्त करूँ।”

“नहीं बानू, ऐसा नहीं हो सकता। तुम जैसा कहोगी मैं वही करूँगा, और

कलेजे पर पत्थर रखकर मैं तुम्हें भूल जाऊँगा, मैं समझूँगा एक सपना देखा था—झूठा सपना।''

''नहीं भाईजान, ऐसा तुम न कर पाओगे। मैं तो मुजस्सम तुम्हारे सामने हूँ। और जब जो ताल्लुकात मेरे-तुम्हारे बीच पैदा हुए हैं, ताज़ीस्त रहेंगे। और जब तक हम दोनों ज़िन्दा हैं, एक-दूसरे को भूल न सकेंगे। हम शायद बहुत बार मिलेंगे, बहुत बार हँसेंगे, बहुत बार एक-दूसरे से टकराकर एक-दूसरे को चोट पहुँचाएँगे—वह चोट हमें चुपचाप सहनी पड़ेगी। वह आग जो किस्मत ने हमारे कलेजे में जला दी है, भीतर ही जलती रहेगी। उसका धुआँ तक हमें भीतर ही भीतर निगलना पड़ेगा भाई जान!''

बहुत देर तक दोनों चुप रहे। अन्त में डाक्टर ने सिर उठाकर कहा, ''तो बानू, ऐसा ही हो।''

''लेकिन अब भी—बानू?''

''नहीं—बहिन!''

डाक्टर ने झुककर हुस्नबानू के पैर छू लिए। आँखों की पुतलियों को आँसुओं में तैराकर हुस्नबानू ने कहा :

''यह क्या किया?''

''हम हिन्दू हमेशा बड़ी बहिन के पैर पूजते हैं, इसी से।''

''लेकिन मैं तो तुमसे उम्र में बहुत छोटी हूँ।''

''तो इससे क्या? तुम हर तरह मुझसे बहुत बड़ी हो।''

डाक्टर तेज़ी से चले गए। हुस्नबानू देर तक बैठी रोती रही।

5

अरुणादेवी पर भी यह रहस्य प्रकट हुए बिना न रहा। उनका शरीर थरथराने लगा, और वे बीमार हो गईं। परन्तु पति से उन्होंने एक शब्द भी नहीं कहा, न शिकायत की। वे घुलने लगीं। मंसूरी के स्वास्थ्यप्रद जलवायु ने उन्हें कुछ भी लाभ न पहुँचाया। हुस्नबानू ने शिशु को जन्म देकर अरुणा के सुपुर्द कर दिया। इससे उन पर दुहरा भार पड़ गया। पहले जिस भावना से अभिभूत हो वे इस काम में योग देने को तैयार हो गई थीं, अब उनमें वह उत्साह नहीं रहा। बालक बहुत सुन्दर, जैसे हीरे की कनी हो, ऐसा था। पर उस निरीह निर्दोष शिशु के

प्रति भी उनके मन में एक विरक्ति के भाव उदय हो गए। इन सब बातों को उन्होंने बहुत छिपाया, फिर भी वे छिपी न रहीं—न हुस्नबानू की नज़रों से, न डाक्टर की नज़रों से। परन्तु हुस्नबानू ने इस सम्बन्ध में उनसे कुछ बात न कही। न उन्होंने डाक्टर ही से इस सम्बन्ध में एक शब्द कहा। जब नवाब ने आधी जायदाद बच्चे को दे दी, तब भी अरुणा के मन का बोझ घटा नहीं। उनका वेदना वैकल्य और भी बढ़ गया।

परन्तु हुस्नबानू की प्रभावशाली बातचीत से डाक्टर का मन एक नवीन बल प्राप्त करके कुछ हल्का हुआ, और उन्होंने मुस्तैदी से इस दर्द को चुपचाप सहने का इरादा कर लिया। एक दिन अवसर पाकर, वे पत्नी के पास आकर उसके पलंग के पायताने उसके पैर गोद में लेकर चुपचाप बैठ गए।

अरुणा ने जल्दी से पैर सिकोड़कर कहा, ''यह क्या करते हो! वहाँ क्यों बैठ गए—यहाँ बैठो।'' उसने तकिया सरकाकर सिरहाने जगह की।

डाक्टर ने कहा, ''अरुणा, अपनी शर्म तुम्हें कैसे दिखाऊँ? लेकिन तुम क्या मुझे माफ नहीं कर सकतीं?''

''क्या बात है, साफ-साफ कहो।''

''कहने से क्या होगा, तुम सब जानती हो, तुम्हारी यह हालत हो गई है। यह सब मेरी ही तो मूर्खता से न! पर अब मेरी आँखें खुल गईं—बहिन ने मेरी आँखें खोल दीं!''

''बहिन! कौन बहिन?''

''हुस्नबानू। मेरा मन मोह और पाप में फँस गया था। उसका वह रूप, शील, तेज और सबके साथ इस परिस्थिति ने मेरे मन में मैल पैदा कर दिया था। मैं उसके प्रेम में विकल हो गया था। वह भी शायद लाचार होगी। पर उसने मुझे सीधी राह दिखा दी।''

''सीधी राह?''

''हाँ प्रेम, और भक्ति का भेद। और उसी समय मैंने उसके पैरों की पूजा भक्ति-भाव से की। वह स्त्री नहीं देवी है, प्यार की नहीं भक्ति की पात्र है। वह महान् है, देवताओं की जाति की है। तुम तो मुझे नास्तिक कहती और मेरा मज़ाक उड़ाती रहती थीं, पर मुझे आज तक अपने ठाकुर का पुजारी न बना सकीं। पर उसने बना दिया। उसकी मैंने पूजा कर ली। अब तुम्हारी करूँगा—और तुम्हारे इन राधा-कृष्ण की युगल जोड़ी की! श्रद्धा और भक्ति से मेरा रोम-रोम पुलकायमान हो रहा है। लाओ दोनों पैर मेरी गोद में रख दो कि मैं समझूँ कि मैं पाक-साफ

हो चुका, अपनी गलती सुधार चुका, तुम्हारा हो चुका!" अरुणा चुपचाप आँसू बहाती रही। और डाक्टर ने जब फिर उसके पैरों पर हाथ डाला, तो उसने पैरों को खींचकर पति के दोनों हाथ पकड़कर उन्हें वक्ष पर गिरा लिया।

वह मूक रुदन बहुत कुछ कह गया—दुःख-दर्द की कहानी। बहुत कुछ बहाकर ले गया—दुःख-दर्द की गन्दगी। अन्त में अरुणा ने सिसकते हुए कहा :

"तुम जानते ही हो कि धरती-आसमान पर मेरे लिए एक तुम्हारा ही आसरा है। मैंने अपनी यह अधम नारी-देह तुम्हें दी है। अब तुम्हीं यदि मुझे धोखा दो—सोचो तो ज़रा।"

परन्तु अरुणा अधिक न कह सकी; डाक्टर का मुँह देखकर उसने सिर नीचा कर लिया। बड़ी देर तक दोनों मूक बने बैठे रहे। फिर धीरे से अरुणा ने हाथ बढ़ाकर पति का हाथ पकड़ लिया। उसने आँखों में आँसू भरकर कहा, "क्या मैंने तुम्हें बहुत दुःखी कर दिया?"

डाक्टर फिर चुप रहे। अरुणा एकबारगी ही असंयत हो उठी। उसने कहा, "मुझे तुम जो चाहो सज़ा दे लो पर ऐसा मुँह न बनाओ। यह मैं नहीं देख सकती।"

डाक्टर ने कहा, "अरुणा, तुम्हारे इस प्रेम का तो ओर-छोर ही नहीं है। पर अब तुम अपने पति पर विश्वास करो। मैं तुम्हारा हूँ—सिर्फ तुम्हारा। हुस्नबानू ने मेरे-तुम्हारे बीच एक अटूट सम्बन्ध पैदा कर दिया है। सम्बन्ध या बन्धन, जो भी तुम कहो—वह ऐसा नहीं कि एकाएक भंग हो जाए। मैं उसका चिरकृतज्ञ हूँ, अरुणा! पर जिस तरह पैर पकड़कर मैं उससे क्षमा माँग सका, तुमसे न माँग सकूँगा।"

"कैसे माँग सकोगे भला! मेरे-तुम्हारे बीच इतना अन्तर है, इतना द्विभाव है कि तुम अपराधी बनो और मैं क्षमा करूँ? न, न, इस नाटक की ज़रूरत नहीं है। तुम अपराध करोगे तो भी, पाप करोगे तो भी, पुण्य करोगे तो भी सबमें मेरा हिस्सा है। हम-तुम दो थोड़े ही हैं।"

"नहीं हैं, न रह सकते हैं।"

इतना कहकर डाक्टर ने अरुणा को आलिंगन-पाश में बाँध लिया, और पति-पत्नी दोनों का मन जैसे स्नानपूत हो उठा।

नवाब मुश्ताक अहमद सालारजंग बहादुर ने सारी योजना अत्यधिक सावधानी और दूरदर्शिता से तैयार की थी। डाक्टर की इस बच्चेवाली घटना में कुछ रहस्य है, इसका किसी को सानो-गुमान भी नहीं हुआ। इसका श्रेय वास्तव में हुस्नबानू के असाधारण दृढ़ स्वभाव को था। उसने किसी भी चेष्टा से यह प्रकट नहीं होने

दिया कि इस करुण नाटक में उसका भी कुछ भाग है। निस्सन्देह डाक्टर को वह प्यार करने लगी थी। कुछ उम्र और प्रकृति के तकाज़े की ही बात नहीं, डाक्टर का व्यक्तित्व ही ऐसा था। परन्तु उसने जिस दार्शनिक ढंग से डाक्टर को उस प्रेम-प्रसाद से विरत किया, उससे वह स्वयं विरत न हो सकी। डाक्टर के प्रति उसका असाधारण विमोह उसकी सम्पूर्ण चेतना को आहत कर गया था। वह घाव उसका न भरना था, न भरा। पर उसने अपने संकेत से, व्यंजना से यह बात प्रकट न होने दी। वह जैसे डाक्टर से विशेष परिचित ही नहीं है, यही भाव प्रकट करती रही। बहुत कम एकाध शब्द, डाक्टर से मिलने पर वह बोलती। मुलाकात के प्रत्येक सुयोग को टाल जाती। प्रपिता के एक आत्मीय के पुत्र के प्रति मर्यादा से जितनी आत्मीयता प्रकट करनी चाहिए उतनी ही वह प्रकट करती थी। और डाक्टर का भी यही हाल था। डाक्टर ने अपनी पत्नी से तथा बानू से और अपने-आपसे भी कह-सुन तो बहुत कुछ लिया था, पर बाँधकर रखने से प्यासे की नदी के तीर तक जाने की प्रवृत्ति रोकी नहीं जा सकती। फिर भी डाक्टर ने शालीनता का परिचय दिया था। अरुणा इस अवश शक्ति को जानती थी। स्त्री होने के नाते उसे भुलावे में रखना सम्भव न था, परन्तु उसने भी अपने पति और बानू दोनों ही के प्रति अति उदार भाव धारण कर लिया था। इन सब कारणों से एक असह्य कड़वाहट होते-होते रह गई थी। और सब काम ठीक-ठीक आगे बढ़ रहा था।

निस्सन्देह नवाब मुश्ताक अहमद की बुजुर्गी और बुद्धि तथा धैर्य ने बहुत काम किया था। यद्यपि खानदानी प्रतिष्ठा के नाम पर पुत्री को इतने संकट में डालने की उनकी भावना का शायद आप अनुमोदन न करें। परन्तु आप यह भी तो सोचें कि आप पुराने ज़माने के खानदानी रईस हों, आपका व्यापक सुनाम, ख्याति हो, आप आधी शताब्दी तक अपने समाज के शीर्षस्थानीय रहे हों, आपकी पुत्री-पौत्री आपसे अज्ञात किसी पुरुष के सम्पर्क में आकर गर्भवती हो जाए—विवाह से पूर्व, तो आप क्या करेंगे? सम्भव है आप दिमाग का सन्तुलन खो दें और आप उस पुत्री का वध कर दें, घर से निकाल दें, उसका मुँह देखना पसन्द न करें। या आप कोई गुप्त पाप करके कुकृत्य पर परदा डाल दें। पर नवाब ने यह सब कुछ नहीं किया। वह एक बूढ़ा महापुरुष था, और उसकी पौत्री हुस्नबानू एक असाधारण बालिका। इसी से यह सब व्यवस्था निर्दोष और विचित्र रीति पर हो गई—जैसाकि नवाब ने चाहा अपने संस्कार के अनुसार।

प्रोफेसर हबीब को भी नवाब ने अपनी नज़र से दूर नहीं किया। उन्होंने

उसे हुस्नबानू से सब सम्बन्ध तर्क कर देने को ही राज़ी न कर लिया, विदेश जाने को भी राज़ी कर लिया; और एक भारी रकम देकर पाँच साल के लिए विदेश भेज दिया। इसके बाद ही उसने डाक्टर की ओर रुख किया था। अलबत्ता इस काम में भी सब कहना-सुनना हुस्नबानू ही ने किया। अपने अपरिसीम प्यार के नाम पर जीवन के प्रत्येक श्वास को पीड़ामय बनाकर हबीब चुपचाप जहाज़ में जा बैठा।

यथासमय बानू की शादी नवाब वज़ीर अली खाँ बहादुर से हो गई। पुराना नवाबी घर था। दूल्हा भी साधारण न था। रईसों का इस विवाह में जमघट लग गया। रंगमहल के द्वार पर उस समय समूची दिल्ली उमड़ आई। भाँड-भंड़ले, रोशन चौकी, कटोरे वाले, कव्वाल, रंडी-भड़वे, रईस-अमीर—सभी के लिए उस समय रंगमहल का द्वार खुल गया। दावतों का तूमार बंध गया।

उस समय तक न पाकिस्तान बना था, न हिन्दू-मुस्लिम झगड़े खड़े हुए थे। दिल्ली में ज़फर, ग़ालिब, ज़ौक़ और मीर के कलाम गली-गली घूमते रहते थे। बड़े-बड़े मुसलमान, व्यापारी अपनी कोठीनुमा दुकानों में बैठे, अतलस का कुर्ता पहने, पान कचरते, लचकती दिल्ली की भाषा में अपने को 'देहलवी' कहकर अपनी सुर्मई आँखों में लाल डोरे सजाए रहते थे। चाँदनी चौक उन दिनों आज की भीड़भाड़ से भरा आदमियों का जंगल न था। वह एक बाज़ार था, ऐसा बाज़ार जहाँ रईसों की सात बादशाहतों की प्रत्येक हल्की-भारी जिन्स एक ही जगह मिल जाती थी। जौहरी नुक्केदार पगड़ी बाँधे, महीन तनज़ेब से अपने भारी-भरकम देह ढाँके, हीरा, मोती, पन्ना, जवाहर का मोल-भाव करते, गिन्नियों और अशर्फियों को परखते थे। नोटों का गिनना लोगों को पसन्द न था। नफासत और फसाहत दिल्ली की जान थी। पेस्ट्री और टोस्ट तब कौन खाता था! सोहन हलवा और दालमोठ दिल्ली की सबसे बढ़कर नियामत थी। आज तो रुपए सेर सब्ज़ी-तरकारियाँ आला-अदना खरीद खाते हैं, परन्तु तब रुपए सेर की सब्ज़ियाँ रईस खाते थे। रईसों के कहार-महरियाँ सौदा-सुल्फ करते थे। हिन्दू पक्के हिन्दू थे, और मुसलमान पक्के मुसलमान। परन्तु इससे उनके आपसी भाईचारे में अन्तर न पड़ता था। परस्पर एक-दूसरे के घर आना-जाना, खाना-पीना होता था। मुसलमान के घर जब हिन्दू दोस्त जाता तो वह नौकर को यत्नपूर्वक सावधान करके कहता, "बन्नू, ज़रा संभालकर एहतियात से तमोली की दुकान से पान बँधवा ला।" और पान आते थे ढाक-पलाश के हरे-कोमल पत्तों में खूब अच्छी तरह बँधे, डोरे में हाथ-भर नीचे लटकते हुए—मुसलमान नौकर से अछूते।

ब्याह-शादी में हिन्दू हलवाई, हिन्दू नौकर खाना बनाते-खिलाते और मुसलमान मालिक दूर खड़ा अदब और बेचैनी से देखता रहता, सब ठीक तो है। इसे वह अपनी तौहीन नहीं, अपना-अपना अकीदा, अपना-अपना रिवाज समझता था। नवाब मुश्ताक अहमद के हिन्दू-मुसलमानों से व्यापक सम्बन्ध थे। बड़े-बड़े रईसों से लेकर छोटे लोगों तक की भरमार थी। हिन्दू भी और मुसलमान भी। पर सबके खाने-पीने, विनोद-विहार करने के अलग इन्तज़ाम। क्या मजाल कि कहीं कुछ शिकायत सुनने को मिल जाए!

शादी खत्म हो गई और रुखसत की तैयारी हुई। नवाब वज़ीर अली खाँ ने पाँच लाख का मेहर बाँधा और नवाब मुश्ताक अहमद ने अपनी अवशिष्ट समूची जायदाद दहेज़ में दे दी। सिर्फ रंगमहल अपने लिए रख लिया।

मेहमान विदा होने लगे। डाक्टर और उनकी पत्नी शादी में सम्मिलित होते रहे। ज्यों-ज्यों विदाई की घड़ी नज़दीक आती जाती, हुस्नबानू की बेचैनी बढ़ती जाती थी। उसे ऐसा प्रतीत होने लगा कि कहीं मेरा धैर्य जवाब न दे जाए, मेरी छाती दुःख से न फट जाए।

जिस दिन उसे जाना था उससे एक दिन पूर्व उसने अरुणा को एक पुर्ज़ा लिखा। पुर्ज़े में सिर्फ एक वाक्य था, ''बहिन, आज तुम्हारे यहाँ मेरा न्यौता है, मुन्तज़िर बैठी हूँ, कब बुलाओगी?''

पुर्ज़ा पढ़कर अरुणा को हँसी आ गई, पर डाक्टर का मुँह सूख गया। अरुणा ने कहा, ''यह क्या, बानू माँगकर दावत ले रही है?'' डाक्टर ने भर्राए स्वर में कहा, ''चलो, हम लोग कहीं बाहर चलें, कहला दें कि घर पर नहीं हैं।''

''वाह, ऐसा भी कहीं होता है! हमें खुद ही उन्हें दावत देनी चाहिए थी।'' और वह व्यस्त भाव से दावत की व्यवस्था में जुट गई। डाक्टर सूखा मुँह, सूखा कंठ, सूखा प्राण लिए बाहर चले आए।

6

अरुणा ने बहुत-से व्यंजन बना डाले थे। फिर भी वह व्यस्त भाव से और बनाए चली जा रही थी। हुस्नबानू चौके से बाहर एक कालीन पर बैठी अरुणा का हस्त कौशल देख रही थी और बात भी कर रही थी। अन्त में उसने कहा, ''अब बहुत बना चुकीं भाभी, और कितना बनाओगी, उठो। मैं अब भूख बर्दाश्त

नहीं कर सकती। उठो, उठो, नहीं तो मैं आकर छूती हूँ; तुम्हारा सब चौका खराब कर दूँगी!''

अरुणा ने हँसती आँखें उठाकर देखा। आँखें तो इस वक्त बानू की भी हँस रही थीं—पर वे फूली हुई अवश्य थीं। अरुणा ने उसके 'भाभी' सम्बोधन से आप्यायित होकर कहा, 'बस, ज़रा-सा और है।''

''नहीं, नहीं, बस उठो।''

''अच्छा, एक यह चीज़ और, मेरी रानी, ज़रा ठहरो!''

बानू ने हँसकर कहा :

''तुम्हारा 'रानी' कहना मुझे बहुत भाया भाभी!''

''और तुम्हारे 'भाभी' कहने से तो मैं निहाल हो गई!''

अरुणा चौका छोड़कर उठी, हुस्नबानू के लिए उसने खाना परोसा और कहा, ''खाओ रानीजी, गरीब का रूखा-सूखा।''

''ऐसे कैसे खाऊँ भाभी, तुम भी बैठो। लाओ अपनी थाली।''

''मैं ज़रा ठहरकर खा लूँगी।''

''यह न होगा।''

''नहीं रानीजी।''

''नहीं भाभीजी।''

''ज़िद मत करो, हाथ जोड़ती हूँ।''

''फिर तो ज़िद करने कभी आऊँगी नहीं।''

''तो मानोगी नहीं?''

''न, किसी तरह नहीं।''

''तो फिर मैं भी तुम्हारे साथ ही खाऊँगी, एक ही थाल में।''

और वह हुस्नबानू के सामने बैठ गई, थाली से एक ग्रास उठाया। बानू ने कहा, ''हैं, हैं, यह क्या करती हो भाभी!''

''बहिन, ननद बनना इतना आसान नहीं है। तुम्हारा जिगर का टुकड़ा अब मेरी गोद में है। अब भी भेदभाव रह सकता है? अब भी क्या हम-तुम दो हैं? चलो शुरू करो।''

''लेकिन भाभी...''

''दुलखो मत, यह एक पवित्र काम है, पुण्य है। जब तक मैं तुम्हारे साथ नहीं खाऊँगी, तुम्हारे बेटे को अपनाऊँगी कैसे?''

''लेकिन भाईजान क्या कहेंगे सुनकर?''

"खुश होंगे।"

"तो भाभी, जैसा तुम्हारा हुक्म!" उसने ग्रास मुँह में डाला। और आँखों से गंगा-जमुना की धार बह चली।

अरुणा ने कहा, "यह क्या करती हो रानीजी! फिर कब मुझे यह नसीब होगा तुम्हारे साथ खाने का अवसर! हँस-बोलकर खाओ, नहीं तो रूठ जाऊँगी।"

"तुम न रूठना बहिन, खुदा भले ही रूठ जाए।"

बानू ने आँसू पोंछ लिए।

"तो हँस दो बस अब!"

बानू हँस दी।

अरुणा ने एक बड़ा-सा कौर बानू के मुँह में ठूँस दिया। बानू ने कहा, "अब मेरा कसूर नहीं भाभी, ईमान अपना तुम्हीं ने बिगाड़ा है!" यह कहकर उसने भी हाथ का कौर अरुणा के मुँह में ठूँस दिया।

खाना खत्म होने पर जब हुस्नबानू पान खा चुकी तो कहा, "बहिन, मैं तो किसी अपने ही मतलब से ज़बर्दस्ती दावत माँगकर आई थी, लेकिन तुमने अपने साथ खाना खिलाकर मुझे क्या कुछ न दे दिया? अब इस बदनसीब बानू की एक आरजू पूरी कर दो बहिन, एक बार मेरे लाल को मुझे दिखा दो!"

हुस्नबानू की आँखें फिर गंगा-जमुना की धार बहाने लगी। अरुणा ने कहा, "मैं तो कहने ही वाली थी तुमसे बहिन, लेकिन क्षण-भर ठहरो।" वह तेज़ी से भीतर चली गई। उसने दासी को पुकारकर कहा :

"दिलीप क्या सो रहा है राधा?"

"नहीं, जग रहा है।"

"अच्छा, तो मैं यहाँ हूँ, तू नीचे जाकर खा-पीकर आराम कर।"

दासी के जाने पर उसने संकेत से बानू को बुलाकर कहा, "इस कमरे में है, जाओ न बहिन, मैं यहाँ पहरे पर हूँ, कोई आ न पाएगा।"

हुस्नबानू लड़खड़ाते पैरों से किन्तु आँधी की भाँति कमरे में घुस गई। बालक को उसने उठाकर छाती से लगा लिया—"अरे मेरे लाल, अरे मेरे लख्ते जिगर, ओ रे मेरे कलेजे के टुकड़े! अब तो तुझे अपनी माँ को देखने-पहचानने का हक नहीं है। या अल्लाह, यह भी कैसी दुनिया है! मगर खैर, तू सलामत रहे, लाख ज़ंजीरों में बँधी रहकर भी तुझे देखती रहूँगी। अपना न कह सकूँगी, तो भी तू मेरा है, मेरा है, मेरा है?..."

उसने बालक के सैकड़ों चुम्बन ले डाले। उसे ज़ोर से छाती से लगा लिया। बालक ज़ोर से रो पड़ा।

अरुणा ने देखा, हुस्नबानू बेहोश होने लगी है। उसने उसकी गोद से बालक को लेकर, बानू को पलंग पर लिटाकर उसकी गोद में बालक को लिटा दिया; और उसके सिरहाने बैठ, जांघ पर उसका सिर रख अँगुलियों से बाल सहलाने लगी।

7

नवाब वज़ीर अली खाँ माशाअल्लाह एक दिलचस्प 'फिगर' थे व दिलफेंक रईस। पुराने टाइप में नए फैशन का एडीशन। उम्र पचपन साल, क्लीनशेव्ड, कद छः फुट दो इंच, रंग में डूबी बत्तीसी, खास पेरिस में तैयार की हुई, समूची। उम्दा खिज़ाब से ज़रा नीली झलक लिए हुए बाल। लम्बी शेरवानी, ढीला पायजामा, पम्प शू और सिर पर फैज़ टोपी।

स्वयं ड्राइव करते थे। रफ्तार पाँच मील प्रति घण्टा। ड्राइवर बगल में बैठता। नवाब पूछते, "अब?"

"सरकार सीधे, फिर पचास कदम बाएँ, सीधे।" और गाड़ी चलती रहती। मोटर किसी ज़माने की खरीद थी। एक बड़े छपरखट के बराबर बहुत ऊँची सीट, बारह सवारी और उनका सब सामान मज़े में उसमें समा सकता था। उस ज़माने में स्टेशन वैगन ईजाद नहीं हुई की, रईसों की कारें यों ही ग्राण्डील हुआ करती थीं। और इसी मस्त चाल से झूमती चलती थीं।

नवाब की तीन महल पहले थीं। चौथी यह हुस्नबानू। पहली थी एक बुढ़िया, दायमुल-मरीज़ा। नवाब जब-तब सिर्फ 'खैरसल्ला' पूछने उसके पास जाते। घंटा, आध घंटा बैठकर चले आते, बस। रहती थीं सब अलग-अलग।

दूसरी थी ज़रा ठाठदार। नाम था ज़ीनतुन्निसा बेगम। बड़े बाप की बेटी थी, इकलौती। लाखों की सम्पत्ति, कोठी और नकदी बाप के उत्तराधिकार में मिली थी। बाप ज़िन्दा नहीं थे, बूढ़ी माँ थी। माँ के पास ही बाप की कोठी में रहती थी। उम्र थी कोई पैंतीस के अनकरीब। रंग खूब गोरा, दुबली-पतली, मिज़ाज की तेज़, ज़बान की तीखी। आजकल नवाब से झड़प चल रही थी। नवाब ने तलाक दे दिया था और बेगम ने दो लाख रुपए के मेहर की डिग्री ले ली थी। बोलचाल बन्द थी, यह नहीं कहा जा सकता। नवाब साहब ऐन ज़रूरत के वक्त उनके महल में जाते—खासकर जब कुछ रुपयों की ज़रूरत होती। तब थोड़ी झड़प

होती। मान मनौवल होता, और नवाब अपना मतलब हल करके तशरीफ ले आते। मगर बेगम रहती थी खूब चाक-चौबन्द, चौकस, पहरे-चौकी से मुस्तैद।

तीसरी थी एक यों ही। कोई तवायफ थी। कमसिन और खूबसूरत भी। लेकिन रज़ील, तबीयत से भी और खसलत से भी। नवाब वहाँ रोज़ रात को जाते, शाम का खाना भी वहीं खाते, शरब पीते, गाते-बजाते और कोई दो बजे तक चकल्लसबाजी करके वापस दरे-दौलत चले आते थे।

सोते थे मुकर्रिरा अपनी कोठी में अकेले। कमरे में ताला लगाकर, जबकि दो संगीनधारी सिपाही रात-भर पहरा लगाते रहते थे। गरज़, बेखबरी में अपना कीमती जिस्म कभी किसी बेगम के रहमोकरम पर छोड़ते न थे।

नवाब में बहुत गुण थे। कुछ हॉबी थी; कुछ सनक थी—सनक क्या, पूरे सनकी थे! पहली बात तो यह कि आपका ख्याल था कि वे हिन्दुस्तान के सर्वश्रेष्ठ गायक हैं। हिन्दुस्तान का कोई गवैया उनका मुकाबला नहीं कर सकता। वे हारमोनियम भी बजाते थे और गाते भी थे; यदि आप उनके गाने की तारीफ कर दें तो फिर कोई चीज़ नहीं जो आप नवाब से न वसूल सकें। आप गाते थे गला भींचकर—बिलकुल बारीक बांसुरी जैसी आवाज़ गले से निकालकर, और हारमोनियम के स्वर में मिलाकर, और इसे आप एक कमाल कहते थे, दूसरों से भी कहलाना चाहते थे। जो ऐसा नहीं कहते थे नवाब उनसे सख्त नफरत करने लगते थे।

दूसरी हॉबी थी उनकी—फाउण्टेनपैन इकट्ठे करना। कबाड़ी की दुकानों पर पुराने फाउण्टेनपैनों की तलाश में आप चक्कर काटते, मौका पाते ही खरीद लाते, और फिर दिन-भर उनकी मरम्मत करते रहते। दर्जन, दो दर्जन फाउण्टेनपैन उनकी जेबों में भरे रहते। और आप दोस्तों में बड़े शौक से उन मरम्मतशुदा कलमों को बाँट देते थे। उनकी मरम्मत का गुर भी वे दोस्तों को बड़े शौक से सिखाते थे।

तीसरी सनक थी उनकी सिनेमा-स्टार बनने की। वे चाहते थे कि वे सिनेमा-स्टार बनें। उनके ख्याल में आला दर्जे के स्टार बनने के सब गुण उनमें थे। वे अर्से से एक फिल्म-प्रोड्यूसर बनने की धुन में थे परन्तु कामयाब नहीं हो रहे थे।

खर्चीले एक नम्बर थे, मगर रियासत बुरी तरह कर्ज़े से लदी थी। तहवील का रुपया इधर-उधर उड़ जाता था, जेब हर वक्त खाली रहती थी। यार लोग खूब खाते-उड़ाते थे। नवाब को बार-बार ज़ीनतमहल के सामने हाथ पसारना पड़ता था।

नवाब के दोस्त लोग बहुत थे। वे सब दोस्त-मुलाकाती नवाब-रईस ही न थे। जो-जो उनके गाने के मुश्ताक थे वे सब उनके पक्के दोस्त थे। नवाब बेतकल्लुफ दोस्तों के घर जाते, बैठते—सिर्फ घण्टों नहीं—दिन-दिन भर। कभी-कभी नवाब की एक-एक मुलाकात बाहर से अट्ठारह घण्टों तक की मुलाकात हो जाती थी। मुलाकात के लिए दोस्तों के घर जाकर आप वहीं जो रूखा-सूखा मिलता, खा लेते, झपकियाँ लेते—या फिर बाज़ार से खाना मँगाकर उन्हें भी खिलाते, आप भी खाते। सिनेमा ले जाते और एक-एक दिन में तीन-तीन शो देखते। रात को एक बजे आखिरी शो देख-दिखाकर, दोस्तों को अपनी उसी छपरखटनुमा कार में उनके घर छोड़कर, कोई दो बजे अपने घर आकर सो जाते थे। यह प्रायः नवाब की दिनचर्या थी।

नवाब का कोई लड़का-बाला न था। बदनाम करने वाले कहते थे कि नवाब किसी काबिल ही नहीं हैं—बेगमों से हँसी-दिल्लगी, गाने-बजाने, सिनेमा दिखाने, खाने-पिलाने तक ही ताल्लुक रखते हैं। मगर नवाब, जब कभी बात सामने आती तो अपनी कूव्वते-मर्दानगी का खूब बढ़-चढ़कर ज़िक्र किया करते थे। आज़माइश करने के लिए लोगों को चैलेंज करते थे।

ऐसे ही थे हमारे लायक-फायक रईस नवाब वज़ीर अलीखाँ बहादुर, जो हुस्नबानू के शौहर हुए। रोज़ा-नमाज़ की मज़हबी इल्लत से पाक-साफ थे। हाँ, दान-खैरात फराखदिली से करते थे। दोस्तों को दावत देने में भी कोताही न करते थे।

इस उम्र में शादी करने पर भी नवाब ने धूमधाम में कोई कसर न रखी। हफ्तों तक दावतों, मजलिसों और नज़रानों-तोहफों का दौर चलता रहा। खूब जल्से हुए, गाने-बजाने हुए, बोतलें खाली हुईं। नवाब ने दो लाख रुपया शादी पर खर्च कर दिया। हुस्न बानू को एक नया महल मिला और अब 'नर', नवाब की चहेती छोटी बेगम के वक्त के दो हिस्से हो गए। नवाब एक दिन यहाँ और दूसरे दिन वहाँ आने-जाने लगे, लेकिन यह आना-जाना-भर ही रहा। नवाब रात को सोते थे अपनी ही कोठी में अकेले। कमरे में ताला बन्द करके, संगीनों के पहरे में। आप पूछेंगे—यह क्यों? जनाब, यह इसलिए कि वे नवाब हैं—कुछ आप जैसे मामूली मियाँ-जोरू नहीं। नवाबों के तो सब ठाठ ही निराले होते हैं।

सुबह ही नवाब ने चाय-पानी से फारिग होकर बाग उठाई। घोड़ी की नहीं, मोटर की! चाल वही पाँच मील फी घण्टा। साथ में ड्राइवर, खिदमतगार और एक सिपाही बन्दूक-सहित। सबसे पहले पहुँचे महकमे-इस्तिमरारदारी के हाकिम

के बंगले पर। हाकिम ने उठकर स्वागत किया, खैराफियत पूछी, नई शादी की मुबारकबादियाँ दीं और इस वक्त सुबह-सुबह आने का कारण पूछा।

नवाब ने कहा, ''मैं यह कसद करके आया हूँ कि आपकी ड्योढ़ियों पर ज़हर खाकर जान हलाक कर लूँ!''

हाकिम ने हँसकर पूछा, ''क्यों-क्यों, खैर तो है?''

''खैर कहाँ? कहर बरसा दिया आपने?''

''अयं! मैंने?''

''जी हाँ, आपने उस ससुरी हरामज़ादी ज़ीनत की बच्ची को डिग्री दे दी दो लाख रुपयों की, और हुक्म भी दे दिया कि जायदाद कुर्क करके वसूल कर ले।''

''तो मैं क्या कर सकता था, नवाब साहब! मैं तो महज़ कानून का कीड़ा हूँ, बेगम का मेहर तो आपने ही बाँधा था, डिग्री तो उन्हें मिलनी ही थी।''

''तो वह तो अब मज़े में दो लाख रुपया वसूल करके मज़ा उड़ाएगी और मैं तबाह हो जाऊँगा! आप तो जानते ही हैं इस वक्त रियासत की हालत क्या हो रही है।''

मैंने तो कई बार आपको दोस्ताना सलाह दी कि खर्च कम कीजिए और एकाध इलाका निकालकर कर्ज़े को पाक-साफ कर दीजिए। मगर आप हैं कि सुनते ही नहीं।''

''तो इसलिए आप मुझे लूट लेंगे, मेरे ऊपर डाका डालेंगे? वाह साहब, वाह, यह आपने मेरे साथ अच्छा सलूक किया!''

हाकिम साहब हँस पड़े। उन्होंने क़हा, ''मुझे आपसे हमदर्दी है नवाब साहब, लेकिन मैं कर भी क्या सकता था? डिग्री तो मुझे देनी ही पड़ी।''

''तो मुझे भी ज़हर दे दीजिए।''

''कमाल, यह क्या फरमाते हैं, आप नवाब साहब! अभी तो आपने नई शादी की है!''

''मगर यह पुरानी इल्लत जो गले में हड्डी की तरह अटक रही है, इसका भी तो कुछ हैसनेस्त होना चाहिए।''

''इसके लिए कानूनन तो कुछ नहीं हो सकता। मगर देखिए, यह मियाँ-बीवी का मामला है। बेगम भी अब बच्ची नहीं हैं। चालीस के छोर पर पहुँच रही हैं। अब तलाक पाकर इस उम्र में वे कहाँ जाएँगी? बेआबरू ही होंगी। और आपसे

अच्छा शौहर उन्हें कहाँ मिलेगा? मेरे ख्याल में आप बेगम से सुलह कर लें। मिज़ाज़ उनका तीखा ज़रूर है, मगर आप तो फौलाद को भी नर्म करने की हिकमत जानते हैं।''

''जी हाँ, जानता सब कुछ हूँ, लेकिन आप भी तो कुछ कीजिए।''

''मैं क्या करूँ?''

''तलवार तो आपने चलाई है, अब मरहम भी आप ही रखिए।''

''कहिए, मैं क्या करूँ?''

''बस, आपने जो इस वक्त मुबारक बातें कही हैं, वही चलकर बेगम से कह दीजिए। यह हकीकत ही है कि उस जैसी मथचढ़ी औरत को मेरे जैसा आदमी मिल नहीं सकता। चिराग लेकर ढूँढ़े, तो भी नहीं!''

''तो यह तो मियाँ-बीवी का मामला ठहरा, मैं क्या करूँ?''

''कहना आप ही को होगा। वह भी ज़रा नमक-मिर्च लगाकर।''

''लेकिन आप भी तो उन्हें रिझाइए, बहलाइए, मनाइए।''

''बखुदा, आप एक बार चलें भी, मैं सब बानक बना लूँगा।''

हाकिम ने स्वीकृति दी तो नवाब ने कहा, ''देर की सनद नहीं, अभी चलिए। कचहरी की तो आज छुट्टी ही है।''

''हाँ, छुट्टी तो है, लेकिन...''

''अब यह आपकी ज़्यादती है हुजूर, उठिए, अभी चलिए।''

नवाब की बात हाकिम साहब न टाल सके। कपड़े पहनकर मोटर में आ जमे। मोटर चली उसी तरह पाँच मील फी घण्टे की रफ्तार से। ड्राइवर राह दिखाता चला। नवाब ने व्हील हाथ में लेकर कहा, ''खबरदार रहो, देखो सामने कौन है?'' उन्होंने चश्मे से घूरकर सड़क पर नज़र फेंकी।

''गधा था हुज़ूर, खिसक गया एक ओर।''

''लेकिन अब?''

''बस, ज़रा और बढ़कर बाईं ओर।'' मोटर आहिस्ता से बाईं सड़क पर मुड़ गई। नवाब ने कहा, ''अब, लेकिन वह नामाकूल साइकल-वाला...''

''हार्न दीजिए हुज़ूर, ब्रेक क्यों लगा दिया? हाँ, अब दाहिनी ओर मोड़ लेकर।''

नवाब ने कहा, ''अब?''

''बस सीधे।''

नवाब ने सन्तोष की साँस ली। नवाब अन्त में ज़ीनतमहल की ड्योढ़ी पर जा पहुँचे। गाड़ी सदर फाटक पार कर बाग में घुसी। बहुत पुरानी आलीशान कोठी। लम्बा-चौड़ा विस्तार। आखिर ड्योढ़ी पर कार रुकी। ड्योढ़ी पर दस-बारह

सिपाही हथियारबन्द, मुस्तैद। सबने जल्दी-जल्दी पेटी कसी, बन्दूक संभाली और नवाब को सलामी दी।

लेकिन फाटक में ताला जड़ा हुआ। बाहर से भी और भीतर से भी। नवाब ने कहा, "इत्तिला करो।"

सिपाहियों के जमादार ने आगे बढ़कर सलाम किया और कहा, "जो हुक्म।"

वह पीछे हटा और एक सिपाही को संकेत किया। सिपाही ने छेद में मुँह लगाकर ज़ोर से आवाज़ लगाई, 'हुज़ूर, नवाब साहब तशरीफ लाए हैं—इत्तिला हो!"

तीन बार आवाज़ लगाई गई। उधर से आई महरी। हथिनी-सी काली मोटी, भारी-भरकम, उसी तरह झूमती झुमके हिलाती। खिड़की में ताली घुमाई, खिड़की खोलकर झाँककर देखा, नवाब को अच्छी तरह पहचानकर बन्दगी की। कमर से चाबियों का गुच्छा निकालकर भीतर से फाटक का ताला खोला और सिपाही को हुक्म किया, "खोल दो फाटक।"

जमादार ने भी ताला खोला और मोटर भीतर ज़नाने नज़रबाग में दाखिल हुई। सामने हरे-भरे सघन वृक्षों के झुरमुट में बेगम का सफेद झकाझक महल। चोरदरवाज़े पर मोटर आ लगी। महरी ने सीने पर हाथ रखकर ज़मीन तक सिर झुकाकर कहा, 'उम्र दराज़, इत्तिला करती हूँ सरकार!"

और वह भीतर घुस गई। पाँच, दस, पन्द्रह मिनट बीत गए। तब महरी ने आकर कहा, "तशरीफ ले चलिए, हुज़ूर।"

नवाब ने पायजामे का पाँयचा मोटर से बाहर निकाला। फिर कदम ज़मीन पर रखे, हाकिम साहब को उतारा, और महरी के पीछे-पीछे चोर दरवाज़े में घुसे। कमरों के बाद कमरे, दालान के बाद दालान, सेहन के बाद सेहन पार करते हुए, नौकरों, बाँदियों, लौंडियों और गुलामों की सलामें लेते हुए आखिर बेगम के खास कमरे में पहुँचे। सफेद चाँदनी का फर्श, चाँदी का तख्तपोश और कोच, छत में झाड़ और हज़ारा फानूस, चाँदी की एक पलंगड़ी, कीमती बिल्लौर की गोल मेज़ कमरे के बीचोंबीच।

नवाब ऐन दरवाज़े के सामने कुर्सी पर जा बैठे। हाकिम कोच पर। खिदमतगारों की फौज आई—एक के बाद एक कतार बाँधे। सबके हाथ में किश्तियाँ—मेवे के पकौड़े, पेस्ट्री, मिठाइयाँ, भुने कबाब, तले हुए मेवे, ताज़ा फल और न जाने क्या-क्या। साथ में चाँदी के सैट में चाय।

यह सब कुछ, मगर बेगम नदारद। नवाब ने हाकिम से कहा, 'करम फरमाकर चाय पीजिए।"

"लेकिन बेगम साहबा से मेरा सलाम तो कह दीजिए।"

"ये बैठी तो हैं सामने कोने में। बच्चों के लिए दुआ माँगती हैं।"

"शुक्रिया, मिज़ाज तो अच्छे हैं हुज़ूर के?"

अब उधर से, दूसरे कमरे के कोने से साफ महीन आवाज़ आई, "अच्छी हूँ, मगर आप कहीं इनकी बातों में तो नहीं बहक गए?"

"मैं तो महज़ सलाम करने और यह अर्ज़ करने हाज़िर हुआ था कि हुज़ूर, अब इस उम्र में नवाब साहब को दुनिया के जंगल में अकेला न छोड़ें। यों चार बर्तन होते हैं तो खटकते ही हैं। बेहतर हो सुलह हो जाए। पुराना रिश्ता ज्यों का त्यों रहे, खानदानी इज़्ज़त बच जाए।"

"जी, तो यह नसीहत आप मुझ ही को देना चाहते हैं। क्यों नहीं, आप मर्द जो हैं। लेकिन मर्दों की गुलामी करने की मैं आदी नहीं। इसके अलावा मैं नवाब का वज़ीफा भी नहीं खा रही हूँ।"

नवाब सिगरेट में एक गहरा कश खींचते हुए बीच में ही बोले, "खुदा के लिए ऐसी बड़ी-बड़ी तोहमतें तो न लगाओ! मैं तो हमेशा ही तुम्हारे तलुए सहलाने का पेशा करता रहा हूँ, बल्कि किसी हद तक तो बदनाम भी हो चुका हूँ—हाकिम साहब ही गवाह हैं।"

नवाब ने आँखों से हाकिम साहब को एक इशारा किया। हाकिम साहब ने पेस्ट्री दाँत से काटते हुए कहा, "हाँ, इसका तो गवाह मैं भी हूँ, यह बात शहर में आम मशहूर है।"

"समझ गई, तो आप लोग सांठगांठ करके तशरीफ लाए हैं। खैर, पान क्या अभी पहुँचे नहीं?"

"जी आ रहे हैं। अभी तो चाय ही खत्म नहीं हो रही है। यह तो इस नाचीज़ की आपने शाही दावत ही कर दी।"

"ज़्यादा बनाइएगा नहीं, कभी बेगम को भी तो नहीं भेजते। मैं हुई बीमार, आने-जाने से लाचार। अम्मी फरमा रही हैं एक दिन बच्चों और बेगम को भेजिए।"

"अम्मी से मेरा आदाबअर्ज़ कह दीजिए। हुक्म की तामील करूँगा—मगर उस दिन, जब हुज़ूर और नवाब साहब में मेल होने की खुशी में दावतनामा पहुँचेगा, साथ मैं भी आऊँगा।"

"घूम-फिरकर आप मतलब ही पर पहुँचते हैं, लेकिन आप लाख सिफारिश करें, मेहर के रुपए तो मैं छोड़ने की नहीं।"

''अकेले मेहर ही की रकम पर क्या मौकूफ है, नवाब साहब की जानोमाल की भी आप मालिक हैं।''

''अल्लाह का नाम लीजिए साहब, इनके जान-माल की मालिक वह मालज़ादी मुई बेस्वा है! जाने कहाँ से कूड़ा उठा लाए हैं! बस बैंगन है ताज़ा!''

हाकिम साहब और नवाब खिलखिलाकर हँस पड़े। नाश्ते से हाथ खींचकर हाकिम साहब ने दो बीड़े पान मुँह में ठूँसे। हँसते-हँसते कहा :

''बैंगन का यह खूब चुस्त फिकरा रहा!''

''तो और क्या कहूँ—टमाटर, भिण्डी, करेला, कद्दू सभी तो बैंगन से महँगे हैं। यह मुई बेस्वा, पाखाने की ईंट चौबारे पर, और लुत्फ यह कि मेरी ही छाती पर मूँग दले। अब एक बछेरी लाए हैं। दावत तो आपने भी उड़ाई होगी!''

''अब यह तो घर ही ऐसा है जहाँ रोज़ दावतों ही का सीगा बँधा रहता है। यह आज की दावत क्या कुछ कम है?''

''जाइए, शर्मिन्दा करते हैं आप।''

हाकिम साहब ने और दो बीड़े पान मुँह में ठूँसे और कहा, ''रंग-ढंग से तो ऐसा दिख रहा है कि दावत जल्दी ही होगी।'' उन्होंने नवाब से आँखें मिलाईं।

''जी, मुँह धो रखिए।''

नवाब ने अब मुँह खोला। बोले, ''सिर्फ मेहर के उन दो लाख रुपयों ही का मामला है न?''

''जी, दो लाख रुपयों की डिग्री का!'' बेगम ने डिग्री पर ज़ोर दिया।

''एक ही बात है।'' नवाब ने सिगरेट का कश खींचते हुए कहा, ''अच्छा यों करो, वे रुपए न तुम्हारे रहे न मेरे।''

''यानी उन्हें कुएँ में फेंक दिया जाए!''

''यह क्यों? क्यों न उनसे एक उम्दा फिल्म बनाई जाए? दो के दस हो जाएँ और दिल्लगी रहे वाते में।''

हाकिम साहब ने कहा, ''तजवीज़ बुरी नहीं।''

नवाब ने जोश में भरकर कहा, ''आप तो जानते ही हैं, गाने में हिन्दुस्तान की सब स्टार मेरा लोहा मानती हैं। यकीन कीजिए—बाम्बे जाता हूँ तो जोंक की तरह चिपटती हैं। खाने-सोने की फुर्सत नहीं देतीं—बस, नवाब, वह नई ट्यून ज़रा...।—और रही एक्टिंग—आप दीजिए मुझे नवाब का पार्ट। इसमें मुझे सीखना क्या? मैं खुद नवाब—खानदानी नवाब! और डाइरेक्शन? वल्लाह, आप देखें मेरी करामात! बाम्बे में अच्छे-अच्छे पानी भरते हैं, साहब!''

हाकिम साहब ने तो चुप ही रहना मुनासिब समझा। मगर बेगम से चुप न रहा गया, बोलीं, ''अब यही कसर रह गई, नाचिए-गाइए, गोया आप रईस नहीं मिरासी हैं!''

''लाहौल विला कूवत! बेगम, तुम यह क्या कह रही हो! यह आर्ट है—वह आर्ट जिसकी कद्र दुनिया करती है। विलायत में बड़े-बड़े लार्ड एक्टिंग करते हैं।''

''तो हर्ज क्या है, बनाइए फिल्म-कम्पनी।''

हाकिम साहब ने कहा, ''फिल्म कम्पनी लाख, दो लाख में तो बनती नहीं। दस-बीस लाख चाहिए। औरों से भी रुपया लीजिए।''

''न, और किसी का क्या काम! रुपया जिस कदर चाहिए मैं दूँगी। लेकिन इन पर भरोसा नहीं करती। आप हाथ में लीजिए।''

नवाब भिन्ना उठे। हाथ की सिगरेट फेंक दी। गुस्सा होकर बोले, ''इन्हीं से गाना भी गवाइए!''

हाकिम साहब ने हँसकर कहा, ''मगर मैं तो हूँ सरकारी नौकर! पेंशन मिल जाए तब देखूँ। अभी तो दस बरस गुलामी के बाकी हैं।''

''तो बस आदाबअर्ज़ है।''

हाकिम उठ खड़े हुए। बोले, ''आदाबअर्ज़ करता हूँ; और इल्तिजा भी कि अपना नफा-नुकसान सोचकर जैसा मुनासिब हो वही कीजिए, ऐसा न हो कि लोगों को हँसने का मौका मिले।''

बेगम ने जवाब नहीं दिया। खिदमतगार ने इत्र पेश किया। पान-इलायची दी। हाकिम साहब ने दरवाज़े की ओर मुँह करके आदाब बजाया और नवाब को लेकर बाहर आए।

दोपहर हो गई थी और नवाब साहब हाकिम साहब को उनकी कोठी पर छोड़ने गए तो दस्तरखान में शरीक हो गए। खाना खा चुके तो आराम-कुर्सी पर ऊँघने लगे। हाकिम साहब ने माफी माँगकर कहा, ''आप आराम फर्माइए। मैं ज़रा-सा कार-सरकार निपटा लूँ।'' और वे चले गए। खिदमतगार सुगन्धित सिगरेटों का डिब्बा और पान की तश्तरियाँ रख गया।

नवाब साहब कभी ऊँघते, कभी आँखें खोलकर सिगरेट का कश खींचते। खिदमतगार वापस जा रहा था। नवाब ने कहा, ''मियाँ ज़रा इधर आना।'' नौकर हाथ बाँधकर पास आ खड़ा हुआ। नवाब ने एक दस रुपए का नोट निकालकर उसकी हथेली पर रखते हुए कहा, ''मियाँ, बाहर हमारी मोटर खड़ी है। ड्राइवर

और सिपाही दोनों बेवकूफ हैं, ज़रा आते-जाते नज़र रखो। लड़के-बच्चे शरारती होते हैं; मोटर से छेड़छाड़ न करें।''

''बहुत अच्छा, हुज़ूर।'' नौकर ने झुककर सलाम किया, नोट जेब में खोंसा और लम्बा हुआ। नवाब फिर पीनक लेने लगे!

एक दूसरा नौकर फिर उधर आ निकला। पैर की आहट पाकर आपने आँखें खोलीं, पुकारा, ''मियाँ!''

नौकर ने सलाम किया। एक दस रुपए का नोट उसकी ओर बढ़ाकर कहा, ''सिगरेट लाना ज़रा।''

''हुज़ूर, सिगरेट तो हाज़िर है।'' उसने नोट हाथ में लेते हुए एक सिगरेट डिब्बे से निकालकर दियासलाई जलाते हुए कहा।

''तो इसे तुम रख लो। हाँ, ज़रा देखो, हमारा ड्राइवर सो तो नहीं गया।''

''बहुत अच्छा, हुज़ूर।'' खिदमतगार चला गया। नवाब सिगरेट फूँकते और राख की ढेरी करते रहे। झपकी लेते रहे। शेरवानी कसे, और नवाबी शान रखते हुए।

नवाब साहब की मुलाकातें ऐसी ही ग्राण्डील होती थीं—लम्बी और ठण्डी। जो उनकी तबीयत को जानते थे, उनके सोने-ऊँघने, चाय-नाश्ता, पान-सिगरेट का पूरा बन्दोबस्त करके अपने काम में लगते थे। यह ज़रूरी न था कि वे तमाम दिन नवाब साहब के पास बैठे रहें। नवाब को भी इसकी शिकायत न थी।

शाम हुई और नवाब हाकिम साहब से विदा हुए। सिनेमा चलने का इशारा किया। मान लिया जाता तो बारह बज जाते, बिना डबल शो देखे नवाब का दिल भरता न था। मगर हाकिम साहब ने चाय पिला-पिलूकर उन्हें विदा किया। और अब बारी आई नई दुलहिन हुस्नबानू के महल में जाने की।

चिराग जल चुके थे जब नवाब ने हुस्नबानू की ड्योढ़ी लाँघी। पहरे के सिपाहियों ने सलामी दी।

नवाब ने मोटर में बैठे ही बैठे कहा, ''इत्तिला करो।''

''इत्तिला ही है हुज़ूर। सरकार का हुक्म है कि हुज़ूर को आने दिया जाए—इत्तिला की मुतलक ज़रूरत नहीं।''

''ताहम, तुम लोग होशियार रहो।''

वहीं से मोटर से उतरकर नवाब पैदल ही रौश पार करते हुए महल तक आ पहुँचे। द्वार पर मिली महरी। पुरानी थी। हुस्नबानू की खिदमत में लगा दी गई थी। नवाब ने कहा, ''इत्तिला करो।''

''तशरीफ लाइए हुज़ूर, सरकार का हुक्म है, इत्तिला की मनाही है।''

''अजब नादिरशाही हुक्म है!'' नवाब होंठों में ही बड़बड़ाए और ड्योढ़ी में कदम रखा।

8

धूम-धड़क्कों में अभी तक नवाब हुस्नबानू से एकान्त में मुलाकात कर ही न पाए थे। यह उनकी उससे पहली ही मुलाकात थी। दीवानखाने में कदम रखते ही उन्होंने देखा—हुस्न धानी परिधान में, बीच कमरे में एक कुर्सी का सहारा लिए खड़ी है। कमरे का भी एकदम कायापलट हो गया है, उसकी तड़क-भड़क की सारी सजावट हटा दी गई है और वह निहायत सफाई, नफासत और सादगी से सजाया गया है। नवाब की नज़र हुस्न से रपटकर पहले कमरे ही पर गई। हुस्न ने मुस्कराकर नवाब का स्वागत किया। बन्दगी की। ताज़ीम की। लेकिन नवाब ने इस ओर विशेष ध्यान नहीं दिया। उन्होंने कहा, ''फुर्सत अब मिली। इतने मुलाकाती हैं! आज ही को लो—हाकिम साहब ने अब छोड़ा। मूज़ी ने दिन-भर मगज़ चाटा। लेकिन हुस्न, तुमने यह क्या किया! कमरे की सारी ही सजावट...''

''जी मुझे यही पसन्द है।''

''और बदन पर एक भी ज़ेवर नहीं! यह तो ज़्यादती है।''

''क्या कहूँ! आदी नहीं। खाना तैयार है, आप क्या अभी खाएँगे?''

''जल्दी क्या है! हाँ, गाड़ी में मेरा हारमोनियम है, ज़रा किसी से कहो, ले आए।''

हुस्न ने मुस्कराकर कहा, ''सुना है, हुज़ूर इल्म-मौसीकी के एक माहिर कामिल हैं।''

''तो यों कहो सब सुन चुकी हो। लेकिन यों ही कुछ गुनगुना लेता हूँ। आज तुम्हें गाना सुनाऊँगा। पसन्द ज़रूर करोगी। मँगाओ हारमोनियम।''

बानू ने दासी को संकेत किया। दासी के जाने पर नवाब ने कहा, ''तुम्हारी खूबसूरती की तारीफ सुनी थी, मुद्दत से इश्तियाक था, आज देख लिया।''

''कि जो सुना था, झूठ था।''

''नहीं, जितना सुना उससे ज़्यादा देखा।''

"शुक्रिया, लेकिन कपड़े खोलकर हलके होकर बैठिए। क्या एक प्याला कॉफी मँगाऊँ?"

"क्या हर्ज है, और सिगरेट भी।"

हुस्न कमरे से बाहर गई और फिर आकर पास बैठ गई।

"यहाँ तो तुम्हें सब कुछ नया-नया लगता होगा?"

"जी नहीं, ऐसा मालूम होता है जैसे हमेशा यहीं रहती रही हूँ।"

"खूब, तो यों कहो तुम्हारे दिलो-दिमाग यहीं थे।"

"जी!" हुस्नबानू ज़रा मुस्कराकर रह गई।

नौकर ने हारमोनियम लाकर रख दिया। दासी कॉफी और सिगरेट ले आई। कॉफी पीकर नवाब ने हारमोनियम पर हाथ डाला। हुस्न ने बाधा देकर कहा, "छोड़िए भी, बातें ही कीजिए।"

"कोई किस्सा सुनाऊँ या लतीफा? एक से बढ़कर एक याद है, सुनाना शुरू करूँ तो दिन निकाल दूँ!" नवाब ने एक खास अन्दाज़ में हँसते हुए कहा।

"हुज़ूर में इतने गुण हैं, तभी लाली बेगम आपको इतना चाहती हैं।"

"चाहती हैं! एक रात न जाऊँ तो बेचैन हो जाती हैं, खाना-पीना तर्क कर देती हैं।"

"आज तो वे मछली की तरह तड़फ रही होंगी?"

"तो मैं क्या करूँ, क्या तुम्हारे पास न आऊँ?"

"हक तो उनका है।"

"तुम्हारा भी है।" नवाब ने फिर हारमोनियम पर हाथ डाला। परन्तु हुस्न ने फिर बाधा देकर कहा, "गाना क्या लाली बेगम पसन्द नहीं करतीं?"

"खूब करती हैं।"

"और ज़ीनतमहल?"

"वह बदतमीज है, मगरूर और कूढ़मग्ज़!"

"सुना है, आलिम हैं, शेर कह लेती हैं, अंग्रेज़ी भी जानती हैं।"

"तो इस तोते की तरह पढ़ने से क्या? दिमाग तो है नहीं।"

हुस्नबानू हँस दी। उसने कहा, "समझ गई, उन पर आप रंग चढ़ा ही न सके, आपके सब इल्म वहाँ फेल हो गए।"

"नहीं, नहीं, गाना सुनती है तो सकते की हालत में हो जाती है। मगर दिमाग में कीड़ा है।"

"तो किसी दिन ज़ियारत कर आऊँ, इजाज़त है।"

''जाओ, मगर खुश न होगी।''

''बड़ी हैं, सलाम कर आऊँगी। बड़ी बेगम को भी सलाम करना लाज़िमी है।''

''कौन चीज़ पसन्द है तुम्हें, ख्याल, टप्पा या गज़ल?''

''सभी।''

''कुछ शौक भी रखती हो?''

''सिर्फ सुनने का।''

''तो सुनो'', नवाब ने एकबारगी ही गाना शुरू कर दिया। और अब इस खब्ती और सनकी नवाब का चुपचाप गाना सुनने को छोड़ दूसरा चारा न था। हुस्न बैठकर कानों को चीरने वाला गाना सुनने लगी। वह उनकी नई दुलहिन थी, आज यह उसकी नवाब से पहली मुलाकात थी जो अजब ठंडी, बासी और बिखरी-सी हो रही थी। हुस्न एक कोच पर मसनद का सहारा लेकर उठंग गई। नवाब तन्मय होकर हारमोनियम के सुर में मिलाकर चीखते-चिल्लाते रहे। एक के बाद दूसरा गीत, ठुमरी, टप्पा। कभी भी इसका अन्त न होता यदि हुस्न ज़बर्दस्ती उनका हाथ हारमोनियम से न खींच लेती। नवाब ने कहा, ''तमाम रात इसी तरह गाता रहूँ और ज़रा न थकूँ।''

''कमाल हासिल है आपको। मगर अब खाना निकालने का हुक्म दीजिए।''

''मंगा लो, लेकिन तुमने सुना, मैं जल्द एक फिल्म प्रोड्यूस करने की सोच रहा हूँ।''

''सच?''

''और मैं उसमें एक्टिंग करूँगा, समझ लो इस कदर सही एक्टिंग कि...''

हुस्न अब अपनी हँसी न रोक सकी। उसने कहा, ''क्या हर्ज है, यह तो अब बड़ी इज़्ज़त का पेशा समझा जाने लगा है।''

''यह आर्ट है, आर्ट। बानू, मगर ये बेवकूफ ऐक्टर नवाब का पार्ट करते हैं, गलत। ये क्या जानें नवाब कैसे रहते हैं। और मैं तो खुद नवाब हूँ। मुझे तो कुछ सीखना ही नहीं है।''

हुस्नबानू ने एक ठण्डी साँस ली। वह सोच रही थी, तमाम ज़िन्दगी इसी जाहिल, खब्ती आदमी के साथ बितानी है। जब यह आदमी साथ होगा तो अपनी हिमाकत और बेवकूफी से परेशान करेगा, और जब अकेले होऊँगी तो पुरानी यादें आ-आकर दिल कौंचेंगी। वाह, खूब ज़िन्दगी रही। बड़ी देर तक हुस्नबानू यही सोचती रही।

नवाब ने कहा, ''क्या सोच रही हो बानू?''

"यही कि मैं नाचीज़ क्या आपके लायक हूँ।"

"वाह, यह भी कोई बात है! मुझे तुम खूब पसन्द हो, और मैं रोज़ तुम्हारे यहाँ आऊँगा। बखुदा हमारी-तुम्हारी मुहब्बत दिन-दिन बढ़ती जाएगी।"

"खुदा ऐसा ही करे।" धीरे से हुस्न ने कहा और दस्तक दी। दासी के आने पर उसने कहा–

"दस्तरखान लगाओ।"

दस्तखान बिछा, नवाब और बानू ने खाना खाया। फिर बातें हुईं। बातों के अनेक विषय थे। रात गलती गई। मगर नवाब ने कपड़े तक नहीं खोले। बारह बजने पर नवाब ने घड़ी की ओर देखा, और कहा, "अच्छा, अब चलता हूँ।"

और वे चल दिए, अपनी पुरानी जेल में, ताला बन्द करके सोने के लिए। इस अनोखी रीति के रहस्य को न समझकर हुस्नबानू हैरान होकर पत्थर हो गई।

9

दूसरे ही दिन हुस्नबानू ने ज़ीनतमहल से मुलाकात की। ज़ीनत पहले तो ज़रा खिंची-खिंची-सी रही, फिर दोनों में खूब मेल हो गया और दोनों दिल खोलकर बातें करनी लगीं। ज़ीनत ने कहा, "पसन्द आए दूल्हा मियाँ?"

"उन्हें कौन न पसन्द करेगा? उनमें इतने गुण हैं कि वे उन्हें दिखाते जाएँगे और इन्सान को उन्हें पसन्द करने को मजबूर होना पड़ेगा।" हुस्नबानू ने मुस्कराकर कहा।

ज़ीनत भी मुस्कराई। उसने कहा, "तो तुमने एक ही दिन में उनकी सनक समझ ली।"

"समझ ही नहीं ली बहिन, मुझे उन पर तरस भी आया।"

"अरे, यहाँ तक?" ज़ीनत ने आँख उठाकर हुस्नबानू की ओर देखा। अब पहली ही बार उसकी आँखों में छिपी वेदना को उसने देखा–वह देखती ही रह गई। "कितनी देर रहे?"

"बारह बजे तक।"

ज़ीनत चुपचाप मुस्कराती रही। एक रहस्य उसके होंठों में खेल गया। हुस्नबानू ने कुछ आशंकित होकर पूछा, "बहिन, क्या इसमें कुछ राज़ है?"

"किसमें?"

‘‘कि वे रात मेरे यहाँ रहे नहीं। कपड़े तक नहीं खोले, इस तरह बैठे रहे जैसे गैर, मुलाकाती।’’

‘‘बहिन, नवाब हैं, रईस हैं, कोई ऐरे-गैरे मियाँ नहीं हैं। क्या तुम नहीं जानतीं, रईसों के सब ठाठ निराले होते हैं!’’

‘‘लेकिन मेरा दिल कहता है, कुछ भेद ज़रूर है, और तुम्हारी आँखें भी यही कह रही हैं बहिन।’’

‘‘भेद ही कुछ होगा तो क्या तुमसे छिपा रहेगा? आज नहीं तो कल वह खुलेगा ही।’’

‘‘आज ही वह खुल जाए तो क्या हर्ज है।’’

‘‘सौदा तो खरीद चुकी हो, अब खोटा होने पर क्या अदल-बदल करोगी?’’

‘‘अदल-बदल क्यों करूँगी?’’

‘‘खोटे को भी सहेजकर उठा रखोगी?’’

‘‘नहीं तो क्या करूँगी, फेंक दूँगी? खोटा सिक्का बाज़ार में तो चलेगा नहीं। फिर बड़ी बहिन को भी तो देख रही हूँ।’’

‘‘बड़ी बहिन कौन?’’

‘‘तुम।’’

‘‘मुझमें क्या देखा बहिन?’’

‘‘कि तुमने भी उसे फेंका नहीं, सहेजकर रखा है।’’

‘‘कमसिन तो हो बानू, अल्लाह रक्खे, पर ज़हीन हो। लेकिन यह ज़हन, यह हुस्न, यह दिल लेकर आई क्यों? मैंने सुना है कि ग्रेजुएट हो। इतना पढ़कर भी अपने को न रख सकीं?’’

‘‘ग्रेजुएट होने ही से क्या होता है बहिन! औरत जो हूँ, फिर बड़े अब्बा!’’

‘‘उन्होंने इस चम्पे की कली को ऊँट की दुम से बाँध दिया।’’

‘‘ऐसा न कहो बहिन, बड़े अब्बा मामूली आदमी नहीं।’’

‘‘लेकिन बहिन, तुम्हें यहाँ देखकर तो छाती फटती है।’’

‘‘क्या सौतिया डाह है?’’ हुस्न ने हँसकर कहा।

‘‘तुमसे सौतिया डाह करूँगी? ऐसी सुहागिन नहीं हूँ बहिन।’’

‘‘खुदा जाने तुम क्या कहना चाहती हो, अब कह ही दो।’’

‘‘सुन सकोगी?’’

‘‘बखूबी।’’

‘‘और दिल जो पाश-पाश हो जाएगा।’’

"नहीं होगा बहिन।"

"ऐसा पत्थर का दिल लेकर आई हो?"

"दिल साथ लाई ही नहीं हूँ, हिफाज़त से वहीं छोड़ आई हूँ।"

"अयं, तो तुम भी कोई राज़ लिए फिरती हो।"

"मैं भी तो नवाबजादी हूँ बहिन, कोई मामूली औरत नहीं।"

"तो मुझे बताओ।"

"तुम बड़ी बहिन हो। तुमसे कुछ न छिपाऊँगी, छिपाकर क्या करूँगी? अब जीना भी तो तुम्हारे ही सहारे है।"

"जीती रहो बहिन, तुम्हारी बदनसीबी पर तो मुझे बहुत रोना आता है।"

"मेरी बदनसीबी अभी तुमने देखी ही कहाँ है!"

"ऐसे शौहर की बीवी होना ही क्या तुम जैसी हीरे की कनी के लिए कम बदनसीबी है? लंगूर के हाथ में अंगूर की डाली।"

हुस्न की आँखों से टपाटप आँसू टपकने लगे। उन्हें आँचल से पोंछकर उसने सिसकते हुए कहा, "यहीं तक होता बहिन, तो मैं तो अपने को खुशकिस्मत ही मानती।"

"ओह, तो मालूम होता है तुम्हारी नसों में लहू नहीं भरा है, दर्द ही दर्द भरा है।"

"दर्द? नहीं, शर्म।"

ज़ीनत ने भेद-भरी नज़र से हुस्न की ओर देखा। पर मुँह से कुछ नहीं कहा। वह विचार में पड़ गई। हुस्न ने भी यह देखा पर उसने संभलकर कहा, "कहो अब बहिन।"

"सुनो, मेरी शादी को इक्कीस साल हो गए। शादी के वक्त तुमसे कहीं ज़्यादा कमसिन थी। लोग कहते हैं खूबसूरत भी थी, गो तुम-सी नहीं। इन इक्कीस सालों के बाद भी मैं आज वैसी ही कुँवारी हूँ, जैसी शादी की दुलहिन होने की बेला में थी।"

"क्या कहती हो बहिन!" हुस्नबानू की आँखें फट गईं। लेकिन ज़ीनतमहल कहती गई, "इन इक्कीस सालों में मैं एक बार भी नवाब की ड्योढ़ी में गई नहीं और नवाब कभी किसी एक दिन तमाम रात मेरे पास रहे नहीं।"

हुस्नबानू भय से पीली पड़ गई। उसने कहा, "तो...तो..."

लेकिन ज़ीनत कहती गई, "शुरू-शुरू में मैंने इन बातों पर ज़्यादा गौर नहीं किया। मैं एक बदमिज़ाज़ लड़की थी, माँ की लाडली थी। अब्बा की इकलौती

थी। वारिस थी। अम्मी को सबसे ज़्यादा प्यार करती थी। अब्बा तो बचपन ही में नहीं रहे थे। अम्मी ने ही मुझे पाला था। हम दोनों, अम्मी और मैं, एक लम्हे को भी जुदा न हुए थे। नवाब का यह रवैया मुझे कुछ भी न खला। मैं अम्मी के पास खुश-खुश रहती रही। नवाब आते, हँस-बोलकर चले जाते। लेकिन धीरे-धीरे उनके गुण दिखने लगे, मैं सब कुछ जान गई। बहुत रोई, सब आँसू बह गए, कलेजा, पानी होकर वह भी बह गया। अब तो रोना चाहूँ तो भी रो नहीं सकती हूँ। रोने से नफरत भी करती हूँ। समझ गई, शौहर नाम की एक शय है, ठोस पत्थर की बनी हुई। जब-तब उसमें ठोकर लग जाती है, चोट़ खाती हूँ, एक ज़ख्म हो जाता है। खुदा रखे, मैं भी एक नवाबज़ादी हूँ, कोई मामूली औरत नहीं।'' इतना कहकर ज़ीनतमहल ने रूखी-सूखी मुस्कराहट हुस्नबानू पर डाली।

पर इससे हुस्न का डर कुछ कम न हुआ। उसने सहमते-सहमते काँपती आवाज़ में कहा—''तो क्या नवाब...''

''नाकाबिले-मर्द हैं,'' ज़ीनत ने धीरे से कहा और आँखें नीची कर लीं।

''या अल्लाह!'' हुस्नबानू दोनों हाथ मलने लगी। फिर उसने पूछा, ''बस?''

''नहीं, यह तो सिर्फ एक बात हुई, जिसकी वजह से वह अपनी शादीशुदा बीवियों के साथ रात को नहीं रहते। लेकिन तुमने देखा ही है, वे किसी वक्त किसी के सामने कपड़े भी नहीं खोलते।''

''अरे, इसमें भी कोई राज़ है?''

''उन्हें कोढ़ की बीमारी है। उनका तमाम जिस्म घिनौने सफेद दागों से भरा है।''

हुस्नबानू का सिर चकराने लगा। उसे ऐसा प्रतीत हुआ कि वह बेहोश हो जाएगी। उसका मुँह सूख गया और आँखें पथरा गईं।

ज़ीनत ने उसकी यह हालत देखकर कहा, ''क्या तबीयत खराब हो गई। ज़रा लेट जाओ बहिन।''

''नहीं, ज़रा-सा पानी—बहिन!''

ज़ीनत खुद दौड़कर गई और चाँदी के गिलास में बर्फ का पानी ले आई। हुस्न को गोद में भरकर उसने गिलास उसके सफेद होंठों से लगा दिया।

पानी पीकर हुस्न ने कहा, ''शुक्र है खुदा का!''

''खुदा का शुक्र?''

''हाँ बहिन, मेरे गुनाहों की मुनासिब सज़ा यहीं मिल गई। अब शायद दोज़ख की आग से बच जाऊँ।''

''तुम और गुनाह? कौन इस बात पर यकीन करेगा? तुम तो सीरत में फरिश्ता हो, काश तुम मेरी बेटी होतीं!''

''तुम्हारी छोटी बहिन हूँ, कनीज़ हूँ—लेकिन यह काफी नहीं तो बेटी ही समझ लो। मैंने माँ का प्यार तो ज़िन्दगी में पाया ही नहीं, आज भी वह पाऊँ तो निहाल हो जाऊँ।''

और उसने अपने को ज़ीनतमहल की गोदी में डाल दिया। वह फफक-फफककर रोती रही। ज़ीनत ने उसे छाती से लगाकर कहा, ''तुम्हें कलेजे से लगाकर कितनी राहत मिलती है! आज पहली ही बार मिलीं और मुझे ठग लिया बहिन। अब मेरे कलेजे का टुकड़ा होकर रहना। मुझे तो ऐसा मालूम होता है जैसे कहीं से ज़िन्दगी जिस्म में पनपती चली आ रही है, जैसे सूखा खेत फिर हरियाली से लहलहा रहा है। खुदा ने तुम्हें मेरे पास भेजा है कि मैं अपने जले-भुने दिन अब राहत और खुशी में बिता दूँ।''

''लेकिन—लेकिन बहिन, इस बदनसीब की भी दास्तान सुन लो। सुनकर न ठुकराओ तो जानूँ।''

''ओह, शायद दिल वहीं कहीं छोड़ आने की बात है। कहाँ किसके पास छोड़ आई हो?''

''एक नन्हें-मुन्ने के पास'', हुस्नबानू अब बिखरकर फूट-फूटकर रोने लगी। जैसे उसका बाँध टूट गया हो। जैसे उसका रोम-रोम रो उठा हो। सुनकर ज़ीनत चौंक उठी।

''यह क्या कहती हो बहिन?'' ज़ीनत ने उसे उठाकर छाती से लगाकर कहा। और तब धीरे-धीरे एक-एक करके अपने दुःख-दर्द, बदनसीबी की सारी दास्तान उसने सुना दी। सब सुनकर ज़ीनत ने धीरे से पूछा—

''बच्चा अब कहाँ है?''

''बस इसे राज़ ही रहने दो बहिन, यह मत पूछो। कभी बहुत ही ज़रूरी हो गया तो तुम्हीं से कह दूँगी।''

ज़ीनत बड़ी देर तक उसे छाती से लगाए रही। फिर उसने आँसू पोंछकर कहा—

''बड़ी हौसले वाली हो बानू, आफरीं। तो अब से हम-तुम एक हैं। मुसीबतों का मिलकर सामना करेंगी। अभी एक बात गाँठ बाँध लेना। बड़े अब्बा ने जो जायदाद तुम्हारे नाम की है उस पर नवाब का हाथ न लगने पाए, इसका ध्यान रखना।''

''जायदाद का अब मैं क्या करूँगी?''

''बस नादानी न करो, बड़ी बहिन जैसा कहे, वही करना।''

''वही करूँगी बहिन, अब तो तुम्हीं बहिन और तुम्हीं माँ हो, और कहीं मेरी गत कहाँ है?'' उसने ज़ीनतमहल के दोनों हाथ आँखों से लगाकर चूम लिए। ज़ीनत ने उसे कसकर छाती से लगा लिया।

10

कालचक्र घूमता ही गया और घटनाएँ जीवनों को धकेलती रहीं। डाक्टर अमृतराय के तीन बच्चे हुए—दो लड़के और एक लड़की। दिलीप कुमार राय अब तेरह वर्ष का था। भाइयों और बहिन की नज़रों में वह उनका बड़ा भाई था। परन्तु उसकी सूरत-शक्ल, बुद्धि और विचार-सत्ता सब कुछ उनसे नया निराला था। उसका रंग अत्यन्त गोरा, आँखें ज़रा भूरी, नाक उभरी हुई, पेशानी चौड़ी, बाल ज़रा लाली लिए हुए। जिस्म पतला-दुबला, लम्बा, मिज़ाज तेज़ और गुस्सैल, तबीयत ज़िद्दी और हाथ खुला था। अनुशासन उसे पसन्द न था। वह हर बात को मौलिक रीति पर सोचता-समझता था। भाइयों और बहिन को वह तुच्छ समझता, उनसे दूर रहता, हर चीज़ में वह अपना एक पृथक् अस्तित्व कायम रखना चाहता था। सम्भव है डाक्टर अमृतराय और उनकी पत्नी अरुणादेवी के हृदय में जो एक प्रच्छन्न भावना थी—कि वह उनका अपना पुत्र नहीं है, और वह विजातीय मुसलमान बालक है, और वह बहुत भारी सम्पत्ति का स्वामी है—इससे उनके व्यवहार का कोई अज्ञात प्रभाव उस पर पड़ा हो। परन्तु यह तो निश्चय था कि माता-पिता और पुत्र के बीच जो एक गहरी आत्मीयता होती है वह उनमें न थी, परन्तु यह बात खूब पैनी दृष्टि से देखने पर ही दिख पड़ती थी। यों वह पिता का अदब और माँ को प्यार करता था।

डाक्टर के दोनों पुत्रों के नाम क्रमशः सुशीलकुमार राय और शिशिरकुमार राय थे। कन्या का नाम था करुणा। शिशिर और करुणा में खूब मेल-जोल था। शिशिरकुमार की तबीयत कुछ अनोखी थी। वह एक मस्त प्रकृति का बालक था। खेलने और पढ़ने में तेज़, मगर मिज़ाज का तीखा—हाँ, दिलीप जैसा नहीं। दिलीप के रूठने, गुस्सा करने पर उसे मनाकर राज़ी करने का काम शिशिर को ही करना पड़ता था। लेकिन दिलीप शिशिर पर शासन करता था। प्यार कहीं उसकी आत्मा

के कोने में था या नहीं, यह नहीं कहा जा सकता था। उसे प्यार करते, हँसते-बोलते, हिल-मिलकर रहते बहुत कम देखा गया था।

डाक्टर-दम्पती निस्सन्देह सब बच्चों को समान प्यार करते थे। फिर भी कहीं एक छिपी हुई परायेपन की गन्ध थी जो जाती न थी। क्या जाने इसी का कोई मनोवैज्ञानिक प्रभाव बालक दिलीप पर पड़ा हो।

डाक्टर की आय अच्छी थी। पर खर्च भी कम न था। रहन-सहन उसका भले आदमियों जैसा था। एक कार भी थी, एक घोड़ागाड़ी, तीन-चार नौकर भी। इस कारण वे कुछ ज़्यादा बचा न पाते थे। फिर बच्चों की शिक्षा का खर्च। दिलीपकुमार की एस्टेट की आमदनी को उन्होंने अभी तक छुआ न था। दिलीप को कभी-कभी कागजात पर हस्ताक्षर करने पड़ते थे, और डाक्टर उसकी जायदाद के शुरू से ही वली थे। नवाब ने बालक की शिक्षा और परवरिश के लिए एक अच्छी रकम की प्रथम ही पृथक् व्यवस्था कर दी थी। परन्तु डाक्टर ने अभी यह बात भी दिलीप को नहीं बताई थी। वे यह भी सोचते थे कि ऐसा करने से सब बच्चों से उसे पृथक करना पड़ेगा। पृथक् तो वह बालक स्वभाव से ही हो गया था—होता जा रहा था।

अब, जब वह तेरह वर्ष की दहलीज को पार करके शैशव से किशोरावस्था को पहुँचा तो डाक्टर-दम्पती के मन में अनेक संघर्षों ने जन्म लिया। प्रथम तो यह कि बालक की एस्टेट क्या उसे अकेले ही को दी जाए? क्यों न और बालक भी उसके समान भागी बनें। जब डाक्टर-दम्पती ने उसे छाती से लगाकर अपने पुत्र की भाँति ही लालन-पालन किया है तो वही अकेला क्यों उस सम्पत्ति का अधिकारी बने? निस्सन्देह वह सम्पत्ति उसके नाना की थी, माँ की थी उसकी अपनी थी; पर उसकी इस अधिकार-भावना पर डाक्टर-दम्पती जब-जब विचार करते, तब-तब उनका मन विरक्ति से भर उठता। कहना चाहिए, एक हद तक यह विरक्ति बालक के प्रति एक ईर्ष्यापूर्ण उपेक्षा में बदल गई थी, यद्यपि वह अभी बहुत ही अविकसित और प्रच्छन्न थी।

परन्तु बालक को इन सब बातों का पता न था। उसे यह शानो-गुमान भी न था कि डाक्टर-दम्पती उसके सही असल माता-पिता नहीं हैं। बालक को लेने के समय ही डाक्टर ने नवाब से यह तय कर लिया था कि बालक सर्वथा हिन्दू संस्कृति में, हिन्दू की भाँति उनके असल पुत्र की तरह पाला जाएगा। इस बात को स्वीकार करने के सिवा नवाब की कोई गति थी भी नहीं।

नवाब मुश्ताक अहमद अब मर चुके थे। परन्तु जब तक ज़िन्दा रहे उन्होंने

कभी बालक को देखने या डाक्टर से मिलने की चेष्टा नहीं की। एक प्रकार से उन्होंने दिल्ली छोड़ ही दी थी और वे कराची ही में बस गए थे। बालक का कुशल-मंगल पूछने को कभी उन्होंने एक खत भी नहीं लिखा। नहीं कह सकते कि उन्होंने ऐसा क्यों किया। डाक्टर को सुपुर्द करने के बाद बालक को वे एक प्रकार से भूल ही गए। यह उन्होंने शायद इसलिए किया हो कि वे नहीं चाहते थे कि डाक्टर के मन में यह अंकुर कायम रहे कि वह पराया बालक है, या मुसलमान बालक है। माता-पिता की गहरी एकता बालक के प्रति डाक्टर-दम्पती में उत्पन्न हो जाए, इसी भावना से एकबारगी ही बालक से विमुख हो गए थे। नवाब के मरने की खबर भी बहुत देर में मिली। डाक्टर ने भी अपनी तरफ से नवाब से कोई सम्पर्क जारी रखने की चेष्टा नहीं की। उन्हें भेद खुलने का भय था। अपनी बिरादरी का भय भी था। नवाब के मर जाने से वे एक प्रकार से निश्चिन्त हो गए।

हुस्नबानू इस बीच कभी एक बार भी दिल्ली नहीं आई। उसकी कोई खोज-खबर भी डाक्टर को न लगी। बालक की भी कोई खबर नहीं ली। बानू का रूप, तेज और प्रभाव डाक्टर को आहत कर गया था और डाक्टर कभी भी बानू को न भूल सके। बानू की हीरे की कनी के समान उज्ज्वल अमल-धवल वह मूर्ति सदैव डाक्टर के मानस-नेत्रों में प्यार की पीर की एक बाँकी झाँकी बनी रखी रही, जिसे अरुणा ने ही जाना। पर इसके लिए उसने डाक्टर को कभी लानत-मलानत नहीं दी। सहानुभूति और उदारता से उसने सहन किया। सम्भव है, बानू के प्रति यह स्नेहाकर्षण होने के कारण डाक्टर का मन बालक दिलीप के प्रति ममता से अधिक ओत-प्रोत रहता था।

दिन बीतते चले गए, युग करवट बदलता चला गया। जनजीवन भी नियति की नियत चाल पर थिरकता चला गया। डाक्टर-दम्पती यौवन की देहरी पार कर वार्धक्य पर बढ़े; और उनके बालक यौवन के राज्य में प्रविष्ट हुए। विश्व की रंगभूमि पर हिटलर आया, मुसोलिनी आया, स्टालिन आया, रूस में लाल सितारा चमका, अमरीका के उड़नकिले उड़े, हिटलर के चमत्कारों से विश्व चमत्कृत हुआ। महाराज्यों के राजमुकुट उड़-उड़कर हवा में बिखर गए। समूचा मानव-विश्व रक्त-स्नान में जुट गया। देश, राष्ट्र, पूँजी, सत्ता-अधिकार, सत्ता अपनी-अपनी सीमाएँ बदलने लगे। आकाश में वायुयान अनेक करतब दिखाने लगे। जापान का आतंक आया और अणु महास्त्र ने जादू के ज़ोर पर उसे विलय कर दिया। सोना और खून दुनिया में अपनी होड़ लगाने लगे। संसार का साहित्य, संसार

की वाणी, संसार की विचार-सत्ता, संसार का मस्तिष्क सब कुछ 'सोना और खून' की महत्ता को समझने में जुट गए। सोना मनुष्य के शरीर पर लदा था और खून उसकी नसों में बह रहा था। सोने में उसका संसार था। और खून में उसका जीवन था। मनुष्य खून बहाता था, पर सोना देना न चाहता था। इससे मनुष्य का खून एक करामात बन गया। ज्ञान-विज्ञान, शक्ति, सत्ता, सभी मनुष्य का खून उसकी नसों से बाहर निकाल बहाने में जुट गए।

बहुत लोग मर-खप गए। जो रह गए उनके सामने नई दुनिया थी—भूखी-प्यासी, भयभीत, कंगाल और अविश्वस्त; चिन्ता और वैकल्य से परिपूर्ण; अभाव और अन्धकार से लथपथ। इसने लोगों के रहन-सहन सोचने-विचारने के ढंग बदल दिए थे।

डाक्टर-परिवार पर भी उसका असर था। बच्चे अब कालिज में उच्च शिक्षा पा रहे थे। दिलीपकुमार एम. ए., एल-एल. बी. कर राष्ट्रीय संघ में नाम लिखा चुका था। वह कट्टरपंथी हिन्दू था। मुसलमानों का घोर विरोधी, हिन्दू संस्कृति का परम हिमायती। सुशील था कम्युनिस्ट, असहिष्णु और मज़दूरों का नेता। बी.ए. पास करके उसने अर्थशास्त्र में एम. ए. पास किया था। शिशिर था कांग्रेसी, खद्दरपोश। वह बी. ए. फाइनल में था। करुणा अध्ययन कर रही थी चिकित्सा-शास्त्र, लेडी हार्डिंग में। वह थी मानववादिनी, अल्पभाषिणी, भावुक, सरल-तरल, जनहित से ओत-प्रोत, सब भेदभावों से दूर मनुष्य के प्यार से ओत-प्रोत।

11

डाक्टर अमृतराय की जैसी मान-प्रतिष्ठा थी वैसा ही उनका खानदान भी था। खत्रियों के ऊँचे खानदान में वे गिने जाते थे। ज्यों-ज्यों वे प्रौढ़ होते गए, उनकी मर्यादा बढ़ती ही गई। धन भी उन्होंने काफी कमा लिया था। प्रैक्टिस भी धड़ल्ले से चल रही थी। मोटर, घोड़ागाड़ी, बाग, ज़मीन, मकान सब कुछ था। मिलनसार आदमी थे—इससे मित्रों की भी उन्हें कभी कमी न रही।

दिलीपकुमार कानून पढ़ चुका था। डाक्टर चाहते थे कि किसी प्रतिष्ठित वकील के साथ प्रैक्टिस करे। परन्तु उसका मन प्रैक्टिस में न था। वह राष्ट्रीय संघ का जनरल सेक्रेटरी था। वह चाहता था कि हिन्दू सभा का एक ज़ोरदार नेता बने। नेता बनने के सभी गुण उसमें थे। वह सचोट वक्ता, फुर्तीला और

मुस्तैद युवक, निरालस्य और कठिन श्रमी, हँसमुख, मित्रों का सहायक था। राष्ट्रीय संघ में तो उसका अपना एक दल था ही। व्यक्तिगत मित्रों में भी एक समर्थ दल था। अपनी कार्यसिद्धि के लिए ऊँच-नीच, भला-बुरा वह कुछ भी सोचता-समझता नहीं था। अवसर के महत्त्व को वह जानता था, उससे कभी वह चूकता न था। उसके विचार तीखे, भावना तीव्र और आलोचना व्यंग्यपूर्ण होती थी। उसके भाषण से उसकी मित्र मण्डली प्रसन्न होती थी। वह वास्तव में जन्मजात नेता था।

परन्तु डाक्टर अमृतराय पर अब एक भारी और असह्य भार आ पड़ा। बच्चे सब विवाह-योग्य हो गए थे। दिलीपकुमार की आयु छब्बीस वर्ष की हो गई थी। और चारों ओर से उसके लिए सम्बन्ध आ रहे थे। अब उसका सम्बन्ध कहाँ और कैसे किया जाए—एक दिन पति पत्नी में इसी विषय पर चर्चा छिड़ी।

अरुणादेवी ने कहा, "विवाह तो करना ही होगा। चाहे जो भी हो, बिरादरी को तो हम नहीं छोड़ सकते। बच्चे और भी हैं। उसके जन्म का रहस्य किसी पर प्रकट नहीं है। अब वह हमारा ही लड़का है, इसलिए बिरादरी में ही होगा।"

"पर मैं जीती मक्खी कैसे निगलूँगा? मैं तो जानता हूँ कि वह हमारा लड़का नहीं है, एक मुसलमान माता-पिता का पुत्र है। मैं कैसे किसी हिन्दू लड़की को इस धर्मसंकट में डाल सकता हूँ! इतना बड़ा छल तो मैं बिरादरी के साथ कर नहीं सकता।"

"तो क्या अब इतने दिन बाद दुनिया को यह बताओगे कि एक मुसलमान के लड़के को तुमने घर में रखा, पाला-पोसा, साथ खाया-पिया? फिर बिरादरी में तुम रह सकते हो? बाकी बच्चों का ब्याह-शादियाँ क्या बिरादरी में हो सकती हैं?"

"क्यों नहीं हो सकतीं, साँच को आँच कहाँ!"

"पर यह तुम्हारा साँच अब तक कहाँ था? नाहक एक झमेला खड़ा हो जाएगा। क्यों दबी आग कुरेदते हो?"

"पर इतना बड़ा झूठ कैसे अपने मुँह से कहूँ। फिर अरुणा यह रक्त का सम्बन्ध है, धर्म का बन्धन है, हम हिन्दू हैं। जानती हो, विवाह में कुलगोत्र-उच्चारण होता है, गोत्रावली और वंशावली का बखान होता है। माता के चार कुल और पिता की चार पीढ़ियाँ बचाई जाती हैं, यह सब इसीलिए तो कि गैर रक्त आर्यों के रक्त में न प्रविष्ट होने पाए। अब हम एकदम म्लेच्छ रक्त को कैसे अपने में खपा सकते हैं? कैसे एक आर्य कुमारी को धोखा देकर झूठ बोलकर म्लेच्छ के बालक से विवाह कर सकते हैं! हमारे तो लोक-परलोक दोनों ही बिगड़ जाएँगे।"

"तो यह बात पहले सोचनी थी।"

"ज़रूर सोचनी थी। पर तब तो इन बातों का ख्याल ही नहीं आया। और उस समय हुस्नबानू को देखकर तो मैंने जैसे आपा ही खो दिया।"

"अभी शायद कहीं चीस-चसक बाकी है, क्यों न?"

"तुमसे तो झूठ न बोलूँगा अरुणा, है तो, जड़मूल से तो कभी मिटी ही नहीं।"

"तो अभी तो वह भी दुनिया में जीती-जागती है। क्यों न उसका बेटा उसे दे दिया जाए? उसकी ज़मीन-जायदाद तो हमने छुई भी नहीं है।"

"नहीं छुई है। पर क्या यह सम्भव हो सकता है? जानती हो, अपने कलेजे के टुकड़े को हमारी गोद में डालकर उस स्त्री ने कितनी वेदना पल्ले बाँधी है! फिर तब से एक बार भी हमारी ओर उसने देखा ही नहीं, बेटे को याद किया नहीं। अब हम वचन भंग करें, उसकी प्रतिष्ठा का भण्डाफोड़ करें? ना यह हमसे न होगा।"

"तो दिलीप भी अब नासमझ नहीं। उसी से सब खोलकर कह दो।"

"अरे, वह पक्का हिन्दुसभाई मुसलमानों को तेल में होकर देखता है। राष्ट्रीय संघ का जनरल सेक्रेटरी, हिन्दू धर्म का नेता है। वह सुनेगा तो शायद उसके हृदय की धड़कन ही बन्द हो जाएगी, या अजब नहीं वह क्रोध करके हमारा खून कर डाले।"

"ऐसा भी कहीं हो सकता है! अच्छा, तुम नहीं तो मैं कहूँगी।"

"ये बातें सब फालतू हैं अरुणा, हमें यह ज़हर का घूँट पीना ही होगा। हम यह भेद जीते जी खोल नहीं सकते। भेद खोलने में हमारा सर्वनाश होगा। दिलीप का तो जीवन नष्ट ही हो जाएगा, साथ हम भी लोगों की नज़र में गिर जाएँगे।"

"तो फिर होने दो हिन्दू कुमारी का बलिदान। हिन्दू की बेटी तो बलि के लिए ही पैदा होती है। हिन्दू ही दूल्हा होता—लुच्चा और बदमाश—तो वह कितना दुःख देता! घर-घर तो मैंने आँसुओं से गीले चेहरे देखे हैं। दिलीप कम-से-कम ऐसा पशु तो नहीं है। कोई भी स्त्री उसे पाकर सन्तुष्ट होगी। फिर मुगलों के ज़माने में मुगल बादशाहों ने तो हिन्दू कुमारियों से शादी की थी। अब इतना सोच-विचार न करो। ब्याह कर डालो। पानी जितना उलीचा जाएगा, गन्दा होगा।"

"इधर एक सुविधाजनक बात भी है।" डाक्टर ने जैसे अचानक याद करके कहा।

"क्या?"

''राय राधाकृष्ण बैरिस्टर हैं।'' कन्या उनकी बाईस साल की है। एम.ए. है। विलायत-रिटर्न है, लड़की ने भी विलायत पास किया है। सुन्दरी है। जात-पाँत, बिरादरी को ये नहीं मानते। यों हैं हमारी बिरादरी ही के, पर मुद्दत से बिरादरी से बाहर हैं, मार्डर्न विचार के हैं। धन-दौलत खूब है। वे बड़ा ज़ोर दे रहे हैं, क्यों न रिश्ता ले लूँ!''

''लड़की तो मैंने देखी है, पसन्द है। यही ठीक होगा। तुम्हारे मन की ग्लानि भी अधिक न होगी। यही करो। पर उससे रिश्ता करके पीछे हमारे बच्चों के रिश्तों में तो विघ्न न होगा?''

''शायद हो, परन्तु ज़माना बदल गया है। अब पुराने विचार खत्म हो रहे हैं। मैं समझता हूँ मैं सब ठीक कर लूँगा। फिर मैं इस मामले में बिरादरी के पंच-चौधरियों को भी घसीटूँगा। यह काम उन्हीं की राय से तो होगा।''

''यह अच्छा है। लेकिन दिलीप से पूछ लिया जाए।''

''वह क्या इन्कार करेगा? अभी इतना एडवांस नहीं हो गया।''

डाक्टर ज़रा मुस्करा दिए।

''पूछ लेना अच्छा है।''

''खैर, पूछ लूँगा, तो मैं राय राधाकृष्ण को खत लिखकर मंजूरी दे देता हूँ।''

''जैसा ठीक समझो।''

''फिर किसी दिन तुम जाकर लड़की की गोद भर आना।''

''देखा जाएगा। पर दिलीप से ज़रा पूछ लेते तो।''

''पूछ लूँगा, चिन्ता न करो।'' डाक्टर कपड़े पहनकर बाहर चले गए। अरुणा कुछ देर इन्हीं बातों पर सोचती रही।

12

परन्तु दिलीप ने इस रिश्ते को बिलकुल अस्वीकार कर दिया। उसने कहा, ''वे लोग बिलकुल भ्रष्ट हैं। सबके साथ उनका खानपान है। उनकी लड़की भी अंग्रेज़ी फैशन की गुलाम है। ऐसे लोगों के साथ सम्बन्ध नहीं कर सकता। न मैं विलायती बीवी पसन्द करता हूँ।'' दिलीपकुमार की स्पष्ट बातें सुनकर डाक्टर बड़े असमंजस में पड़े। दिलीप की बात में कुछ अनौचित्य न था। डाक्टर अपनी गृहवधू को स्वयं उसी रूप में देखना चाहते थे जिसमें दिलीप। वे एकाएक कुछ

न कह सके। परन्तु उन्होंने दिलीप से बिना ही पूछे राय साहब को स्वीकृति का पत्र लिख दिया था—इसका उन्हें बहुत मलाल हुआ। उन्होंने कहा, ''दिलीप, मुझसे बड़ी गलती हो गई। मैंने तुमसे बिना पूछे ही रायसाहब को पत्र लिख दिया। अब क्या होगा भला?''

''बहुत बुरा हुआ बाबूजी! उनसे अब भी सब बातें साफ-साफ कही जा सकती हैं। वे बड़े आदमी हैं, सज्जन हैं, सब बातें समझते हैं। नाराज़ न होंगे, प्रसन्न ही होंगे।''

''लेकिन बेटे, एक बार फिर सोच लो। यह तो तुम्हीं कह चुके हो कि वे सज्जन हैं, ऐसे सम्बन्ध मिलने सुलभ नहीं।''

''परन्तु बाबूजी, मेरे विचार आपको मालूम हैं। मैं सीता-सावित्री का आदर्श पसन्द करता हूँ। मैं चाहता हूँ कि सीता-सावित्री के वंश की ही कोई लड़की आपके चरणों का आशीर्वाद प्राप्त करे।''

विनम्रता और दृढ़ता दिलीप का स्वभाव था। डाक्टर उसकी विनय और दृढ़ता से निरुत्तर हो गए। उन्होंने धीरे से कहा, ''एक बार अपनी माँ से भी तो सलाह कर लो।''

''माँ को जानता हूँ बाबूजी, वे तो मेरे ही धर्म को मानती हैं। मेम को बहू बनाना कभी पसन्द नहीं करेंगी।''

''पर बेटे, वेशभूषा ही से क्या, रायसाहब की पुत्री रूप, गुण और शील में अद्वितीय है। देखोगे तो पसन्द करोगे।''

''लेकिन रूप, गुण और शील से क्या—आदर्श और विचार भी तो उसके हमारे ही समान होने चाहिए, आचरण और भावना भी तो हमारे ही अनुकूल होनी चाहिए।''

''लेकिन भैया, आज के स्वतन्त्रता और समानता के युग में जो तुम इतनी कट्टरता के विचारों को लिए फिरते हो सो क्या ठीक है?''

''मैं आपके समान विद्वान् नहीं बाबूजी। पर देखता हूँ कि मैं कोरा कट्टर ही नहीं हूँ, कुछ विचार भी सकता हूँ, और आदर्श और संस्कृति में तो कट्टरता कायम रहनी ही चाहिए। नहीं तो फिर जातीयता कहाँ रह सकती है।''

''जातीयता न रहने पर भी तो काम चल सकता है दिलीप।''

''कहाँ, आपने हिटलर को देखा, मुसोलिनी को देखा, किस तरह जातीयता के नाम पर ही वे मर मिटे। अंग्रेज़ हैं, फ्रेंच हैं, यूरोप के अन्य राष्ट्र हैं, एक जातीयता के नाम पर, एक जातीयता के बल पर ही दुनिया में जीते हैं। हम

हिन्दू दरिद्र हैं, गुलाम हैं। हमारी आर्थिक और राजनीतिक दासता ने शताब्दियों से हमें पंगु बना कर रखा है, इसी से गुणवान्, विद्वान्, धर्मात्मा धीर-वीर रहते हुए भी हम दास-भाव से मुक्त नहीं हो पाते; पराजित ही रहते हैं। अब एक जातीयता ही तो है—जिसके बल पर हम सब एक हो सकते हैं, संगठित होकर अपनी दासता की बेड़ी काट सकते हैं।''

''सो तो है, परन्तु इससे हिन्दू लोगों के बीच तो दीवार खड़ी हो जाएगी। हिन्दू तो पहले ही से छुआछूत के कारण दूसरी जातियों से अलग-अलग रहते आए हैं—अब तुम्हारे इन विचारों ने उनके मन में घर कर लिया तो वे अपने पड़ोस के प्रत्येक उस आदमी के शत्रु और गैर हो जाएँगे जो हिन्दू नहीं है। यह क्या अच्छा होगा दिलीप?''

''बहुत अच्छा होगा, हम संगठित होंगे, सबल होंगे, स्वस्थ होंगे, सम्पन्न होंगे तो दुनिया के लोग मित्रता का हाथ हमारे सामने फैलाएँगे।''

''भला ऐसा कैसे हो सकता है?''

''क्यों नहीं हो सकता? देखा नहीं आपने, इस युद्ध में अंग्रेज़ों और अमेरिकनों ने लाल रूस से कैसी दोस्ती गाँठी थी? कहिए, इन तीनों का कहीं भी मेल खाता है? बाबूजी, शक्ति ही सब कुछ है। हम शक्ति प्राप्त करना चाहते हैं, और यह काम संगठित होने से होगा। और संगठन संस्कृति के द्वारा ही हो सकता है। इसी से बाबूजी, मैं हिन्दू संस्कृति का इतना पक्ष लेता हूँ।''

''तो कदाचित् तुम्हीं ठीक होगे भाई। पर मैं तो समझता हूँ, अब तो दुनिया के सब मनुष्यों को परस्पर समान भाव से रहना चाहिए।''

''समान होने ही के लिए हम दासता की बेड़ियों को काटना चाहते हैं। जो गिरे हुए हैं, उन्हें तो समान होने के लिए ज़रा उठना ही होगा, बाबूजी!''

डाक्टर ने हँसकर दिलीप की पीठ ठोकी। हँसते-हँसते कहा—''तुमसे बहस करना मेरे बूते की बात नहीं, दिलीप! लेकिन जा, इस मामले में अपनी माँ से और बात कर ले। तभी तो अन्तिम निर्णय होगा—उसी की सूचना मैं रायसाहब को दूँगा।''

''बहुत अच्छा,'' कहकर दिलीप चला गया। डाक्टर देर तक इस गुत्थी को सुलझाने में उलझे रहे। जिसकी नसों में शत-प्रतिशत मुस्लिम रक्त बह रहा है, वह ऐसा कट्टर हिन्दूधर्म का समर्थक है—यह सोचकर डाक्टर को हँसी आ गई।

13

उसी रात को दिलीप ने अरुणा से बात की। माता के सोने के कमरे में जाकर वह माँ के दोनों पैर गोद में रखकर पलंग पर बैठ गया। अरुणा लेटी हुई थी, एकदम पाँव खींचकर उसने कहा, "यह क्या करता है रे पाजी!"

दिलीप ने हँसकर कहा–"खुशामद कर रहा हूँ, जिससे माँ मेरे अनुकूल हो जाए!"

"लेकिन बात क्या है?"

"बाबूजी ने कहा है कि जाकर माँ से बात कर ले।"

"ब्याह के विषय में। बाबूजी रायसाहब की उस मोम की पुतली से मेरा ब्याह करना चाहते हैं, माँ!"

"अच्छा तो है, विलायती बीवी मिलेगी।"

"विलायती कहाँ, विलायतनुमा हिन्दुस्तानी। एकदम इमीटेशन।"

"तूने कोई असल हीरे की कनी ढूँढ़ ली है क्या?"

"मुझे क्या ज़रूरत है, मां, हम-तुम दोनों क्या काफी नहीं है?"

"सो तुझे तो ज़रूरत नहीं है। पर तेरे और भी भाई हैं, बहिन हैं, उन्हें भी कहीं कुछ ज़रूरत नहीं रहेगी?"

"वाह', दिलीप ज़ोर-ज़ोर से हँसने लगा। उसने दोनों हाथ जोड़कर अभिनय-सा करते हुए कहा, "वन्दे मातरम्।"

अरुणा नाराज़ हो उठी। उसने कहा, "ये सब बातें मुझे पसन्द नहीं हैं। दिलीप, इन्होंने जब सब बातें कर ली हैं तो तू बीच में मत दुलख। तेरी लाभ-हानि की सब बातें उन्होंने सोच ली हैं। वह लड़की मैंने देखी है–बहुत सुशील है, मैं उसे खूब अच्छी तरह अपनी बहू बना लूँगी। तू बेफिकर रह।"

"तो यही पक्की रही। कह दूँ सुशील से जाकर?"

"फिर गधापन करता है, बड़े भाई को छोड़कर कहीं छोटे का ब्याह पहले होता है!"

"क्यों नहीं होता? भीष्म ब्रह्मचारी रहे थे, और उन्होंने अपने हाथों से अपने भाइयों का ब्याह किया था।"

"सो तू भीष्म की तरह ब्रह्मचारी रहना चाहता है!"

"ज़रूर रहना चाहता हूँ। जब तक मेरा देश स्वतन्त्र न हो जाए, हिन्दू राष्ट्र का उत्थान न हो जाए तब तक ब्याह करके गुलाम सन्तान पैदा करने से क्या

फायदा है, माँ! फिर कौन जाने हमें किस मुसीबत में फँसना पड़े—जेल जाना पड़े, फाँसी पर लटकना पड़े। नहीं, ब्याह-शादी की अभी कोई गुंजाइश नहीं है। पहले हिन्दी, हिन्दू, हिन्दुस्तान है। पीछे ब्याह-शादी। बाबूजी से कह दो माँ, वे इस झमेले में दिमाग खराब न करें—प्रथम तो मैं अभी ब्याह करना ही नहीं चाहता—फिर करूँगा तो सीता और सावित्री के आदर्शों पर चलनेवाली हिन्दू-कुल-ललना के साथ। जिससे मेरे सब सपने सत्य हो जाएँ।''

''सपने कैसे रे?''

''कि तुम्हारी बहू बैठकर तुम्हें रामायण का पाठ सुनाए। सूर्योदय से प्रथम उठकर स्नान करे, देवपूजन करे, गुरुचरणों की वन्दना करे, गृहस्थधर्म का सांगोपांग पालन करे, यह नहीं कि उठते ही टोस्ट-चाय। फिर पार्टियों में जाना, उपन्यास पढ़ना और सिनेमा देखना।''

''सांगोपांग गृहस्थपालन कैसा रे?''

''जैसा धर्मशास्त्रों में लिखा है—सोलह संस्कार, पंचमहायज्ञ, तीर्थ, व्रत, उपवास, कथा-वार्ता, दान-धर्म, यही सब कुछ तो हिन्दूधर्म है, इसी की बदौलत तो हिन्दूधर्म जीवित है। अब तक स्त्रियाँ यह धर्मपालन करती रहीं। तभी तो वे देवी कहाती हैं, अब वे भी चश्मा चढ़ा और ऊँची एड़ी के जूते पहनकर बन जाएँ मेम साहब, और पतिदेव के साथ बैठकर टोस्ट-चाय उड़ाकर सास-ससुर, गुरुजनों की सब लाज-शर्म वे बहाएँ—तो हिन्दूधर्म और हिन्दूजाति कहाँ रहेगी! रसातल में डूब जाएगी, माँ! मैं अपने घर में ऐसी औरत को घुसने भी न दूँगा।''

''और घुस जाए तो?''

''तो मार डंडे निकाल बाहर करूँगा।''

''अभी तो तू सुशील के लिए वह मेम ले आने की बात कह रहा था। उसे लाकर उसके डंडे लगाएगा?''

दिलीप थोड़ा हतप्रभ हुआ। उसने खूब ज़ोर से माँ के पैरों को गोद में दबाकर कहा, ''नहीं, नहीं—माँ, तुम बाबूजी को समझा देना—हमारे घर में भ्रष्टा और स्वेच्छाचारिणी कोई बहू न आने पाएगी। हमारे घर में आएँगी गृहलक्ष्मियाँ—जो सदा से हिन्दूधर्म की सांस्कृतिक प्रतिमाएँ रहती आई हैं, जिनकी पवित्रता की कहानियाँ हम श्रद्धा और आदर से कहते-सुनते हैं।''

''बड़ा पण्डित हो गया है तू दिलीप, पर देख, यह सब आदर्शवाद अच्छा नहीं है। देश-काल का भी तो विचार करना पड़ता है—तू तो इतना पढ़ा-लिखा है...फिर भी यह बात नहीं समझता। अब जब नई दुनिया में नए ज्ञान का, नए

जीवन का प्रकाश आया है—तू कैसे हज़ारों वर्ष पुराने आदर्शों को कायम रख सकता है! बेटे, हमें आज के युग में रहना है आज के युग का आदमी बनकर। सब बातों में पुरानी बातों की लीक पीटने से नहीं चलेगा।''

''मैं क्या पुरानी बातों की लीक पीटता हूँ, माँ?''

''नहीं तो क्या! तू संस्कृति और सभ्यता की बात तो करता है। तुझे पुराने हिन्दूधर्म के गुण ही गुण दिखते हैं। पर स्त्रियों ही की बात है। हिन्दूधर्म में स्त्रियों को किस प्रकार दासी की भाँति रखा जाता रहा। किसी ज़माने में तो मुर्दे पति के साथ ज़िन्दा उन्हें फूँक दिया जाता था। इसे सती-धर्म कहा जाता था। जब आठ बरस की विधवा का दूसरा ब्याह करना ही अधर्म माना जाता था—तब पुरुष दस-दस ब्याह करते थे। अपनी औरतों को भेड़-बकरी की तरह बाज़ार में बेचते थे, जुए के दाँव पर लगाते थे, दूसरों को दे डालते थे। क्या तूने युधिष्ठिर-हरिश्चन्द्र और पांडुराज की कथाएँ नहीं पढ़ीं?''

''पढ़ी हैं, माँ, परन्तु धर्मबन्धन भी तो होते हैं?''

''खाक होते हैं धर्मबन्धन! आदमी को विचारशील होना चाहिए। और उसे जीवन में—अपने युग के साथ चलना चाहिए, बेटे! तू इतना बड़ा विद्वान् है—सो इतना भी नहीं समझता!''

दिलीप ने और कसकर माँ के चरणों को हृदय से लगा लिया। और वह कुछ देर चुप बैठा रहा। फिर उन चरणों में मस्तक रख तेज़ी से वहाँ से चल दिया।

14

विश्व महायुद्ध ने संसार को दो भागों में विभक्त कर दिया था। एक भाग था जनवादी देशों का, जिनका नेतृत्व तरुण पीढ़ी कर रही थी।—दूसरा था पूँजीवादी देशों का, जिनका नेतृत्व दकियानूसी पुराने मोटे पेटवाले कर रहे थे। जनवादी देशों का मूल मन्त्र था—श्रम, और पूँजीवादी देशों का अर्थ। यह श्रम-शास्त्र इस युग की सबसे बड़ी विरोधिनी शक्तियाँ बन रही थीं और यद्यपि संसार अभी तक गत विश्वयुद्ध के घावों से भरपूर कराह रहा था—पर उसके सिर पर तीसरा महायुद्ध मंडराता आता दिख रहा था। दुनिया के आदर्श बदल गए थे। जीवन के ध्येय बदल गए थे। विश्व सिमटकर जैसे प्रत्येक व्यक्ति की इकाई में समा गया था।

जनवादी देशों के तरुण मानव-प्रतिष्ठा के लिए चरम संघर्ष कर रहे थे। ऐसे तरुण जो जहाँ थे, सारे संसार के वैसे ही तरुणों से उनके सम्पर्क स्थापित होते जाते थे। राष्ट्रीयता, जातीयता और देश की दीवारों को तोड़-फोड़कर, किसी भी बाधा की आन न मानकर विश्व के तरुण मानव-प्रतिष्ठा के लिए एकीभूत होते जा रहे थे। उनका संगठन विश्वव्यापी था। और विश्व जैसे एकीभूत हो उनके निकट आ रहा था। नदियों ने, पर्वतों ने, समुद्रों ने, देशों की सीमा-रेखाओं ने यद्यपि उन्हें पृथक् कर रखा था—पर वे एक थे। साहस और निर्भीकता से, जनवाद की विजय में अटल विश्वास रखकर वे तीव्रता से एक होते जा रहे थे।

विश्वयुद्ध में सारे संसार के नौजवानों के भाग्य का निर्णय रूस की युद्ध-भूमि में हुआ था। सोवियत नौजवान यह समझते थे कि हमने फासिज़्म को परास्त करके सारे संसार के मनुष्यों को गुलामी से बचा लिया है। संसार-भर के तरुण सोवियत तरुणों के इस कार्य को श्रद्धा की दृष्टि से देखते थे। दुनिया के करोड़ों युवकों के हृदयों में उनके नाम आग के अक्षरों की भाँति धधक रहे थे। इधर आंग्ल-अमेरिकन गुट दुनिया को खून की नदी में फिर एक बार डुबा देना चाहता था। अमेरिका के डालर शाह अब वही नारे बुलन्द कर रहे थे जो कल तक जर्मन फासिस्ट लगाते थे। और अब ठीक संसार के मनुष्यों के भाग्य-निर्णय का काल उपस्थित हुआ था। उनके सामने सिर्फ दो ही मार्ग थे—वे स्वतन्त्र हों या आंग्ल-अमेरिकन साम्राज्यवाद के गुलाम।

सोवियत संघ जनवाद के कट्टर हिमायती उत्पन्न कर रहा था। राष्ट्रीयता को वे भयानक और घृणास्पद समझते थे। सोवियत संघ तरुणों को अन्तर्राष्ट्रीयता की दीक्षा दे रहा था। वह विश्व के जनवादी युवक-संघों के साथ सम्बन्ध स्थापित करने के लिए उन्मुख था। सोवियत तरुण हर तरह यह उद्योग कर रहे थे कि संसार के जनवादी तरुण एक हैं और उनकी एकता फौलादी एकता है।

समस्त संसार में प्रगतिशील आन्दोलन पर सोवियत तरुणों के जीवन और संघर्ष का भारी प्रभाव पड़ रहा था—उनके उत्कृष्ट गुण, तल्लीनता, उद्देश्यों की पवित्रता सभी देशों के तरुणों के लिए आदर्श बनती जा रही थी। उनका सहयोग और दृष्टान्त सम्मुख रखकर संसार के प्रगतिशील तरुण जनवाद के प्रति सम्मान तथा साम्राज्यवाद के प्रति तीव्र घृणा करना सीख रहे थे।

भारत में भी, प्रत्येक शहर में ऐसे साम्यवादी दल बनते जा रहे थे। सरकार की उन पर कड़ी नज़र थी। साम्यवादी होना अक्षम्य अपराध—राजद्रोह जैसी वस्तु मानी जा रही थी। परन्तु संसार-भर में राजद्रोह की परिपाटी ही चल गई थी।

और प्रगतिशील तरुण अपनी मनमानी करते ही थे—न फाँसी से डरते थे, न जेल से। वास्तव में वे अब सरकार के भय की वस्तु बन चुके थे।

सुशील डाक्टर का दूसरा बेटा था, और सच्चे अर्थों में सबसे बड़ा बेटा। कट्टर साम्यवादी था। राजनीति और अर्थशास्त्र में एम. ए. करके वह अब कहीं कोई नौकरी या व्यवसाय करने की अपेक्षा मज़दूरों के संघ में भाषण देने, उन्हें हड़ताल के लिए उत्तेजित करने और पूँजीपतियों का विरोध-प्रदर्शन करने में ही अधिक समय व्यतीत करता था। उनके संगी-साथियों में अनेक तरुण और तरुणियाँ थीं परन्तु वह सबका नेता था—वह एक सम्पन्न और प्रतिष्ठित घराने का तरुण था। उच्चशिक्षा प्राप्त था। मेधावी, सहिष्णु तथा क्रियाशील था। उसका पतला-दुबला शरीर, पतले संपुटित ओष्ठ, छोटे किन्तु ज्योतिर्मय नेत्र, बढ़ा हुआ मस्तक, बिखरे हुए बाल, लापरवाही से पहने हुए कपड़े सब मिलाकर उसके व्यक्तित्व में आकर्षण उत्पन्न कर देते थे। उसे देखते ही भान होने लगता था कि यह एक ऐसा तरुण है जिसे अपने ऊपर गहरा विश्वास हो।

शिशिरकुमार की प्रवृत्ति सबसे निराली थी। वह अभी केवल इक्कीस वर्ष का तरुण था, पर अत्यन्त गम्भीर, एकान्तप्रिय और अल्पभाषी। वह बहुत कम कहते देखा जाता था—पर ऐसा मालूम होता था जैसे घर-भर में सब कोई उससे डरते थे, यहाँ तक कि पिता भी। वह कभी सारे दिन दरवाज़ा बन्द करके अपनी कोठरी में पड़ा रहता था। कुछ लिखता-पढ़ता रहता। कभी-कभी कविता भी करता। गाँधी-दर्शन उसके अध्ययन की प्रिय वस्तु थी। गाँधीजी से वह प्रायः पत्र-व्यवहार करता। एक बार तो उसका इरादा गांधीजी के आश्रम में जाकर रहने का भी हो गया था। पर अरुणादेवी की आँखों के आँसू देखकर रुक गया। वह इस समय एम. ए. फाइनल में पढ़ रहा था। शरीर का वह भी दुबला-पतला था। चेहरा वैसा सुन्दर न था, पर आकर्षण था। बहिन करुणा से उसकी बहुत पटती थी। दोनों बहुधा बहस करते-करते तीव्र हो जाते। पर फिर करुणा के हँसते ही शिशिर के होंठों पर भी हास्य फैल जाता। करुणा को उसका बहुत ख्याल रहता। वही यत्न से उसके खाने-पीने का ध्यान रखती। शिशिर अपने में बहुत ही लापरवाह था—कपड़े-लत्तों की भी कुछ परवाह न करता। उसका कमरा सदैव अस्त-व्यस्त रहता; पर करुणा सदैव यत्न से उसे व्यवस्थित करती थी। शिशिर भी करुणा को बहुत प्यार करता था। जब कभी भी वह बाहर से आता, करुणा के लिए कुछ न कुछ अवश्य ही लाता था।

बहुधा वह उपवास करता। कभी-कभी मौन भी। कभी वह केवल नमक

डालकर मोटी रोटी खाता--कभी उबली तरकारी स्वास्थ्य और संयम के नाम पर। वह अपने पिता की राय से भी बढ़कर गाँधीजी को ही प्रमाण मानता था। डा. अमृतराय उसे गाँधी बाबा कहते और हँसी उड़ाते थे, पर वह इस बात से नाराज़ नहीं होता था। तब डाक्टर के अनुरोध से उसने एक बात अवश्य की थी कि उसने कांग्रेस में सक्रिय भाग नहीं लिया था। उसने पिता को वचन दिया था कि विद्यार्थी जीवन में राजनीति में नहीं पड़ेगा। राजनीति का वह विद्यार्थी था और विश्वराजनीति में वह गहरी दिलचस्पी ले रहा था।

वह महायुद्ध की ज्वालाओं से धधकते हुए संसार को देख चुका था। उसका भावुक कोमल हृदय उससे प्रभावित था। और अब किस तरह राष्ट्र टूट-फूट रहे थे, देश-देशान्तरों की रेखाएँ उलट-पुलट हो रही थीं। भारत में समाज, धर्म, राजनीति और संस्कृति में जो क्रान्तिकारी परिवर्तन हो रहे थे, उन्हें वह देख और समझ रहा था। गाँधीजी के विचारों का वह मनन करता था, और चुपचाप संयम और तप के जीवन को अपनाता जा रहा था। वह चाहता था कि शिक्षा समाप्त करके वह किसी पत्र का सम्पादन करे। पत्रकारिता की ओर उसकी अभिरुचि बहुत थी। उसका लगभग सारा ही फालतू समय सामयिक पत्रों के पठन-पाठन में जाता था। बीच-बीच में वह कुछ लेख भी लिखता था। उसके लेख और कविताओं की सर्वप्रथम प्रशंसक और समर्थक थी करुणा। करुणा को सुनाकर ही वह लेख पत्रों में भेजा करता था। पर ऐसा बहुत कम होता था। वास्तव में उसके बहुत-से लेख तो उसी की फाइल में पड़े रहते थे। कविताओं का भी यह हाल था। एकान्त में वह गुनगुनाता, परन्तु दूसरे के सामने पढ़ने से झेंपता था। करुणा उसकी कविताओं को बड़े चाव से सस्वर पढ़ती, तो वह बहुत खुश होता था। करुणा के मुँह से अपनी कविता की प्रशंसा सुनकर वह गर्व में फूल उठता। कभी-कभी वह ना-ना करता ही रहता और करुणा उसकी कविता की कापी लेकर उसकी नई कविता माँ को सुनाने के लिए माँ के पास भाग जाती।

करुणा उन्नीस को पार कर गई थी। वह चिकित्सा-विज्ञान पढ़ रही थी। वह बहुत प्रसन्नचित्त, फुर्तीली और चैतन्य लड़की थी। प्यार तो वह यों सभी भाइयों को करती थी, पर शिशिर पर उसकी अभिरुचि थी। उसे वह एक निरीह-असहाय-सा समझकर जैसे कहीं से करुणा की छोर उस पर डालती थी। दिलीप से वह डरती थी, पर बहस डटकर करती थी। दिलीप की कट्टरता की वह बहुधा खिल्ली उड़ाती थी। उसकी आलोचना बहुधा तीखी हो जाती थी। वह कहती, डूबने दो इस हिन्दूधर्म की नैया, इसका तो बेड़ा ही गर्क होगा। न जाने

इसने कितने पाप किए हैं। और सब एक ओर रहें—केवल स्त्रियों के आँसुओं के समुद्र में ही वह डूब जाएगा। वह दिलीप को चिढ़ाती भी थी। व्यंग्य भी कसती थी। सच्ची बात तो यह थी कि दिलीप की कोई बात भी उसे पसन्द न थी। उसे वह ढोंगी, पोंगापन्थी कहती थी। कभी कहती, ''भैया, तुम घोड़े पर सवार तो हो, पर मुँह तुम्हारा उसकी दुम की ओर है। तुम रूढ़िवादी हो, प्रगतिशील नहीं हो।'' इस पर दिलीप कहता, ''जा, जा, अपने मेंढकों और खरगोशों को चीर। मेरे मुँह न लग। वाल्मीकि और व्यास को तू क्या समझेगी! हिन्दूधर्म की फिलासफी—'' पर इस पर करुणा कहती, रहने दो भैया अपनी फिलासफी, मुझे गुलामों की फिलासफी से नफरत है। फिर, मैं फिलासफी पर विश्वास नहीं करती—विज्ञान पर करती हूँ, तुम्हारी यह फिलासफी कोरा ढकोसला है, महज़ ख्याली पुलाव।''

दिलीप गुस्से हो जाता, करुणा हँस देती और मैदान छोड़कर भाग जाती। फिर माँ से आग्रह करके कुछ मिठाई लाकर भाई को देती। दिलीप कहता, ''ले जा, नहीं चाहिए मुझे।'' तो करुणा कहती, ''ज़रा-सी खा लो भैया, बहुत कड़ुआ हो गया है तुम्हारा मुँह—खट से मीठा हो जाएगा।'' और साथ ही उसकी मादक मुस्कान, उज्ज्वल दृष्टि देखकर दिलीप हँस पड़ता। बहिन-भाई में सुलह हो जाती थी।

सुशील के साथ बहस करने में शिशिर भी बहिन के दल में आ मिलता। परन्तु सुशील शीघ्र ही आवेश में आकर नाटकीय ढंग से मेज पर घूँसा मार-मारकर और ज़ोर-ज़ोर से चिल्लाकर अपने कम्युनिस्ट विचारों को प्रकट करता। बुजुर्गों को कोसता। मज़दूरों के अतिरंजित चित्र खींचता। पूँजीपतियों की मिट्टी पलीत करता। उसे उत्तेजित करने में करुणा को मज़ा आता था। उत्तेजित होकर बहस करते-करते सुशील तेज़ी से बाहर भाग खड़ा होता था। तब मैदान शिशिर और करुणा के हाथ रहता। दोनों खिल-खिलाकर हँसते और फिर या तो शिशिर एक कविता सुनाता था, या करुणा कोई गीत गाती, बहुधा इसी समय कोई पिक्चर देखने का भी प्रोग्राम बन जाता था।

यह तो मानना ही पड़ेगा कि डाक्टर अमृतराय ने बच्चों को बहुत स्वाधीनता दे रखी थी। इसी से उनके मौलिक विचार पनप गए थे और डाक्टर का घर अन्तर्राष्ट्रीय विचारधाराओं का एक अखाड़ा हो गया था। डाक्टर एक शान्त प्रकृति के व्यवसायी पुरुष थे। उन्हें अपने व्यवसाय से ही फुर्सत नहीं मिलती थी। फिर बच्चों की विचारधारा नैसर्गिक रूप से विकसित हो, इसमें वे बाधा देना पसन्द भी नहीं करते थे। इसी से इस तरुण पीढ़ी में ये भिन्न-भिन्न रंग खिले। फिर

भी एक बात थी। सभी भाई-बहिन आपस में प्रेम से रहते थे। विचारों की भिन्नता ने उनके दिलों में अन्तर नहीं डाला था।

अरुणादेवी रात-दिन एक तपस्विनी कर्मठ गृहिणी की भाँति घर-गृहस्थी में लगी रहतीं। बच्चों से वे प्यार करतीं। डाँट-डपट करना उनके स्वभाव में न था। सभी बच्चे तरुण हो गए थे, समझदार हो गए थे—पर अरुणा का व्यवहार तो उनसे वैसा ही था। और सुशिक्षित तरुण बालक भी माँ की गोद में बैठकर छोटे शिशु के समान ही उनकी आज्ञाकारिता और अधीनता में प्रसन्न होते थे। इस प्रकार इस परिवार की गाड़ी आगे बढ़ी चली जा रही थी। यह एक नए युग का नया परिवार था, जिसका सारा ढाँचा ही पुराने युग से भिन्न, एक नए रूप में विकसित हुआ था।

15

कोई एक योगिराज शहर में आए हुए थे। शहर में उनकी चर्चा खूब धूमधाम से थी। बहुत-से पढ़े-लिखे मूर्ख उनके चक्कर में फँसे थे। उनके विषय में अनेक बातें प्रसिद्ध हो गई थीं—उनकी आयु कई सौ वर्ष की है; केवल पवन-भक्षण करते हैं; चाहे जो विष खा लेते हैं, उनका कुछ नहीं बिगड़ता; कभी-कभी महीनों सोते नहीं। एक समय में अनेक स्थानों में देखे जा सकते हैं; सर्वज्ञ हैं; बात करते-करते लोप हो जाते हैं, चाहे जब बालकृष्ण का रूप धारण करके लोगों को दर्शन देते हैं, आदि-आदि। परन्तु इन सब गुणों का तो केवल बखान ही होता था—उसमें और एक गुण था जिसके लिए लोग उनके पीछे चिपके रहते थे। वह गुण था कीमियागिरी का। आमतौर पर प्रसिद्ध था कि वे तुरन्त सोना बना लेते हैं और लोगों को सोने की डलियाँ बाँटते हैं। यद्यपि ऐसा कोई गवाह न था जिसे कोई डली दी गई हो।

योगिराज ने जमना-तट पर निगमबोध पर आसन जमाया था। पर नगर में आने, सवारियों का शौक करने में कोई उज्र न था। लोगों की मनोकामना की पूर्ति करना उनका व्रत था। इसी व्रत को पालन करने के लिए वे किसी की मनोकामना विफल नहीं करते थे। यद्यपि योगिराज केवल पवन-भक्षण करके ही रह सकते थे—महीनों, वर्षों; पर लोग मेवा, रबड़ी, खोया, मिठाई, फल, दूध, पकवान ले आते थे। उनकी मनोकामना ही यह होती थी कि भगवान् भोग लगाएँ। इसी

से योगिराज, ''भक्त, तेरी ऐसी ही मनोकामना है तो ला'', कहकर हँसते-हँसते सब माल चट कर जाते–जो बच रहता उसे चेले-चाँटे साफ करते थे, जो हरदम उन्हें घेरे रहते थे।

मन्दी का ज़माना था। हज़ारों-लाखों लोग बेकार फिरते थे। उन सबके लिए योगिराज एक दिलचस्प आश्रय बन गए थे। जब वे नगर में आते, दस-बीस जन उन्हें घेरे ही रहते थे। ये जन कोरे भिखमंगे–भुक्कड़, मूर्ख और आवारा ही न होते थे–वकील, बैरिस्टर, प्रोफेसर और अन्य गण्यमान्य पुरुष भी होते थे। अधिकांश को कीमियागिरी की ही चाट होती थी। वे आशा करते थे कि शायद कोई लटका हाथ आ जाए।

दिलीप भी उनमें एक था। कहना चाहिए, भक्तों में उसी का नम्बर प्रथम था। बहुत प्रथम से वह नित्य प्रातःकाल जल्द उठकर निगमबोध पर जाता, कसरत करता, स्नान-पूजा करता, राष्ट्रीय संघ के दल में मिलकर समाज जुड़ाता, कभी-कभी मीटिंग होती। पर्व-त्यौहार पर स्वयंसेवक दल को लेकर वह जनसेवा करता, वह स्वयंसेवक दल का कप्तान था। बहुधा वह आधा दिन बीत जाने पर घाट से घर आता। परन्तु अब तो वह रातभर योगिराज की सेवा में रहने लगा।

इन दिनों अरुणादेवी कुछ अस्वस्थ रहती थीं। काफी कमज़ोर हो गई थीं। एक दिन अचानक प्रातःकाल दिलीप योगिराज को घर ले आया। सारे घर में धूम मच गई। योगिराज को बैठक में बैठाकर वह माँ के पास आकर बोला, ''माँ, योगिराज आए हैं। वे तुम्हें दृष्टिमात्र से अच्छा कर देंगे। बुलाता हूँ। ज़रा ठीक-ठाक होकर बैठो।'' उसने कमरे में इधर-उधर दृष्टि डाली।

अरुणा को यह सब पाखण्ड पसन्द नहीं था। उसने कहा, ''उन्हें क्यों ले आया तू पागल! जा, जा, कुछ खिला-पिलाकर विदा कर; यहाँ लाने का कोई काम नहीं है।''

''काम क्यों नहीं है, माँ, वे एक दृष्टि से तुम्हें चंगा कर देंगे।''

''चल रहने दे, ऐसे पाखण्ड बहुत देखे हैं मैंने, एक दृष्टि से रोग चंगा कर देंगे! और तेरे पिता जो इतने बड़े डाक्टर हैं, सो यों ही।

''डाक्टरी की बात दूसरी है माँ, योगविद्या तो चमत्कार है।''

''तो तू ही उस चमत्कार से लाभ उठा।''

''नहीं, माँ, एक मिनट के लिए उन्हें ले आने दो, देखो तो, अभी तुम चंगी हो जाओगी।''

''पागल हो गया है तू दिलीप!''

"पागल ही सही। अब तो मैं उन्हें ले ही आया हूँ।"

"तू एक ही ज़िद्दी है। किसी की सुनेगा थोड़े ही। जो तेरे जी में आए सो कर।" अरुणा करवट बदलकर पड़ रही।

दिलीप ने करुणा को पुकारकर कहा--

"करुणा, तनिक यहाँ आकर बैठो, माँ के पास, योगिराज को लाता हूँ।"

योगिराज ने कमरे में पदार्पण किया। आयु कोई तीस साल। काली घुँघराली बलदार लटकती लटें सुगन्धित तेल से तर, रेशमी धोती और सिल्की कुर्ता, कैनवास का जूता, चाँदी की मूँठ का बेंत। आँखों में सुरमा, क्लीनशेव्ड, फूलों के गजरे से लदे हुए।

दिलीप के संग सुशील भी था। करुणा पहले ही वहाँ थी। योगिराज ने एक दृष्टि में अरुणादेवी को आरोग्य किया या नहीं—यह तो नहीं कहा जा सकता, परन्तु अरुणादेवी ने एक ही दृष्टि में योगिराज को पहचान लिया। वे बड़ी देर तक आँखें फाड़कर योगिराज को कुछ देर देखती रहीं। परन्तु मुँह से कुछ बोली नहीं।

सुशील ने अब योगिराज को बनाना शुरू किया। वह इन पाखंडियों का प्रबल विरोधी था। पहले ही वह इनकी महिमा सुन चुका था। अब उनके यह ठाठ देखकर तो वह जैसे जल-भुनकर खाक हो गया। उसने नाटकीय ढंग से महात्माजी को अत्यन्त झुककर प्रणाम किया। उसका यह ढंग देख करुणा मुँह फेरकर हँसने लगी।

सुशील ने बड़ी शालीनता से हाथ जोड़कर पूछा, "कहाँ से आगमन हो रहा है महाराज?"

"हम तो मानसरोवर से आ रहे हैं।"

"अहा हा! मानसरोवर, भला हम-से जीवों को कहाँ नसीब! कितने दिन निवास रहा वहाँ महाराज का?"

"कैसे कहें? कुछ हिसाब तो रखा नहीं। डेढ़ सौ बरस भी हो सकता है, कुछ कम भी, अधिक भी।"

सुशील ने अब आश्चर्य से आँखें फाड़कर आश्चर्य और भक्ति की भावना-भंगी दिखाते हुए कहा, "धन्य हैं, महाराज की आयु अब क्या होगी?"

योगिराज हँस दिए। बोले, "आयु की बात योगिराज नहीं बताते हैं बच्चा!"

सुशील ने कहा, "बच्चा हूँ आपका, मुझे तो बता ही दीजिए।"

"अच्छा, अच्छा, फिर कभी पूछना। तुम्हें बता देंगे। सबके सामने कहने

की बात नहीं है।"

"जैसी आज्ञा—बालों में आप कौन-सा हेअर ऑयल काम में लाते हैं? बड़ी ही प्यारी गन्ध है!"

"हमने इधर तो पचास-साठ साल से बालों में तेल दिया ही नहीं।"

"परन्तु महाराज, बाल तो तेल से एकदम तर-ब-तर हैं।

"हाँ आँ, यह रहस्य, भैया, तुम समझ न सकोगे। हम जब प्राणायाम कर प्राणों को ऊर्ध्व आवाहन कर ब्रह्मरन्ध्र में रुद्ध करते हैं, तो उससे बाल स्वयं मस्तिष्क की चर्बी खींचने लगते हैं—उसी से तुम्हें हमारे बाल चिकने-चिकने दिखते हैं।"

"चमत्कार है महाराज! और इनमें जैसोमिन, वरबीना, सिटरन के एसेन्सों की लपट उठ-उठकर जो बरबस नाक में घुसी आ रही है सो?"

योगिराज तनिक हतप्रभ हुए। अब तक अरुणादेवी चुपचाप यह तमाशा देख रही थीं—करुणा सब देख-सुनकर मुस्करा रही थी।

अब एकाएक अरुणा ने कहा, "ज्यादा तंग न कर सुशील", फिर योगिराज को सम्बोधन करके कहा, "घर में तो सब कुशल है भैया, माताजी हैं न, बहुत दिन से देखा नहीं।"

योगिराज की बोलती बन्द हो गई। वे एकटक अरुणादेवी को देखते हुए बोले, "तो क्या आप..."

"तुम्हें मैं भूल जाऊँगी भैया? गोद में मैंने ही न तुम्हें खिलाया था। भूल गए—राय माधोदास...तुम्हारे कान कौन ऐंठता था—बताओ भला।" अरुणा सरल भाव से हँस दी। योगिराज ने तुरन्त उठकर अरुणादेवी के चरणों को स्पर्श कर प्रणाम किया।

"पहचान गया दीदी, माँ तो आपको नित्य ही याद करती रहती हैं। पर, आप जो वहाँ से आईं तो फिर उधर का रुख ही नहीं किया। आपके कान खींचने को मैं कैसे भूल सकता हूँ। मैं भी तो आपकी नाक खींचता था।" योगिराज खुलकर हँस दिए।

"अच्छी तो हैं माताजी?"

"कहाँ, दमे की बीमारी ने खोखला कर दिया है। उम्र भी तो खिंच गई है।"

"मकान वही है?"

"न, वह तो पिताजी रहन रख गए थे। तभी बिक गया था। किराए के मकान में हैं।"

"ललिता तो अब बहुत बड़ी हो गई होगी।"

"बी. ए. फाइनल किया है।"

"ब्याह हुआ?"

"कहाँ? उसी की चिन्ता में तो माँ घुल रही है। खर्च का बन्दोबस्त ही नहीं होता—इसी से तो यह पाखण्ड करना पड़ा।"

"भला इतना पाखण्ड क्यों किया? भले घर के लड़के होकर?"

"तो ये भले घर के लड़के बिना पाखण्ड थोड़े ही बस में आते हैं।"

दिलीप हैरान था। वह कुछ समझ ही नहीं पा रहा था। उसे योगिराज पर गुस्सा भी कम न था। सुशील मुस्करा रहा था। अब उसने और भी बनकर कहा, "तो महात्माजी, आजकल आप पवन ही भक्षण करते हैं या और भी कुछ?" योगिराज ने बिना झेंपे और भी बनकर कहा, "नहीं बच्चा, हम तो भक्त की मनोकामना पूर्ण करने को सब कुछ पा लेते हैं। सबके मन की जानते हैं। घट-घट व्यापक हैं हम बच्चा!"

"सत्य वचन महाराज, तो बताइए—इस समय हमारी क्या मनोकामना है?"

"यही कि तुम हमें टोस्ट, मक्खन, चाय, दालमोठ, नमकीन, मिठाई का भोग लगाना चाहते हो; सो बच्चा शास्त्र में लिखा है, शुभस्य शीघ्रम्, अब विलम्ब क्यों?" करुणा खिलखिलाकर हँस पड़ी।

सुशील ने कहा, "ले आ करुणा, महात्माजी आज मनोकामना पूर्ण करने पर तुले बैठे हैं। देर करेगी तो मार बैठेंगे।"

करुणा ने हँसते-हँसते कहा, "लेकिन एक बात बतलाइए।" किन्तु अरुणादेवी ने बाधा देकर कहा, "पहले चाय ले आ तब बात पूछना।"

"नहीं, पहले पूछूँगी।"

"पूछ बहिन", योगिराज ने स्नेह-मिश्रित स्वर में कहा।

"मैने सुना था कि आप बालकृष्ण का रूप धारण करते हैं। बहुतों ने आपके बालकृष्ण रूप में दर्शन किए हैं—सो क्या बात है भला, बताइए, आप पर प्रकाश भी नहीं पड़ता।"

"बहुत साधारण बात है। मैं एक गैस का हंडा मँगाकर बीच में रख लेता हूँ। भक्तगण चमत्कार देखने उसके चारों ओर बैठ जाते हैं। सबकी नज़र मेरे ऊपर रहती है। बालकृष्ण का वेष मैं धारण पहले ही कर लेता हूँ। लोगों से रोशनी तेज़ करने को कहता हूँ। एक-दो आदमी हण्डे में हवा पम्प करते हैं। रोशनी तेज़ होती है। सबकी आँखें स्वाभाविकतया ही हण्डे पर जम जाती हैं। मैं बराबर

तेज़-तेज़ और तेज़ कहता रहता हूँ। वे हवा पम्प करते रहते हैं। एकाएक मैं कहता हूँ—देखो। तेज प्रकाश के बाद आँखें मुझ पर उठ जाती हैं। प्रकाश के बाद एकदम देखने से वे मुझे कुछ छोटा तथा अँधेरे में देखते हैं। ऐसा होना स्वाभाविक ही है। बस, यही वह चमत्कार है।''

''बड़ी चालाकी करते हैं आप!'' करुणा ने कहा।

''लेकिन यह इतनी-सी बात ये पढ़े-लिखे भौंदू नहीं समझ सकते।''

माता का संकेत पाकर करुणा चाय लेने चली गई। अरुणा ने हँसकर दिलीप से कहा—

''दिलीप, तेरे योगिराज ने एक ही दृष्टि में मुझे अच्छा कर दिया भैया!''

दिलीप बहुत झेंप रहा था। योगिराज पर उसे गुस्सा आ रहा था। पर योगिराज ने उसे खींचकर छाती से लगा लिया। इसके बाद उस परिवार में मिलकर खूब चाय-टोस्ट उड़ाकर योगिराज अपने आश्रम को गए।

16

राय राधाकृष्ण कानपुर में प्रैक्टिस करते थे। मस्त जीव थे। दबंग भी पूरे थे। अदालत में उनकी धाक थी। उन्हें पहले तो डाक्टर अमृतराय का विवाह की स्वीकृति का पत्र मिला, पीछे इन्कारी का। उसमें केवल इतना ही लिखा था—''मैं मजबूर हो गया—और शर्मिन्दा भी हूँ—परन्तु आप क्षमा कर देंगे ऐसी आशा है।'' पत्र पढ़कर रायसाहब ज़रा चिन्ता में पड़ गए। परन्तु उन्होंने तुरन्त ही अपना मन स्थिर कर लिया। उसी शाम को उन्होंने अपनी पुत्री माया को बुलाकर कहा, ''कल शनिवार है, कोर्ट आधे ही दिन का है। मुझे कुछ ऐसा काम भी नहीं है—बस एक घण्टे में आ जाऊँगा। हम लोग दो बजे की गाड़ी से ज़रा दिल्ली चलेंगे। सब ठीक-ठाक कर रखना।''

''हम लोग कौन?'' माया ने हँसकर कहा।

''मैं और तू।'' रायसाहब ने भी हँसकर जवाब दिया।

''ममी नहीं?''

''न, जानती है तीन टिकट खरीदने पड़ेंगे उसके लिए।''

''तीन क्यों?''

''देखती नहीं, तीन आदमियों के बराबर वज़न है उसका। आजकल चैकिंग कितना सख्त है।''

''और मेरा शायद आधा टिकट लगेगा।''

''तभी तो तुझे ले जा रहा हूँ, तेरा कहीं कोई एंगेजमेंट तो नहीं है इस इतवार को?''

''है क्यों नहीं, इसी इतवार को हम लोग लखनऊ जा रहे थे।''

''हम लोग, कौन?''

''मेरी सहेलियाँ हैं कॉलेज की।''

''कुछ खास मतलब था?''

''यों ही, अमीनाबाद में एक चाटवाला बैठता है बाबूजी, बहुत बढ़िया मटर की चाट बनाता है। मटर में नींबू निचोड़ता जाता है—और ऐसा मुँह बनाता है जैसे अपने मुँह में नीबू निचोड़ रहा हो। बस, ज़रा उसकी मटर की चाट खानी थी।''

''बस?''

''एक पिक्चर भी बढ़िया लग रही है।''

''जाने दे उसे, अगले इतवार देखना। अभी दिल्ली चल, तुझे बहुत बढ़िया कचालू की चाट खिलाऊँगा।''

''दिल्ली कोई काम है क्या बाबूजी?''

''काम कुछ ऐसा नहीं है, ज़रा डाक्टर साहब से मिलना चाहता था, खत आया है उनका।''

उन्होंने पतलून की दोनों जेबें टटोलीं और खत माया के सामने फेंक दिया।

खत पर सरसरी नज़र डालकर माया ने कहा, ''डाक्टर साहब की अब खुशामद करनी होगी हमें बाबूजी?'' उसके तेवर पर बल पड़ गए।

रायसाहब हँस दिए। उन्होंने कहा, ''बेटी का बाप हूँ बेटी, बिना खुशामद किए तो इस घर से तुझे धकेलना मुश्किल है।''

''तो आप जाइए, मुझसे यह न होगा।''

''तुझे कुछ नहीं करना पड़ेगा। बस तमाशा देखना होगा।''

''मुझे तमाशा भी नहीं देखना।''

रायसाहब हँस दिए। उन्होंने कहा, ''असल बात यह है बेटी, मैं ज़रा साहबज़ादे का मिज़ाज तोलना चाहता हूँ। हाँ कहकर उन्होंने न कह दी। डाक्टर बहुत भले हैं—देखूँ तो मामला क्या है। फिर एक बार दिलीप से तू भी बात कर,

उसका रंग-ढंग तो देख। बड़ा भारी 'आर्थोडाक्स' (धर्मपरायण) है। मगर उसकी बहस बड़ी प्यारी होती है।''

''ममी को ले जाइए बाबूजी।''

''ममी को ले जाकर क्या करूँगा, बोल? राह में कहीं दिल का दौरा हो गया तो? फिर मेरी खटपट तेरे बिना कौन करेगा—बता। तेरे बाबूजी का काम तो तेरे बिना एक मिनट नहीं चल सकता।''

''तो फिर मुझे धकेलकर निकाल बाहर करने के लिए आप काहे को दुनिया की खुशामद करते हैं?''

''राशन का ज़माना है बेटी, पुराने ज़माने में जब सब चीज़ें सस्ती थीं तब भी बेटी किसी बाप के घर नहीं खपी—और अब तो रुपए का पौने दो सेर गेहूँ मिलता है। देखती है न?''

''देखती हूँ, पहले की बेटियाँ खाती भी तो थीं मन-भर, मैं तो ज़रा-सा खाती हूँ!''

''वह भी मेरे बूते का नहीं बेटी, तुझे तो धकेलकर निकाल बाहर करना ही होगा।'' रायसाहब हँसते-हँसते रो पड़े। बेटी को खींचकर उन्होंने छाती से लगा लिया। विरोध सारा खत्म हो गया। माया ने कहा—

''मैं सब ठीक कर लूँगी बाबूजी। लेकिन लौटेंगे कब?''

''बस, इतवार की रात को।''

''तो चाय ले आऊँ?''

''ले आ।'' लेकिन ज़रा एक तार लिखकर केशव को स्टेशन भेज दे। तार में इतना ही लिखना—हम लोग आ रहे हैं। एक नया टाइम-टेबिल भी ले आएगा।

''अच्छा।''

माया की ममी का नाम था कुमुदेश्वरीदेवी। सीधे मिज़ाज की सरमना स्त्री थी। मोटी बहुत थी और राय साहब सदैव उसका मज़ाक उड़ाया करते थे। इस विलायती परिवार में वही एक आदर्श हिन्दू रमणी थी। पति-पुत्री के साथ विलायत जाकर भी उन्होंने अपनी निष्ठा को छोड़ा नहीं था। तीर्थ, व्रत, उपवास, दान, कथा—सभी चलता था। पुजारी रोज़ आकर उन्हें जब तक ठाकुर का चरणामृत नहीं दे जाता था, वे अन्न ग्रहण नहीं करती थीं। पुत्री उनकी इकलौती ही थी। माया के बाद पुत्र हुआ। किन्तु वह नौ वर्ष का होकर दगा दे गया। तब से मुन्नी माया पर उसका दूना मोह हो गया था। माया के ब्याह की बड़ी चिन्ता थी। पुराने विचार की होने पर भी उसने कभी भी बेटी के स्वतन्त्र जीवन, नए विचारों

का विरोध नहीं किया। जब सुना कि पिता-पुत्री दिल्ली जा रहे हैं तो उसे प्रसन्नता भी हुई, सन्तोष भी हुआ। उसने हँसती आँखों से बेटी को देखकर कहा, ''बेटी, नादान नहीं हो तुम, समझदारी से बात करना। ब्याह से पहले ससुराल जाना हमारे खानदान में नई बात हैं, पर खैर, नए ज़माने में सभी नई बातें हो रही हैं। दिलीप अच्छा लड़का है, पूरा धर्मात्मा। मैं देख चुकी हूँ उसे। यह घड़ी मेरी ओर से देना उसे। और मेरा बहुत-बहुत आशीर्वाद कहना।''

उसने बेटी को बहुत-बहुत आशीर्वाद दिया। लाड़ किया, जैसे वह छोटी-सी बच्ची ससुराल जा रही हो।

डाक्टर तार पाकर घबरा गए। अब क्या करें? कैसे रायसाहब के सामने जाएँ? परन्तु रायसाहब के सामने आते ही उनका सब संकोच दूर हो गया। रायसाहब ने उनका हँसकर आलिंगन किया। माया ने झुककर चरण-रज ली। फिर रायसाहब ने हँसते-हँसते कहा, ''देखता हूँ—साहबज़ादे पर कुछ गहरा रंग चढ़ा है।''

''क्या कहूँ, आपके सामने शर्मिन्दा होना पड़ा। एक ही ज़िद्दी लड़का है।''

''यही तो देखने आया हूँ। पर इसमें शर्मिन्दा होने की क्या बात है! मैंने सोचा, माया भी चले तो अच्छा है।''

''बिटिया को ले आए बहुत अच्छा किया।'' उन्होंने पारिजात पुष्प की भाँति शोभायमान माया पर एक नज़र डाली। उसके मन में एक चीत्कार उठा—क्या कैसे रूप-गुण की खान सुशीला पत्नी को दिलीप इन्कार कर देगा? फिर तुरन्त ही दिलीप के जन्म का रहस्य उनके हृत्पटल पर अंकित हो गया। भय से उनका हृदय काँप गया। वे सोचने लगे—यह तो इतनी बड़ी प्रवंचना है कि...परन्तु संभवतः वह ब्याह तो होगा ही नहीं।

सब लोग घर आए। अरुणादेवी ने माया को उठाकर गोद में बिठा लिया। करुणा तो खुशी से नाचने लगी। घर-भर में उत्सव-सा मच गया। करुणा दौड़ी-दौड़ी गई दिलीप के कमरे में। वह कहीं बाहर से आकर कपड़े उतार रहा था। उसने कहा—''भैया, भाभी आई हैं, पता है तुम्हें?''

''कौन भाभी?''

''अरे वही कानपुरवाली, और कौन—बड़ी भाभी।''

''जा भाग, बकवास न कर।''

करुणा ने हँसते-हँसते कहा, ''अच्छा चलो, देखना चाहो तो मैं अभी दिखला सकती हूँ—माँ के पास बैठी हैं।''

दिलीप ने करुणा को बाहर धकेलकर कमरा भीतर से बन्द कर लिया।

पर करुणा का उत्साह मन्द न पड़ा। वह सुशील के पास जाकर बोली—"सुशील भैया, भाभी आई हैं, देखोगे?"

सुशील मुस्कराकर रह गया। उसने कहा, "बड़े भैया को दिखा। मैं देखकर क्या करूँगा?"

"बड़े भैया ने तो सुनकर मुझे धक्का देकर कमरे से निकाल दिया और कमरा भीतर से बन्द कर लिया।"

सुशील हँसने लगा। उसने कहा—"महात्माजी जो ठहरे, पर फिक्र न कर, कमरा फिर खुल जाएगा। तब तक तू जाकर भाभी की खूब खातिरतवाज़ो कर। वे लोग इंग्लैंड-रिटर्न हैं--तुझे कहीं गँवार का खिताब न दे बैठें।"

"तो हर्ज क्या है—भाभी जब मेरे पास रहेंगी, तब मैं गँवार थोड़े ही रहूँगी। कल्चर्ड बन जाऊँगी।"

वह हँसती हुई भाग गई।

17

डाक्टर ने सब बातें साफ-साफ स्पष्ट शब्दों में रायसाहब को कह दीं। उन्होंने यह भी कहा, "माया जैसी बहू को पाकर हम दोनों—मैं और मेरी पत्नी—धन्य होंगे। परन्तु जब तक दिलीप विरोध करता है, मैं लाचार हूँ। ज़बर्दस्ती तो करना ठीक नहीं है।"

रायसाहब ने स्वयं दिलीप से बात की। पिता की आज्ञा से आकर दिलीप ने रायसाहब को प्रमाण किया। रायसाहब ने उठकर उसे छाती से लगाकर कहा—

"आओ, बेटे, मैं तुमसे साफ-साफ बातें करना चाहता हूँ। दिल खोलकर बात करो। मेरा अभिप्राय तो तुम्हें मालूम ही है—अब कहो, तुम्हें आपत्ति क्या है?"

"बाबूजी, यह सिद्धान्त का प्रश्न है।"

"कैसे सिद्धान्त का?"

"मैं हिन्दू सभ्यता का कट्टर पक्षपाती हूँ। इसलिए मैं ऐसा कोई काम करना नहीं चाहता जो मुझे हिन्दू आदर्शों से विचलित करे।"

यह तो अच्छा ही है, हम लोग हिन्दू ही तो हैं। माया की माँ का तो कहना

ही क्या? बड़ी आर्थोडाक्स (धर्मात्मा) हैं। अपने धर्म, वंश और रक्त का तो हमें अभिमान होना ही चाहिए।''

''बस यही बात है बाबूजी, मैं साधू-महात्मा का जीवन व्यतीत करना नहीं चाहता, परन्तु मैं ऐसी पत्नी भी नहीं पसन्द करता जिसकी शिक्षा-दीक्षा हिन्दू आदर्शों के विपरीत पश्चिमी सभ्यता में हुई हो।''

''पश्चिमी सभ्यता का प्रभाव सर्वदा खराब ही रहता है, ऐसा तुम्हारा मत है?''

''खराब-अच्छा मैं कुछ नहीं कहता; पर दोनों में पूरब-पश्चिम का अन्तर है?''

''तो इससे क्या! तुम सुबह पूर्व में मुँह करके संध्या करते हो, शाम को पश्चिम में।''

''पूर्व और पश्चिम के विचार, संस्कृति, आचरण सभी में अन्तर है। मैं पाश्चात्य संस्कृति से घृणा करता हूँ। मैं उन सब लोगों से घृणा करता हूँ जो अपने धर्म, संस्कृति और सामाजिक जीवन को छोड़कर पाश्चात्य लोगों की नकल करते हैं।''

''इस प्रकार घृणा करना तो अच्छी चीज़ नहीं है दिलीप, खासकर तुम जैसे सुशिक्षित युवक को ऐसा नहीं करना चाहिए। तुम जानते ही हो—मानव-जीवन के गुण-दोष, जो सामाजिक परिस्थितियों से उत्पन्न होते हैं। सभी जगह हैं। हिन्दू संस्कृति भी उससे मुक्त नहीं।''

''मैं तो बाबूजी, आपसे बहस करना ही नहीं चाहता हूँ।''

''तुम यदि अपनी हिन्दू संस्कृति को केवल प्यार करते हो तब तक तो बहस की बात नहीं थी, पर जब तुम दूसरों से घृणा करते हो तब तो बहस करनी होगी। खासकर उस हालत में जबकि जिन्हें तुम घृणा करते हो वे तुम्हें प्यार करें।''

''बहस से कुछ लाभ न होगा।''

''क्यों नहीं होगा? क्या तुम विवेकी युवक नहीं हो? प्रगतिशील नहीं हो? औचित्य को समझते ही नहीं।''

''मैंने तो सभी बातों पर विचार कर लिया है।''

''तो भैया, जो लोग पाश्चात्य संस्कृति में रहते हैं वे भी अपनी संस्कृति का आदर करते हैं। मनुष्य का ऊपरी रूप ही तो सब कुछ नहीं है।''

दिलीप ने अविश्वास की हँसी हँसकर कहा, ''हो सकता है। मैंने तो पहले ही कह दिया था कि मैं बहस नहीं करता।''

"तुम चाहते क्या हो आखिर? विवाह तो तुम करोगे ही।"

"ज़रूर करूँगा, पर मेरा आदर्श सीता और सावित्री है। पाश्चात्य जीवन में डूबी हुई किसी लड़की से मेरी पटरी नहीं बैठ सकती। मेरा भी जीवन दुःखी होगा, उसका भी जीवन नष्ट होगा। इस सम्बन्ध में ज़ोर-जुल्म व्यर्थ है।"

ज़ोर-जुल्म की बात मैं नहीं कहता। पर तुम यदि कहते हो कि शील, गुण, प्रेम और त्याग की भावना उन लड़कियों में होती ही नहीं जो पाश्चात्य जीवन में रहती हैं, तो तुम्हारी भूल है—पहाड़ जैसी भूल। क्या पाश्चात्य जीवन मानवीय तत्त्वों से एकदम रहित है?"

"मैं तो ऐसा ही समझता हूँ, बाबूजी!"

"और यह भी समझते हो कि तुम्हारे हिन्दू धर्म में सारी ही स्त्रियाँ सीता-सावित्री हैं, जबकि पाश्चात्य समाज में सभी सूर्पनखा हैं?"

दिलीप ने जवाब नहीं दिया। उसने देखा—रायसाहब क्रुद्ध हो रहे हैं। वह रायसाहब के सामने अविनय नहीं कर सकता था। वह देर तक मुँह नीचा किए बैठा रहा। रायसाहब ने कहा, "जवाब दो।"

"बाबूजी, मुझे आप क्षमा कीजिए। मैं अविनय नहीं कर सकता। पर मैं अपने विचारों से लाचार हूँ।"

"तो यह तुम्हारा अन्तिम निर्णय है या कुछ सोच-विचार भी करना चाहते हो?"

"जी सोचने जैसी तो कोई बात नहीं है।"

"व्यक्तिगत बातें भी कुछ महत्त्व रखती हैं। मेरी माया पाश्चात्य वातावरण में पली ज़रूर है, पर उसका जैसा शील, सदाचार है उस पर मुझे गर्व है।"

"हो सकता है, पर और तो कुछ बातें हैं बाबूजी!"

"और क्या बात है?"

"सामाजिक मर्यादा की। जात-बिरादरी की। मैं उन सबसे बाहर नहीं हो सकता।"

"ओफ, यहाँ तक?" राय साहब का चेहरा क्रोध से लाल हो गया। कुछ ठहरकर उन्होंने उठते हुए कहा, "अच्छा, खुश रहो।" और वे कमरे से बाहर चले गए।

18

दिलीप को ऐसे प्रतीत हुआ जैसे किसी ने बड़े ज़ोर से उसकी पीठ पर चाबुक दे मारा। वह हक्का-बक्का-सा खड़ा रह गया। जो बात उसके मुँह से निकल गई उसको पीछे लौटाने का कोई उपाय न था। उसने स्पष्ट ही देखा—बहुत खराब, बहुत ओछी बात वह कह गया है। एक भद्रपुरुष का उसने अपमान—घोर अपमान कर डाला है। राय राधाकृष्ण साधारण आदमी न थे, बड़े भारी प्रतिष्ठित पुरुष और नामी बैरिस्टर थे; बुजुर्ग थे। आकर उन्होंने दिलीप से बड़े प्रेम और ममता से बातें की थीं। उनके साथ ऐसा अभद्र व्यवहार? फिर वे तो इस समय उसके पिता के स्थानापन्न सम्मान्य अतिथि थे। दिलीप जैसे सुशिक्षित तरुण को तो ऐसा न करना चाहिए था। अपनी इतनी बड़ी भूल उसे न दिखे ऐसा अन्धा तो वह था नहीं। वह एक प्रगतिशील तरुण है। विचार अवश्य उसके प्राचीनता के पोषक हैं पर वह मूढ़ नहीं है। और सब बात ठीक, पर जात-बिरादरी की बात ऐसे भद्दे ढंग से कह जाना—जबकि वह जानता था कि विलायत जाने के कारण रायसाहब को बहुत दिन से बिरादरी ने च्युत किया हुआ है—बहुत ही खराब बात हुई। रायसाहब को सचमुच यह बात आहत कर गई। उन्हें दिलीप से इतनी संकुचित वृत्ति की आशा न थी।

पर तीर तो हाथ से छूट चुका था। अब क्या किया जाए? बार-बार उसका मन होता था कि वह दौड़कर जाए और रायसाहब से माफी माँग ले। पर यह भी उससे न बन पड़ा। वह सोचने लगा—यह भी एक भद्दा नाटक-सा हो जाएगा। वह प्रत्यक्ष देखने लगा कि कैसे रायसाहब, जो ऐसे प्यार और ममता से बात कर रहे थे, घृणा से भरे हुए उसके पास से लौट गए। चलती बार जो वे 'खुश रहो' कह गए, वह उसे अपने लिए शुभाशीर्वाद नहीं, ऐसा प्रतीत हुआ कि प्यार करते-करते लात उसकी पीठ पर मारकर वे चले गए हैं। उसी लात से पीड़ित-मर्माहत वह तरुण मेधावी युवक दिलीप अपने उस सूने कमरे में बड़ी देर तक जड़ बना खड़ा रहा।

रायसाहब ने संक्षेप में माया को स्पष्ट रूप से अपनी बातचीत का निष्कर्ष बता दिया। सदैव का समुद्र की भाँति हँसमुख उनका मुँह भरे हुए बादलों के समान गम्भीर और भारी हो गया था, यह माया से छिपा न रहा। मुस्कराकर बल्कि हँसते-हँसते ही उन्होंने बेटी से दिलीप की बातचीत का सारांश कहा, पर माया को यह साफ-साफ भास गया कि दिलीप ने उसके पिता का घोर अपमान

कर डाला है। और वह विचारों का चाहे जैसा है तथा शिक्षित भी चाहे जितना है, पर सभ्य नहीं। पिता की सब बातें सुनकर उसने अपना कुछ भी मत व्यक्त नहीं किया। सूखे कण्ठ से उसने कहा, "किस गाड़ी से चलना होगा बाबूजी?" सूखे कण्ठ से क्यों? इसलिए कि उसके आते ही जिस सरल-तरल मुख ने उसे 'भाभी' का प्रिय सम्बोधन किया था, जिस सुखद मधुर ध्वनि ने उसे व्यामोहित किया था, वह 'भाभी' सम्बोधन उसके अन्तर में विद्रूप करके हा-हा करके हँस उठा। छी, छी! कैसी लज्जा की बात है! अब वह कैसे करुणा को आँख उठाकर देखेगी। और उसने यदि फिर सम्बोधित किया तब?

परन्तु इतना ही नहीं, अरुणादेवी ने जो उसे माँ की ममता से अपनी छाती से लगाया था सो? आज ही तो वह प्रतिमा एक सिंहासन पर आरूढ़ हुई, और आज ही च्युत हो गई। वाह री विडम्बना! वह सोचने लगी। उसका यहाँ इस भाँति आना—कितनी खराब बात हुई! पुराने विचार के लोग, जो रिश्ते-सम्बन्ध के मामलों में आन मानते थे, क्वारे मढ़े लड़कियाँ ससुराल नहीं जा पाती थीं सो ही ठीक था। यह सब क्या हो गया भला! एक वाक्य, एक भाव, एक मूर्ति, एक सम्बन्ध, एक सम्बोधन, एक प्यार—उसके रक्त-बिन्दुओं ने जो उसकी चेतना पर अंकित किया उसे वह अभी इसी क्षण कैसे धो-पोंछकर साफ कर दे! यह तो उसके बूते की बात ही नहीं है, अब कैसे वह उस प्यार को, आदर को, ममता को, आत्मीयता को सहन कर सकती है! उसका मन हुआ—इसी समय, इसी क्षण वह किसी जादू के बल पर यहाँ से लोप हो जाए चुपचाप, बिना किसी के जाने चली जाए—सो ही अच्छा है। और उसकी अन्तरात्मा पर उस प्यार और ममत्व का जो भार लद रहा था उसे वह वहीं किसी तरह उतार फेंके। यह भी उसके बूते की बात नहीं है—इसी से उसका कण्ठ-स्वर सूख गया।

परन्तु जीवन में पहली बार रायसाहब ने बेटी का वह सूखा कण्ठ-स्वर सुना। राय राधाकृष्ण की वह साधारण बेटी न थी। उनके प्राणों का सम्पूर्ण आवाहन उस कोमल, अमल, धवल, उज्ज्वल आलोक-प्रतिमा में था। वे जानते थे कि माया कितनी सहृदय, भावुक और प्रतिभा-सम्पन्न है। आत्मसम्मान भी उसका कितना है। वे स्वयं भी बड़े मानधनी थे। अब जो मूर्ख दिलीप ने छोटे मुँह बड़ी बात कह डाली सो इसमें उनका अपना जो इतना अपमान हुआ जिसके कारण रायसाहब एक आहत योद्धा की भाँति कराहकर दिलीप के पास से उठ आए, उसे तो वे बिलकुल ही भूल गए। इस समय तो उनकी अपनी सम्पूर्ण चेतना माया के दुःख से ओत-प्रोत हो गई। माया का वह सूखा कण्ठ-स्वर सुनकर उन्होंने एक निरीह

असहाय-से होकर बेटी की ओर देखा, फिर कहा,"गाड़ी तो अब तीन बजे मिलेगी।" उन्होंने जेब से घड़ी निकालकर देखी, फिर कहा, "अभी तो बारह ही बजे हैं।"

"क्या अभी, इसी क्षण नहीं चला जा सकता बाबूजी?" माया ने खोखले स्वर में कहा।

"नहीं बेटा, ऐसा कभी नहीं हो सकता। क्या कहेंगे डाक्टर? हम क्या उनसे नाराज़ होकर यहाँ से जा सकते हैं? नहीं, नहीं, ऐसा तो होना ही नहीं चाहिए।"

परन्तु पुत्री को पिता का दर्द दिख गया। उसने सूखे होंठों में हँसी भरकर—जैसे सारी वेदना, सारे अपमान को एक ओर धकेलकर कहा, "आपने मुझे कचालू खिलाने का वादा किया था। चलिए, ज़रा देखूँ कैसी होती है कचालू की चाट।"

पिता तो पहले ही पुत्री का सूखा कण्ठ-स्वर देख चुके थे। अब सूखे होंठों पर हँसी देखकर उन्होंने कहा, "हाँ, हाँ—लेकिन अभी नहीं, भोजन से निबटकर, तीसरे पहर। अभी तू जा, करुणा से गप्प उड़ा। मैं तब तक डाक्टर से थोड़ी बात कर लूँ।" वे मुड़कर जाने लगे।

माया ने कहा, "तो फिर आप शायद वह गाड़ी न पकड़ सकेंगे।"

"देखा जाएगा, मैं ज़रा बात तो कर लूँ!"

और वह कभी न हारने वाला अजेय योद्धा जैसे लड़खड़ाता हुआ, बाहर निकल गया। बेटी का बाप होना भी कैसा दुस्सह है, वह उसने प्रत्यक्ष देख लिया।

19

उसी दिन तीसरे पहर, दिलीप बाहर जाने को तैयार था कि माया ने अयाचित रूप से उसके कमरे में आकर कहा, "आप क्या जल्दी में हैं?"

क्षण-भर के लिए दिलीप स्तम्भित रह गया। उसे देख ऐसा प्रतीत हुआ कि जैसे आज पहली बार उसने एक स्त्री-मूर्ति देखी है, जो अलौकिक है, अद्भुत है। उसे ऐसा प्रतीत हुआ जैसे उसके हृदय के गहन अन्धकार में एकबारगी ही सूर्यकिरण फूट उठी। जीवन में कभी न अनुभव में आई हुई भावना ने उसे जकड़ दिया। जैसे उस मूर्ति के दर्शन-मात्र से ही उसका सारा धैर्य, पौरुष, सम्पूर्ण दृढ़ता गलकर बह गई। वह जैसे अब तक एक चट्टान था, और अब क्षण-भर ही में उस दर्शन का स्पर्श पाकर रजकण हो गया।

उसने हकलाते हुए कहा, "हाँ, नहीं—आप-आप आइए!"

माया ने दो कदम आगे बढ़कर बिना ही किसी भूमिका के कहा, ''ममी ने आपको देने के लिए यह घड़ी मुझे दी थी।'' उसने वह घड़ी सामने टेबल पर रख दी।

दिलीप को ऐसा प्रतीत हुआ, जैसे प्राणवायु का एक झोंका आकर उसे आप्यायित कर गया। उस शारदीय शोभा की मूर्ति के सान्निध्य में वह खो गया। उसकी समझ ही में नहीं आया कि क्या जवाब दे। वह घबराया-सा एकटक माया के मुख को ताकता रहा।

क्षण-भर माया रुकी रही और फिर वह मुँह फेरकर चल दी। दिलीप ने कहा, ''ठहरिए, सुनिए!''

''कहिए।''

''यह घड़ी आप—आप ले जाइए।''

''ममी ने आपके लिए भेजी है। इसे आप वापस कर रहे हैं?''

''ममी से कहिए...''

''...कि घड़ी आपको पसन्द नहीं है, ज़रा और बढ़िया-सी...'' माया एक कटाक्ष फेंककर मुस्करा दी। इस समय भी उसका स्वर सूखा था—आँखें सूनी थीं। पर दिलीप ने इतना रस, इतना माधुर्य अब तक जीवन में कभी देखा ही न था। दिलीप ने जवाब की राह न पाकर कहा, ''नहीं, नहीं, यह बात नहीं है।''

''तो मैं ममी से क्या कहूँ?''

''मेरा प्रणाम कहिए, चरण-स्पर्श कर दीजिए।''

माया ने हँसी रोककर कहा, ''मेरे चरण-स्पर्श करने से क्या होगा भला! आप ही कभी आकर चरण-स्पर्श कर लीजिए, प्रणाम मैं कह दूँगी। अच्छा नमस्कार।''

वह मुड़ी। परन्तु दिलीप ने फिर बाधा देकर कहा, ''सुनिए तो!''

''कहिए भी, आपका समय नष्ट हो रहा है।''

''ममी को मेरा प्रणाम कहकर और चरण-स्पर्श करके कहिए—यह घड़ी मैं नहीं रख सकता।''

''ममी पूछेंगी, क्यों नहीं रख सकते, तो क्या जवाब दूँ?''

''जैसा ठीक समझिए।''

''तो कह दूँ कि घड़ी पसन्द नहीं है और बढ़िया मँगाई है?''

''नहीं, नहीं।''

''तब?''

“मैं रख नहीं सकता।”

“किन्तु कारण क्या?”

“कारण कुछ नहीं।”

“तब आप स्वयं ही कभी उन्हें मिलकर लौटा दीजिए। अकारण तो मैं लौटाकर ले नहीं जाऊँगी।”

वह फिर चलने लगी। दिलीप ने फिर बाधा देकर कहा–

“आप समझती नहीं हैं।”

“यानी मैं कूढ़मग्ज़ हूँ।”

“वाह, यह भी कोई बात है!”

“तो आप समझाना नहीं चाहते।”

“नहीं, नहीं, पर यह अनुचित है।”

“क्या? ममी ने प्यार से आपको एक उपहार भेजा है–उसे आदरपूर्वक ग्रहण करना अनुचित है, यही शायद आपकी हिन्दू संस्कृति है?”

“परन्तु...”

“मैं अपना काम कर चुकी। एक फालतू काम ममी ने झूठमूठ मेरे सिर मढ़ दिया। अब आपको रखना हो रखिए–वापस करना हो, जाकर उन्हें वापस कर आइए, फेंक दीजिए या जो चाहे कीजिए। मैं तो इसे वापस नहीं ले जा सकती।”

इतना कहकर माया तेज़ी से कमरे से बाहर हो गई। उसके बाहर जाते ही दिलीप को ऐसा प्रतीत हुआ–जैसे सूर्य अस्त हो गया, या उसके प्राण ही निकल गए, या जीवन उलट-पुलट हो गया, या संसार असत्य हो गया। जीवन की यह अनुभूति उसके लिए असहनीय हो गई। वह बड़ी देर तक चुपचाप खुले द्वार की ओर मुँह किए खड़ा रहा। द्वार सूना था, कमरा सूना था, हृदय सूना था, आँखें सूनी थीं, संसार सूना था। उसने वह घड़ी उठाकर छाती से लगा दी। आँखों में उसके आँसू छलक आए। वह ज़ोर-ज़ोर से आह भरता, गहरी साँसें लेता हुआ कमरे में इधर से उधर घूमने लगा। एकाएक उसने सोचा–मैंने उसे बैठाया भी नहीं, कुछ बात भी नहीं की। मैंने उसे पाकर खो दिया। जैसे सीता-सावित्री नया अभिनव रूप धारण करके अभी-अभी उसे दर्शन दे गई। उसके हृदय को आक्रान्त कर गई।

क्या वह फिर आएगी? एक बार मैं उससे बात करना चाहता हूँ। परन्तु किस विषय पर? क्या उससे बहस करूँ? पाश्चात्य जीवन के गर्हित वातावरण पर, जिसकी प्रखरता के लिए वह प्रसिद्ध हो चुका है। अच्छा, कदाचित् वह फिर

आए तो क्या बात करूँगा? दिलीप बहुत देर तक विचारने के बाद भी कुछ निर्णय नहीं कर सका। उसे ऐसा प्रतीत हुआ जैसे कहने योग्य कुछ रहा ही नहीं। उसने एकाएक अनुभव किया कि वह अपना आपा खो चुका। अब उसके जीवन का प्रत्येक जीवकोष मायामय हो चुका था और उसका वह आदर्शवाद अतल पाताल में डूब गया था।

20

प्रेमालाप तो कुछ हुआ नहीं, पर प्रेम का अपरिसीम आदान-प्रदान हो गया। दिलीप का वह अस्पृष्ट यौवन आहत सांड की भाँति कराहने और चीत्कार करने लगा। वह बड़ी देर तक तो उस कमरे में प्रेत-आविष्ट की भाँति चक्कर काटता रहा, फिर शय्या पर गिरकर छटपटाने लगा। जैसे जलती हुई, दहकती हुई कोयलों की अँगीठी पर वह भूना जा रहा हो—जीवित। एक असह्य वेदना, एक अनिर्वचनीय आकांक्षा, एक दुर्दम्य भूख-प्यास उसे आक्रान्त कर गई। आज तक के जीवन में सर्वथा अनुभूत पीड़ा से उसके प्राण व्याकुल हो गए। उसका सारा आदर्शवाद, हिन्दू संस्कृति, धर्म-विचार, तर्क, बुद्धिवाद न जाने किस अतल भूतल में जाकर लोप हो गए। रह गई माया—केवल माया। उसके मानस-पटल पर, नेत्रों और आत्मा के अणु-अणु में माया शत-सहस्र मूर्त रूप धारण करके आनन्द-नृत्य करने लगी। उस आनन्द को—शोभा की सुषमा को आत्मसात् करने, अपने निकट लाने, अपने में ओतप्रोत करने को वह जितना ही व्यग्र होने लगा, उतना ही वह उससे दूर, अधिक दूर, उसकी पहुँच की सीमा के बाहर दिख पड़ने लगी।

किन्तु एक बार भी उसके मन में यह बात न आई कि जिस माया के लिए वह इतना व्याकुल हो रहा है, जिस माया का इतना अभाव वह अपने जीवन में अनुभव कर रहा है, वह तो सांगोपांग उसे अपना आत्मार्पण करने ही आई थी। संभवतः वह आत्मार्पण कर भी गई है। रायसाहब और डाक्टर दोनों ही उसके प्रति सानुनय हो चुके हैं। माया की प्राप्ति में तो वह स्वयं ही अपनी माया है। एक बार भी उसके मन में यह ज्ञान न हुआ कि वह अभी अरुणा से, करुणा से, माया से, पिता से, माया के पिता से—किसी से भी जाकर कह दे कि मेरे मन की सारी बाधाएँ हट गई हैं, सब व्यवधान दूर हो गए हैं। हवाई किले सब ढह चुके हैं। अब माया मेरे प्राणों में आ बसी है। लाओ—माया को मुझे दो!

प्राणों में उसका लय होने दो! यद्यपि उसकी वह धर्ममूढ़ता, अति तुच्छ, नगण्य बन चुकी थी—पर वह जो उसका दर्प था—अहं-तत्त्व था—वह उसके आहत आर्त हृदय पर तनिक भी सदय न था। न, न, वह अब 'हाँ' कह भी सकता है, यह भावना भी उसके प्राणों की चेतना में नहीं थी। जैसे करोड़ों बलिष्ठ हाथों ने आकर उसका मुँह बन्द कर दिया था।

अँधेरा हो गया, दिए-बत्ती जल गए, पर दिलीप को इसका कुछ भी भान नहीं हुआ। वह उसी भाँति अँधेरे में पड़ा रहा। किस नए रोग में वह आज इस समय एकाएक ग्रस्त हो गया था—उसका निदान वह नहीं जानता था। परन्तु जब घर के नौकर ने कमरे में आकर बत्ती जलाई और देखा—बाबू सो रहे हैं, तब उसने पास आकर स्नेह से पूछा, "तबीयत खराब है क्या बाबू, माँजी से कह दूँ?" तब दिलीप कुछ भी जवाब नहीं दे सका। नौकर ने कुछ कहा है, यह तो उसने सुना। पर क्या कहा, यह नहीं सुना। वह नौकर को कुछ जवाब न देकर करवट बदलकर सो रहा।

पर अब वह सो भी न सका। नौकर के जाते ही वह तड़पकर उठा और एकदम घर से बाहर हो लिया। ज्वराक्रान्त की भाँति उसके पैर लड़खड़ा रहे थे। पर वह बढ़ा जा रहा था। आप ही आप। वह अपने पूर्वाभ्यासवश जमुना-तीर पर जा पहुँचा। एक-दो परिचितों ने उसे टोका भी, पर उसने सुना ही नहीं। वह किनारे ही किनारे दूर तक चला गया। गहरी अँधेरी रात थी। आकाश में तारे टिमटिमा रहे थे। जमुना-किनारे ऊँची-ऊँची घास में झींगुर बोल रहे थे। दूर नगर की बिजली की बत्तियां टिमटिमा रही थीं, और सन्नाटे के आलम में वह एक उन्मत्त, मदमत्त, विवश आदमी की भाँति बढ़ा जा रहा था। वास्तव में उसे अपने तन-बदन की सुध न थी।

किन्तु आगे राह न थी। गहन अन्धकार में जमुना-तीर का वह सघन जंगल जैसे और भी सघन हो उठा था। उसे रुकना पड़ा। अपने चारों ओर उसने देखा, यत्किंचित् उसने सोचा—वह कहाँ आ गया है। ज़रा-सी चेतना उसे हुई—वह लौटा। पर चेतना के उस क्षीण आलोक के सहारे से वह सोच सका कि उसका जीवन अब समाप्त हो गया है। और जैसे, वह अपने-आपका एक भस्मीभूत पुतला है। फिर घाट आ गए थे। घाट के किनारे-किनारे वह धीरे-धीरे चलता रहा। जमुना का श्याम जल धीरे-धीरे बहा जा रहा था। आकाश में वही तारे टिमटिमा रहे थे—कहीं-कहीं उनकी काँपती हुई परछाईं जल में दिख रही थी। एकाध बादल का टुकड़ा आकाश में घूम रहा था।

वह एक सुपरिचित घाट पर बैठ गया। वह सोचने लगा—यह हो क्या गया। माया तो उसकी कुछ भी नहीं। उसका उस पर कुछ अधिकार भी न था। फिर क्यों वह ऐसा समझ रहा है कि वह लुट गया। जब उसकी गाँठ में कुछ था ही नहीं तो लुटा क्या है? नहीं लुटा है तो वह आज इस समय ऐसा निरीह, असहाय, एकाकी कैसे हो गया है? अब तक क्या था उसके पास—जो अब नहीं रहा? उसने बहुत सोचा, पर कोई भी तो कूल-किनारा उसे नहीं मिला। वह कुछ भी तो नहीं समझ पाया कि उसकी क्या स्थिति है और वह क्या करे।

बहुत देर तक वह वहीं चुपचाप बैठा रहा। एकाएक उसे योगिराज का स्मरण हो आया। कैसा झूठा, मक्कार और धूर्त था वह! उसकी श्रद्धाभावना पर कैसा करारा आघात कर गया वह! धर्म, कर्म, योग, व्रत, उपवास, नियम—सबकी एक रूपरेखा-सी जैसे उसे छू गई। उसे ऐसा प्रतीत हुआ मानो अब तक वह व्यर्थ के बोझ को ढोता फिर रहा था, आज उसे अनायास एक निधि मिली, और मिलते ही छिन गई। वह गुन-गुना उठा—''आज ही तो था मिलन-क्षण, आज ही हो गई विदाई!''

झर-झर, झर-झर आँसू उसकी आँखों से झरने लगे। जीवन में प्रथम बार इन अश्रुकणों ने उसके नेत्रों को सजाया था। उन आँसुओं से स्नातपूत माया का दिव्य शरीर जैसे उसे उसके बिलकुल ही निकट दिखने लगा। उसने दोनों हाथ उन्मुक्त आकाश की ओर फैलाकर अस्फुट स्वर से कहा—''आओ, आओ, आओ माया, तुम मेरी हो, मैं तुम्हारे बिना नहीं रह सकता।'' और उसका मुख पृथ्वी पर झुक गया। उसे ऐसा प्रतीत हुआ जैसे उसकी नींद में ताज़ा फूलों का सुरभित ढेर कहीं से आ पड़ा है—और उन्हीं फूलों के ढेर में माया के चरण हैं, उन फूलों से भी अधिक सुरभित कोमल और प्रिय! और उसके विदग्ध होंठ उन चरणों को चूम रहे हैं, सम्पन्न हो रहे हैं, आप्यायित हो रहे हैं, परिपूर्ण हो रहे हैं!

21

और माया? उसने यह सोचा भी न था कि जो कुछ हो गया वही हो जाएगा। पिता का दिलीप ने मूढ़ की भाँति अपमान किया था। इसलिए वह दिलीप का अपमान करने ही उसके पास गई थी। दिलीप को उसने इससे प्रथम कभी देखा भी न था। उससे उसकी विवाह की चर्चा चल रही है, यही वह जानती थी। डाक्टर-परिवार की गरिमा से वह परिचित थी। एक बार वह अरुणादेवी की स्नेहमयी

गोद में प्यार पा चुकी थी। पर वह बहुत पुरानी बचपन की बात थी। दिलीप की बाबत उसने इतना ही सुना था कि वह बड़ा ही कट्टर हिन्दू है। परन्तु मन से माया को यह बात प्रिय थी। वह अपनी आँखों से यूरोप के जीवन को देख आई थी; उसे जीवन में स्पर्श कर आई थी। वह उसके गुण-दोषों से भी परिचित थी। इसी से आर्य-सभ्यता, हिन्दू संस्कृति पर उसकी श्रद्धा थी। अपनी श्रद्धामयी माता का उस पर बहुत प्रभाव था। पर वह प्रगति की शत्रु न थी। नए विचार, ज्ञान-विज्ञान की विरोधिनी न थी। न वह कुरीतियों की समर्थक थी। रूढ़िवाद से उसे घृणा थी। दिलीप इतना उच्चकोटि का विद्वान्, दर्शनशास्त्र का ग्रेजुएट होने पर भी अपनी हिन्दू संस्कृति पर आस्था रखता था। इससे वह मन ही मन दिलीप के प्रति श्रद्धाभाव रखने लगी थी। दिल्ली को जब वह चली थी तो उसके मन में एक गुदगुदी हो रही थी। वह सोच रही थी—क्या हर्ज है, ममी की घड़ी जब दूँगी तो ज़रा नोक-झोंक भी होगी। देखूँगी बाबू साहेब की फिलासफी। ज़रा व्यंग्य करूँ, जलाऊँगी, चिकोटी काटूँगी, सूई चुभाऊँगी! फिर उस तड़प का मज़ा लूँगी।

पर यहाँ तो यह व्यंग्य-विनोद कुछ हुआ नहीं। रायसाहब से जिस ढंग पर दिलीप ने बात खत्म की, उससे रायसाहब बेहद नाराज़ हो गए। वे बिरादरी से खारिज हैं। उनकी बेटी को ब्याहने से बिरादरी नाराज़ होगी। यहाँ तक दकियानूसी विचार दिलीप के मुँह से सुनने की उन्हें आशा न थी। वे अपनी बेटी को भीतर से बाहर तक जानते थे, इसी से वे साथ में माया को लाए थे। उन्हें विश्वास था—माया को देख-समझकर सब ठीक हो जाएगा। दिलीप ऐसा मूढ़ न होगा।

माया ने जब यह सुना—तो दर्प और आत्मसम्मान दोनों ही ने उसे दिलीप के पास जाने को प्रेरित किया। माँ की घड़ी देने का बहाना था। वह पिता के अपमान का बदला लेना चाहती थी—कुछ तीखा व्यंग्य भी करना चाहती थी। यदि उसे मालूम होता कि वह असल मुसलमान माता-पिता का बालक है तब तो वह पिता के अपमान का पूरा ही बदला चुका लेती। असल में वह बिना ही हथियार शत्रु जीतने चली थी।

परन्तु वहाँ कुछ और ही हो गया। माया ने देखा—एक गौरवर्ण, तेजस्वी, छरहरे बदन का लम्बा-दुबला तरुण, नोकदार नाक और पानीदार, तेज, गहरी काली आँखें, सुर्ख पतले होंठ, मज़बूत ठोड़ी और मांसल गर्दन, विशाल वक्ष और मुट्ठी भर कमर, सीधा-सरल वेश—तो माया ने आपा खो दिया।

माया इस तरुण की विभूति को अपने आँचल में भर ले जाने को आई

है—पर उसे सूखा लौटना पड़ रहा है। कितना दुर्भाग्य है! कितना अपमान है! पहले भी भला कभी कोई हिन्दू कुमारी इस भाँति लांछना की पात्र बनती थी? भला कभी वह इस प्रकार निराश होकर लौटने के लिए पति-घर में आती थी? हिन्दू वधू तो गाजे-बाजे के साथ, हीरे-मोतियों से सुसज्जित, ससुराल की आँखों पर पैर रखकर श्वसुरगृह में प्रवेश करती है। नई सभ्यता और नए आलोक ने ही उसे इस भाँति अपमानित किया। वह दिलीप को न व्यंग्यबाणों से विद्ध कर सकी, न उसके हृदय में सूई चुभा सकी, न चिकोटी काट सकी। माता की दी हुई घड़ी वहाँ रख और आँखों में एक चुभन भर वहाँ से भाग आई।

भाग आई, यह तो ठीक, पर अपने रक्त की प्रत्येक बूँद में दिलीप की यह मूर्ति भर लाई। प्रेम और दर्द अब संग्राम करने लगे, और माया उनकी चपेट में घाव खाने लगी। वह और राह न पाकर सीधे अपनी शय्या पर पड़ गई।

उसी समय करुणा ने आकर कहा, "उठो, भाभी, हम सिनेमा चल रहे हैं। माँ तैयार है। जल्दी करो।" हाय रे भाभी! यह अबोध बालिका नहीं जानती कि यह मधुर सम्बोधन उसे कहाँ घायल कर रहा है। उसने उसे भाभी ही बना लिया है। जीवन के घात-प्रतिघातों से इस सरल-तरल व्यक्ति को क्या सरोकार है!

माया ने आँखें पोंछते हुए कहा, "इस समय न जा सकूँगी, माँ से कह दो।"

"अरे, तुम्हारी तो आँखें सूज रही हैं, लाल चोट हो रही हैं, क्या तबीयत खराब है?"

"हाँ, बहुत खराब है, ज़रा सोने से ठीक हो जाएगी।"

"तो मैं माँ को बुलाती हूँ।" माया का तनिक भी अनुरोध न मान करुणा अरुणादेवी को बुला लाई। अरुणा के साथ आए डाक्टर भी, रायसाहब भी। और कोई न समझे, पर रायसाहब ने पुत्री की चोट को समझ लिया। डाक्टर भी कुछ-कुछ समझ गए, वे मौन ठगे-से खड़े रहे। केवल अरुणादेवी माया का सिर गोद में लेकर व्यस्त भाव से बैठ गईं। करुणा और भी परेशान होकर दौड़-धूप करने लगी। यूडीक्लोन ले आई। और भी उपचार हुए। अरुणादेवी ने सभी को विदा कर दिया। किन्तु करुणा किसी तरह नहीं गई। अब कैसा जी है, भाभी? वह बार-बार पूछती रही। कोई भी किसी तरह उसका 'भाभी' कहना न रोक सका। और अब, न जाने किस सूक्ष्म अनुबन्धन के सहारे यह शब्द किन-किन भावों-अनुभावों से घुल-मिलकर माया के तृषित कणों में सुधा बरसाने लगा—रक्त की प्रत्येक बूँद से सिहरन पैदा करने लगा।

बहुत रात बीतने पर माया ने बड़ी कठिनाई से अरुणादेवी को विदा किया।

परन्तु करुणा किसी तरह न गई। वह वहीं—माया के पास, उसी पलंग पर, माया के गले में अपने कोमल भुज-मृणाल का बन्धन डालकर सो रही। दो स्त्री-हृदय पास-पास धड़क रहे थे—दोनों अम्लान, अनाघ्रात, कौमार्य के पुनीत तत्त्व से ओत-प्रोत—शुद्ध सरल प्रेम से लबालब। किन्तु एक ज्ञात दूसरा अज्ञात। केवल एक ही पौरे आगे बढ़ने से दोनों में इतना अन्तर पड़ गया था—इन्हीं कुछ क्षणों में।

22

माया की वह मर्मपीड़ा, और दिलीप का औद्धत्य सभी ने देख-समझ लिया। इससे डाक्टर अत्यन्त मर्माहत हुए। अरुणादेवी भी विचलित हुईं। उसी रात पति-पत्नी में बातें हुईं।

अरुणा ने कहा, "तुम तो शायद कुछ भी नहीं समझते।"

"क्या?"

"लड़की को कितना दुःख हुआ है! मैं स्त्री ज़ात हूँ—उसका दुःख समझ गई हूँ। मानती हूँ, उसे हमारे द्वार पर इस तरह न आना चाहिए था—पुरानी परिपाटी अच्छी थी। परन्तु उसके इस आने को मैं निन्द्य भी नहीं समझती। एक ही दृष्टि में मैंने उस रत्न का मूल्य समझ लिया, यदि वह तिल-भर भी यह सन्देह मन में करती कि वह रिश्ता होगा ही नहीं—तो वह इधर कदम भी नहीं रखती। वह जैसी सरल है वैसी ही मानवती भी है। वह स्वयं ही विदुषी है, समझदार है। फिर उसके पिता साथ हैं। कितने सत्पुरुष हैं, कितने महापुरुष हैं! मैंने तो ऐसे साधु-सज्जन कोई देखे नहीं। अब क्या हमारे द्वार से हमारी लक्ष्मी सूनी लौट जाएगी? यदि ऐसा हुआ तो हमारी मर्यादा गई समझो। मैं तो इस शर्म को ढोकर ज़िन्दा न रह सकूँगी।"

"लेकिन मैं करूँ क्या? तुम्हीं कहो। दिलीप से मैं सब कुछ कह-सुन चुका, तुम भी कह चुकीं। वह अपने मन का है—देखती ही हो। क्या मैं उसके साथ ज़बर्दस्ती करूँ। ज़बर्दस्ती करने पर...वह घर से भाग न जाएगा, इसकी क्या गारंटी है? फिर इस तरह भैंसा-बैल की अनमेल जोड़ी, रस्सी से ज़बर्दस्ती बाँध देने से कहीं गृहस्थी की गाड़ी चलती है? तुम्हीं कहो।"

"नहीं चलती, दिलीप से ज़बर्दस्ती करने की हमें ज़रूरत नहीं। वह हमारा लड़का नहीं है। पराया है, विधर्मी है। दूसरे वह क्या है? उन्हें उसका सच्चा परिचय

दे दीजिए—उसकी सब ज़मीन-जायदाद उसे दे-दिवाकर यहाँ से उसका काला मुँह कीजिए। हमसे उसका कुछ सरोकार नहीं है।''

''ज़रा धीरे बोलो। यह तुम क्या कह रही हो! दुनिया पर जब यह बात खुलेगी तो दुनिया क्या कहेगी! सोचो तो। और स्वयं दिलीप की क्या हालत होगी! देखती हो—विचित्र ढंग से वह साम्प्रदायिक आदमी बन गया है—एक कट्टर हिन्दू की तरह रहने में वह अपनी शान समझता है—अब जो उसे यह पता लगेगा तो अजब नहीं पागल हो जाए या जान दे दे। फिर माया का इससे क्या भला होगा! उसका दुःख तो और भी बढ़ जाएगा। उसका उपाय क्या है?''

''उसका भी उपाय है—मैंने सोच-समझ लिया है।''

''कौन उपाय?''

''मैं अपने सुशील से माया का ब्याह करूँगी। तुम रायसाहब से कह दो। लड़की मेरे घर से सूनी न जाएगी।''

डाक्टर कुछ देर चुप रहकर बोले, ''यह क्या ठीक होगा? और सुशील ही क्या राज़ी हो जाएगा?''

''सुशील तो मेरे पेट का पैदा हुआ लड़का है!''

''तुमने क्या उससे बातें की हैं।''

''नहीं कीं। पर इससे क्या? वह 'ना' न कहेगा।''

डाक्टर ने सिर खुजाकर कहा, ''अच्छा, बिरादरी में जो एक बवंडर खड़ा होगा?''

''दिलीप से ब्याह करते तो क्या न होता?''

''शायद होता।''

''तो अब भी होने दो। क्या होती है बिरादरी! मैं परवाह नहीं करती!''

डाक्टर ने सन्तोष प्रकट किया। पत्नी के प्रस्ताव से सहमत होते हुए उन्होंने कहा :

''अच्छी बात है, मैं रायसाहब से सुबह बात करूँगा।''

''बात करके ही रह जाना न होगा। सगाई और गोद की रस्म भी कल ही को करनी होगी। अब मैं कच्ची बात थोड़े ही करूँगी।''

''सुशील से ज़रा पूछ तो लो।''

''सुशील को मेरे ऊपर छोड़ दो।''

''तो तुम जानो।''

''डाक्टर एक प्रकार से आश्वस्त होकर सो गए। सुबह जब रायसाहब ने

चलने का उपक्रम किया तो डाक्टर ने नम्रतापूर्वक कहा, "जाना तो आज न हो सकेगा आपका, सुशील की माँ की यही इच्छा है।" डाक्टर जैसे इस बार दिलीप की माँ कहना ही भूल गए।

रायसाहब ने अचकचाकर कहा, "क्यों, क्या बात है? जाना तो अवश्य होगा, मेरे कोर्ट में केस हैं।"

"यहाँ के केस को पहले निबटाना ज़रूरी है!" डाक्टर ने रसिकता से कहा।

"ज़रा साफ-साफ कहिए, तो समझूँ।"

"सुशील की माँ चाहती है, सगाई की रस्म आज ही के शुभ मुहूर्त में हो जाए। वह बिटिया को बिना गोद भरे सूना जाने देना नहीं चाहती।"

"लेकिन दिलीप की तो इच्छा..."

"दिलीप की इच्छा न हो। मैं सुशील के लिए रिश्ता स्वीकार करता हूँ।"

"सुशील के लिए?" हठात् रायसाहब को दिलीप का वह वाक्य याद आ गया, "बिरादरी का भी सवाल है।" उनका खून गर्म हो गया। पर उन्होंने संयत होकर कहा, "यह तो बात ही दूसरी है, इस पर मुझे विचार करना होगा—मैं विचारकर आपको लिखूँगा।"

डाक्टर को स्वप्न में भी गुमान न था कि रायसाहब इस प्रस्ताव को अस्वीकार कर देंगे। रायसाहब की बात सुनकर वे भौंचक-से उनका मुँह ताकते रह गए। क्षण-भर उनके मुँह से बोली न निकली। फिर कुछ संभलकर उन्होंने कहा, "परन्तु आपका इस तरह जाना तो ठीक नहीं है।"

"जो ठीक नहीं है, उसे आप इस तरह ठीक करना चाहते हैं? मैं उसे ठीक नहीं समझता।" रायसाहब एक फीकी हँसी हँस दिए। फिर डाक्टर के कन्धे पर हाथ रखकर कहा, "आप मेरे पुराने दोस्त हैं। हम दोनों में फारमेलिटी की ज़रूरत नहीं। आप दिल में ज़रा भी मलाल न लाइए। सच पूछिए तो मुझे दिलीप की स्प्रिट पसन्द है, और मैं उसकी कद्र करता हूँ। इसलिए आप बिलकुल संकोच न करें। हमारे-आपके पुराने सम्बन्ध वैसे ही कायम रहेंगे जैसे अब तक रहते आए हैं। इतनी-सी बात पर कुछ अन्तर थोड़े ही पड़ जाएगा!"

उन्होंने डाक्टर का प्रगाढ़ आलिंगन किया। डाक्टर ने सूखे मुँह से पत्नी के पास जाकर कहा, "रायसाहब तो रुकने को राज़ी नहीं होते—जा रहे हैं।"

"वाह, जा कैसे सकते हैं, मैं जाने दूँगी तब न!"

"तो तुम उनसे कहो।"

"चलो, कहती हूँ", अरुणा चाभियों के झब्बेवाला साड़ी का पल्ला कन्धे

पर डालकर, जिस कमरे में रायसाहब सामान बाँध-बूंध रहे थे, उसकी बगल में किवाड़ की ओट में आ खड़ी हुई। डाक्टर ने कहा, "सुशील की माँ आपसे कुछ कहने आई हैं।" इस समय भी डाक्टर पत्नी को दिलीप की माँ न कह सके। रायसाहब ने आदर प्रदर्शित करते हुए खड़े होकर कहा, "कहिए, कहिए, मुझे क्यों न बुला लिया!"

"आप यों न जाने पाएँगे। बिटिया मेरे घर से सूनी न जाएगी।"

"आप बड़ी उदार हैं, कभी भी आपका यह अनुग्रह नहीं भूलूँगा। पर अभी तो हमें जाने ही दीजिए। डाक्टर साहब ने जो प्रस्ताव उपस्थित किया है, उस पर हमें नए सिरे से विचार करना होगा। विचार-परामर्श करके मैं आपको लिखूँगा। अभी ऐसी जल्दी क्या है? फिर आपको भी भलीभाँति सब बातों पर विचार कर लेना चाहिए। इन मामलों में जल्दी करने से धोखा ही होता है।" इतना कहकर रायसाहब ने माया को लक्ष्य करके कहा, "जल्दी करो, बेटी, गाड़ी का समय हो गया है।"

रायसाहब के स्वर में एक ऐसी दृढ़ता थी कि फिर अरुणादेवी को कुछ कहने का साहस ही न हुआ। फिर वह बेटे की माँ थी। बेटी के बाप के इस उत्तर से उसके अहंकार पर करारी चोट लगी। वह सूखे मुँह से भीतर लौट गई।

जब गाड़ी पर सब सामान लद गया तो सारा परिवार अपने सम्मान्य अतिथि को विदा करने एकत्र हुआ। इस समय दिलीप भी आ गया। एक ही रात में उसकी आकृति कुछ की कुछ हो गई थी। वह सबके पीछे, सबसे छिपकर चोर की भाँति खड़ा था। इसके विरुद्ध सुशील ने आज अपनी सदा की असावधान और लापरवाह आदत जैसे छोड़ ही दी थी। उसने सिल्क का कुर्ता पहना था। बालों को भी सँवारा था। वह सकुचाया-सा, लजाया-सा माँ के पास खड़ा था। माँ का प्रस्ताव उसने सुन लिया था।

माया और करुणा एक-दूसरे से आलिंगनबद्ध थीं। करुणा माया को छोड़ती ही न थी। वह बार-बार 'भाभी-भाभी' कहकर उसे जकड़ रही थी। "अब कब आओगी, भाभी?" बार-बार पूछ चुकी थी और बार-बार पूछ रही थी। माया जैसे रात-भर रोती ही रही थी, आँखें उसकी फूलकर गुल्लाला हो रही थीं। अन्त में करुणा को अलग किया, और अपने गले का नैकलैस उतारकर उसके कण्ठ में डाल दिया। अरुणादेवी के विरोध पर वह सिसकने लगी। पैरों पर गिर पड़ी। उस मूक रुदन के विरोध का सामर्थ्य किसमें था भला? अरुणादेवी ने कराहकर छाती पर हाथ रखा। और जब वह अरुणादेवी के अंकपाश में बद्ध, बाणविद्ध

आहत हंसिनी की भाँति लड़खड़ाती हुई गाड़ी में बैठ रही थी, उसने एक बार अपनी सूजी हुई लाल-लाल आँखें उठाकर सबसे पीछे अपराधी की भाँति मुँह छिपाए खड़े दिलीप की ओर देखा। उसकी सूनी-सूनी, उन्मत्त दृष्टि उसकी फूली हुई आँखों में बरछी की नोक की भाँति घुस गई। वह झपटकर गाड़ी में घुस ग़ई। आँखों के इस नए घाव को देखा सिर्फ दिलीप ने।

माया चली गई। परन्तु इस परिवार के प्रत्येक आदमी को आहत कर गई। दिलीप तो तीर की भाँति सीधा जमुना-तट की ओर चला गया, सुशील कोई गीत गुनगुनाता अपने कमरे में घुस गया। डाक्टर अपराधी-से चुपचाप नीचा सिर किए घर में लौट आए। करुणा रोती रही, और अरुणा जैसे अपनी मर्मपीड़ा को भुलाकर बेटी को भुलावा देती अपने शयनगृह में लौट आई। इस समय केवल एक व्यक्ति इस घर में स्वस्थचित्त और आनन्दमग्न था। वह था शिशिर। उसने माँ से, करुणा से, पिता से, दिलीप से, सुशील से—सभी से पूछा, "भाभी आई थी तो चली क्यों गई?" किसी ने कोई जवाब न दिया, सिर्फ सुशील ने हँसकर कहा, "धत्!"

23

माया का वह वैकल्य और दिलीप का उन्माद देखकर भी किसी ने यह नहीं समझा कि दो तरुणहृदय प्यार का घाव खा गए हैं। माया के वैकल्य में सभी ने अपमान की वेदना देखी; पर दिलीप की ओर किसी का ध्यान नहीं गया। इस घटना के बाद दिलीप एकबारगी ही माता-पिता के विराग और उपेक्षा का पात्र बन गया। पिता ने उससे बातचीत ही बन्द कर दी। और माँ ने उसे कह दिया, "तू मेरा लड़का नहीं है, जा, चला जा जहाँ तेरा जी चाहे और वही कर जो तू चाहे!" वह तो चाहता था कि एक बार फिर उसके सामने ब्याह का प्रस्ताव आए। परन्तु वह प्रसंग आया ही नहीं। दिलीप अपने दिल की बात खोलकर किसी से कह नहीं सका। मन ही मन घुटता रहा। अब उस घर-भर में सर्वत्र सूना लग रहा था। माता-पिता उससे नाराज़ थे। पर अभी तक उसे यह पता न था कि अरुणादेवी ने गुस्से में आकर जो बात कही है, वह यथार्थ में सत्य है। ऐसा होता या सच्ची बात का उसे पता लग जाता तो शायद वह इस परिस्थिति में आत्मघात ही कर लेता।

अब वह बहुधा नित्य ही बहुत जल्द सुबह उठकर जमुना-किनारे चला जाता,

और कभी-कभी तमाम दिन वहीं पड़ा रहता। राष्ट्रीय संघ के नाम में भी अब उसे रुचि नहीं थी। संगी-साथी उसे कौंचते। वह गुमसुम सभी के उलाहने सुनता। अपनी विरह-वेदना किसी पर प्रकट करना उसके लिए शक्य न था। वह किसी को दिल की बात कहे, ऐसा कोई उसका हितू मित्र न था। यह उसने अब जाना।

माया के प्रति मन ही मन सुशील के मन में भारी मोह उत्पन्न हो गया था। उसे आशा बँध गई कि उसका विवाह माया से हो जाएगा। वह यद्यपि बड़े ही उच्छृंखल स्वभाव का था, परन्तु इस प्रकरण से कच्चा था। वह अभी से मन में बड़े-बड़े मन्सूबे बाँधने लगा। माया फार्वर्ड लड़की है। वह पर्दे की रानी बनकर तो बैठने की नहीं। हम लोग कन्धे से कन्धा भिड़ाकर आन्दोलन करेंगे; बढ़-बढ़कर भाषण करेंगे। माया का चमत्कारिक व्यक्तित्व हमें नेतृत्व की चोटी पर खींच ले जाएगा। सुशील इस प्रकार अपने अस्त-व्यस्त जीवन को माया की कल्पना के सहारे व्यवस्थित करने लगा।

करुणा घपले में पड़ी थी। उसे भीतरी बातों का कुछ भी पता न था। जात-बिरादरी के झमेलों से वह दूर थी। दिलीप के जन्म-के सम्बन्ध में भी वह कुछ नहीं जानती थी। माया उसकी भाभी बनकर आई है, बस यही उसके लिए काफी था। उसने यही सुना था—बड़े भैया से नहीं, सुशील भैया से उसका ब्याह होगा। यह सब अदला-बदली क्यों हो रही है, यह वह समझ नहीं पा रही थी; पर उसे सन्तोष था कि ब्याह चाहे जिस भैया से हो—वह भाभी तो रहेगी ही। उसके लिए यही यथेष्ट था। करुणा से ही बात फूटकर दिलीप के कान में पहुँची। दिलीप के लिए यह मर्मान्तक था। यद्यपि यह बात न दिलीप जानता था न सुशील कि रायसाहब ने अभी यह रिश्ता स्वीकार नहीं किया है। परन्तु सुशील में ज्यों-ज्यों इस रिश्ते के सम्बन्ध में उत्सुकता और उद्वेग के चिन्ह आते गए, त्यों-त्यों दिलीप का क्षुब्ध मन हाहाकार से भरता गया, जो शीघ्र ही सुशील के प्रति तीव्र प्रति-हिंसा और विद्वेष का रूप धारण कर गया।

अरुणादेवी को दिलीप की 'न' ने तो आहत किया ही था, रायसाहब की 'न' ने उन्हें और भी मर्माहत किया। वे बारम्बार अपने को धिक्कारने लगीं कि क्यो उन्होंने यह प्रस्ताव किया। क्यों फिजूल सुशील के मन में एक नई आशा, नई भावना की जड़ जमाई। वे आत्मग्लानि से भरी जा रही थीं। उन्होंने उस सुबह जब सुशील को बुलाकर कहा था, "मैं तेरा ब्याह माया से पक्का कर रही हूँ रे", तो उसने कुछ हँसकर, कुछ लजाकर निरीह बालक की भाँति कहा था, "जैसा तुम ठीक समझो वही करो माँ।" अब वे सोच रही थीं—यह ठीक नहीं

हुआ। इतनी उतावली की क्या ज़रूरत थी! अब वे जब टालकर चले गए, अब 'न' कह दें तो क्या होगा? और यह भी 'न' ही है। परन्तु, वे अपनी ओर से अब इस सम्बन्ध में रायसाहब को कुछ लिखना नहीं चाहती थीं। और रायसाहब ने घर जाकर एकदम चुप्पी साध ली थी। तैश में आकर वे अब रायसाहब को नीचा दिखाने या बदला लेने के विचार से कहीं सुशील का ब्याह तय कर डालना चाह रही थीं। पर डाक्टर रायसाहब के उत्तर की प्रतीक्षा कर रहे थे। उन्हें बहुत कुछ आशा भी थी। अब क्या होगा, इसी सोच-संकोच में अरुणादेवी घुल रही थीं—माया की ममता, शील और सम्मान उन्हें सब ओर से आहत कर रहे थे।

रायसाहब ने घर जाकर इस नए प्रस्ताव पर पत्नी के साथ विचार-विमर्श किया। बिरादरी की बात पर वे भी चिढ़ गईं। परन्तु रायसाहब ने कहा, "ये वाक्य डाक्टर साहब के तो हैं नहीं। वे तो हाथ पसारकर माया को माँग रहे हैं।"

गृहिणी ने कहा, "परन्तु माया हमारी बेटी है, कोई बिक्री का सौदा नहीं है कि एक ग्राहक से सौदा न पटा तो दूसरे से पटा दिया। बड़े भाई को जूता ओछा पड़ा तो छोटे ने पहन लिया। नहीं, अब इस सम्बन्ध में उस परिवार से बात करने की ज़रूरत नहीं है।"

रायसाहब ने माया से भी बातें कीं। माया ने दृढ़तापूर्वक इन्कार कर दिया। परन्तु माया की इन्कारी में माया के हृदय का जो प्रच्छन्न निगूढ़ प्रेमभाव दिलीप के प्रति था, उस पर उनकी दृष्टि नहीं गई। उन्होंने वही सोचा कि दिलीप के प्रतिक्रियास्वरूप ही माया विरोध कर रही है। उन्हें यह युक्तिसंगत और आत्मसम्मानमूलक ही प्रतीत हुआ कि वे उस परिवार में अब ब्याह की बात ही न करें।

परन्तु शीघ्र ही माया के वैकल्य का सही कारण उन्होंने जान लिया। जानकर वे बहुत चिन्तित हुए। उन्हें क्या करना चाहिए, यह निर्णय वे न कर सके। बहुत सोच-विचारकर उन्होंने इस सम्बन्ध में मौन ही धारण करना ठीक समझा। उन्होंने सोचा—समय के साथ परिस्थितियाँ बदलेंगी, तब देखा जाएगा। उन्होंने डाक्टर को भी कोई जवाब नहीं दिया। डाक्टर ने भी उन्हें नहीं लिखा। दो साल बीत गए। सुशील और दिलीप के लिए अनेक रिश्ते आए, पर उन्होंने नहीं लिए। उनके मन में जहाँ माया का प्रश्न शूल बनकर चुभ रहा था, वहाँ दिलीप का अस्तित्व एक बड़ी बाधा बना हुआ था। दिलीप के मन में जो एक गहरी वेदना थी उस पर किसी ने ध्यान ही नहीं दिया।

रायसाहब ने भी माया के ब्याह की चर्चा नहीं की।

24

कालचक्र अपनी गति पर घूमता चला जा रहा था। यूरोप युद्ध की ज्वाला में जल-भुनकर खाक हो रहा था। हिटलर थल, जल और वायु में सर्वग्रासी महाकाल बना नर-रक्त में स्नान कर रहा था। महाराज्यों और महाराष्ट्रों के गर्वीले राजमुकुट भूलुंठित हो रहे थे। ब्रिटिश साम्राज्य महासंकट से गुज़र रहा था। यूरोप का वह महानृमेध खिसकता हुआ एशिया और प्रशांत क्षेत्र को छू रहा था। भारत में अशान्त वातावरण भरा था। हरएक चीज़ महँगी हो रही थी। आर्डिनेन्सों और ज़ोर-जुल्मों की भरमार हो रही था। कांग्रेस का नेतृत्व बूढ़े और ठण्डे दिल नेता कर रहे थे—वे कह रहे थे कि ठहरो और प्रतीक्षा करो। पर सुभाष का गर्म रक्त प्रतीक्षा करने का धैर्य न रख चमत्कारिक ढंग से भारत से गायब हो चुका था। और अब उनकी जर्मनी और सिंगापुर या बर्मा से निरन्तर होनेवाली रेडियो-स्पीचों ने देश को हिला डाला था। अंग्रेज़ों ने गुलाम भारत को और भी कसकर भारत-रक्षा के नाम पर आर्डिनेन्सों की ज़ंजीरो में जकड़कर ज़बर्दस्ती युद्ध-साधन बना लिया था। उत्तेजना और असन्तोष से भारत की धमनियों का रक्त खौल रहा था। विद्रोह की प्रचण्ड बवंडर की सूचना भारत के प्रत्येक युवक के गर्म निःश्वासों में मिल रही थी। जर्मन नाज़ी सेनाएँ एक के बाद दूसरे देश को आक्रान्त करती अबाध गति से बढ़ती जा रही थीं। फ्रांस कब्र में कराह रहा था। और ब्रिटेन की आँखें पथरा रही थीं और नाड़ी छूट रही थी। पूर्व में जापान ने भी युद्ध का शंख फूँक दिया था। अंग्रेज़ों के सुदृढ़ पूर्व-सिंहद्वार सिंगापुर पर जापानी सेना ध्वज फहरा चुकी थी। विद्रोही आन्दोलन भारत में अंग्रेज़ों का रहना हराम कर रहे थे। सर स्टैफोर्ड क्रिप्स जो भानमती का पिटारा लाए थे, उसे ठुकरा दिया गया था। चर्चिल सरकार की सिरदर्दी का अन्त न था। लोग कहने लगे थे—''ब्रिटेन भारत के हाथ-पाँव बाँधकर जापान के आगे डाल देगा।''

उन दिनों भारत में धड़ाधड़ विदेशी सेनाएँ आ रही थीं—अमेरिकन, आस्ट्रेलियन, अफ्रीकन सभी सेनाएँ थीं। इस सेना का आगमन भारत की स्वतन्त्रता की रक्षा के लिए नहीं, बल्कि ब्रिटिश साम्राज्य की सुरक्षा के लिए था। देश का सारा उत्तम खाद्य-पदार्थ इन गोरे सैनिकों को मिल रहा था। देश भूखा मर रहा था। देश-भर में दुधारु गायें और भैंसें तराजू पर तुलकर बिक रही थीं। उनका ताज़ा माँस खाकर और आकण्ठ मद्यपान करके ये सैनिक भारत में अनैतिकता का नंगा नाच नाच रहे थे। भारत के बच्चों को एक-एक बूँद दूध के लाले पड़े थे।

अन्त में सातवीं अगस्त का चिरस्मरणीय दिन भी आया। बम्बई से अखिल भारतवर्षीय कांग्रेस कमेटी के अधिवेशन में गाँधीजी की यह वाणी फूटी :

''यदि मैं भारत, ब्रिटेन, अमेरिका तथा धुरी राष्ट्रों-समेत शेष संसार को अहिंसा की ओर ले जा सकता, तो मैं ऐसा कर डालता। पर यह चमत्कार तो केवल परमात्मा के हाथ में है। अब मेरे हाथ तो केवल यही है कि करूँ या मरूँ। आपको पत्नी-परिजनों का मोह त्याग देना होगा। संसार में सब कुछ छोड़ देना होगा। मैं चाहता हूँ कि अब विरोधी अंग मिलकर भारत को विदेशी शासन से मुक्त कर लें, चाहे इसके लिए उन्हें कितना भी मूल्य क्यों न चुकाना पड़े। उनका एक ही उद्देश्य होगा—ब्रिटिश सत्ता को पदभ्रष्ट करना। मैं एक अस्वाभाविक प्रभुत्व का रक्तहीन अन्त करके एक नवीन युग का आरम्भ करना चाहता हूँ। यह हमारा अन्तिम संग्राम है, और इसमें दो महीने से अधिक समय न लगेगा। परन्तु लाखों मनुष्यों को एकसाथ आगे बढ़ना होगा और भारत दासता की जिन ज़ंजीरों से बँधा है उन्हें तोड़ना होगा। हमारे संघर्ष में वे सभी कार्य सम्मिलित होंगे जिनसे वह शीघ्र एक दुर्दमनीय शक्ति का रूप धारण कर ले। संक्षेप में मैं कहूँगा—करो या मरो।

''हम ब्रिटिश शासन का पूर्ण अन्त चाहते हैं। यह वह ज़हर है जिसे छूते ही सब चीज़ें दूषित हो जाती हैं। यह भावना बारह वर्षों से मेरे मस्तिष्क में काम कर रही है। मैं अब ठहर नहीं सकता। हमारे खतरे स्पष्ट हैं, परन्तु हमें उनसे डर नहीं है। भले ही देश में अराजकता व्याप्त जाए। मैं कहूँगा, राष्ट्र के पास में जो कुछ है वह उसकी बाज़ी लगाने से भी न चूके। यह मेरे जीवन का अन्तिम संघर्ष है। मैं अंग्रेज़ों से कहूँगा कि वे समय रहते भारत छोड़ दें। और आपसे कहूँगा कि आज से अपने को स्वतन्त्र व्यक्ति समझें। और उसके लिए मर-मिटने को तैयार हो जाएँ।''

उसी दिन गाँधीजी-सहित सब चोटी के नेता कैद कर लिए गए। नौ अगस्त के प्रभात ही से देश में विद्रोह फैलने लगा। आकार, विस्तार, त्याग-बलिदान, संगठन-शक्ति, जनोत्साह, ध्येय, नीतिनिपुणता सभी दृष्टियों से।

वह महान् था। इसमें लगभग छः-सात हज़ार आदमी मरे। एक लाख से अधिक जेल गए। एक करोड़ से भी अधिक रुपया जुर्माना हुआ। गाँव के गाँव वीरान हो गए। लगभग चार करोड़ आदमियों ने खुले रूप से इस विद्रोह में भाग लिया। यह खुला विद्रोह गोलियों की बौछारों के साये में खड़ा हुआ। एक हज़ार से ऊपर जगहों पर गोली चली। विद्यार्थियों ने लाखों की संख्या में इस आन्दोलन

में योग दिया। देशी राज्यों तक इस विद्रोह की आग फैली। सारी दुनिया में दबे-पिसे व लुटे लोगों पर इसका गहरा असर पड़ा। नई स्फूर्ति और आशा का संचार हुआ। भारत के इस अभूतपूर्व संग्राम का परिणाम गर्वोन्नत जापान और जर्मनी के आत्मसमर्पण के परिणाम से कुछ भिन्न और विचित्र ही हुआ।

25

डाक्टर-परिवार के सभी बच्चे जागरित ज्वलंत स्वभाव के थे। हमने बताया है कि शिशिरकुमार कांग्रेसी था। यद्यपि उसका विद्यार्थी-जीवन था, परन्तु इस आन्दोलन के नेता—बड़े नेताओं के जेल जाने पर—विद्यार्थी ही रह गए थे। अब तक उसने कांग्रेस में कभी सक्रिय भाग नहीं लिया था। परन्तु अब वह दिल्ली के जागरित जनों का नेता था। नेहरू जब बम्बई गए थे तो उन्होंने एक भाषण दिया था; उसमें का एक वाक्य शिशिर के कलेजे को बेध गया था। नेहरू ने कहा था—''हम समुद्र में डुबकी लगाने जा रहे हैं—इस पार या उस पार!'' बस, ''इस पार या उस पार''—इस वाक्य को शिशिर नहीं भूला। उसने हज़ारों-लाखों बार इस वाक्य को दुहाराया।

और जब उसने सुना कि गाँधी और जवाहर दोनों ही, और उनके सैकड़ों साथी जेल में बन्द हो गएं तो उसने मन-ही-मन कहा—डुबकी तो लग गई। अब इस पार या उस पार!

इस पार या उस पार—उसने होंठों में गुनगुनाया। कालेज की पुस्तकें उठाकर ताक पर रख दीं। उसने दिलीप के पास जाकर कहा, ''भैया, जा रहा हूँ मैं, भारतमाता की पुकार हुई है। अब इस पार या उस पार!'' दिलीप शिशिर को प्यार करता था। और इस समय उसका हृदय प्यार पीर से ओतप्रोत होकर अधिक कोमल हो रहा था। वह यद्यपि कांग्रेस से घृणा करता तथा गाँधीजी को 'हिन्दू-मुल्ला' कहता था, पर शिशिर के सामने कुछ नहीं कहता था। उसने कहा, ''शिशिर, आग में न कूद। अभी डिग्री ले ले। क़ालिज का सब कैरियर तेरा बिगड़ जाएगा।''

पर शिशिर ने सुना नहीं। नौ अगस्त को दिल्ली में मुकम्मिल हड़ताल थी। दुपहर के बाद पचास हज़ार व्यक्तियों का भारी जुलूस निकाला। घंटाघर से कोतवाली तक नरमुण्ड ही नरमुण्ड नज़र आते थे। भीड़ में शिशिर ने भाषण दिया। यह

उसका पहला ही भाषण था। पर वह भाषण न था, अग्निबाण थे, जो किसी दैवी प्रेरणा से उस बालक के मुँह से निकल रहे थे। उसने कहा :

''भाइयो, जनता ने स्वतन्त्रता की ओर अपनी विद्रोह-यात्रा के लिए कदम उठा दिया है। अब तो हममें से प्रत्येक को कुछ करना है, बस करना या मरना। शासनसत्ता दमन पर उतारू है। कठिन परीक्षा की घड़ी है। वह हमें दमन के द्वारा दबाने का यत्न कर रही है। कायरहृदय काँप रहे हैं लेकिन यह क्रान्ति इस युग का तकाज़ा है। यह टाली नहीं जा सकती। सत्याग्रह और असहयोग से कानूनों की अवज्ञा करके अब हम सर्वाङ्गीण क्रान्ति के द्वार पर पहुँच गए हैं। अब हम विदेशी सत्ता के किसी कानून का नहीं—सम्पूर्ण सत्ता का विरोध कर रहे हैं। हमारी माँग अब किसी विशेष विधान के लिए नहीं है, बल्कि यह है कि अंग्रेज़ यहाँ से चले जाएँ। इसलिए आज हमें शपथ लेनी होगी इस बात की कि यह वर्ष हमारी दासता का अन्तिम वर्ष है। परन्तु हमारा शत्रु अभी तक हमारे बीच में बसा हुआ है। और हमारे दृढ़ संकल्प को तानाशाही तरीके पर कुचलना चाहता है। उसने हमारे पूज्य नेताओं को कैद कर लिया है, पर अब हमें नेता की क्या ज़रूरत है? अपना काम हम जानते हैं। अब हम इस स्वतन्त्र राष्ट्र के नागरिक हैं। बस, हमें दिल्ली के सरकारी भवनों पर से तथा लालकिले से भ्रष्ट यूनियन जैक को उतार तिरंगा राष्ट्रध्वज फहराना है। आओ, आज हम सब अपने काम बाँट लें...

''तुममें जो किसान हैं, वे उन ज़मींदारों को लगान न दें जो अंग्रेज़ों को मालगुजारी देते हैं। गाँवों में अपनी पंचायतें खड़ी करो, अदालतों का बहिष्कार करो। फसल या पशु मत बेचो। सरकारी नोट काम में मत लो। अदल-बदल से व्यापार करो। लुक-छिपकर लड़ाई के लिए तैयार रहो।

''तुममें जो मज़दूर हैं, वे कारखानों, रेलों, खानों और जहां वे काम कर रहे हों वहां काम की गति धीमी कर दें। गुप्त रीति से कारखानों को हानि पहुँचाएं। मज़दूरी, खाद्य और कपड़े के लिए लड़ें, हड़ताल करें। लुक-छिपकर लड़ाई के लिए तैयार रहें। तुममें जो विद्यार्थी हैं, वे स्कूल-कालेज छोड़ दें, लुक-छिपकर लड़ाई के दल तैयार करें। जो व्यापारी हैं, बैंकों से रुपया निकाल लें, अंग्रेज़ों से व्यापार बन्द कर लें। जो सैनिक हैं वे भारतीय राज्यतन्त्र की भक्ति की शपथ लें। देश के विरुद्ध हथियार न उठाएँ।''

''पुलिसवाले क्रान्ति के विरुद्ध कार्रवाई करने से इन्कार कर दें।

''प्रत्येक व्यक्ति अनधिकारी सत्ता को नष्ट करने पर तुल जाए।

"इन्कलाब ज़िन्दाबाद! करेंगे या मरेंगे!! अंग्रेज़ो, निकल जाओ!!!"

सहस्रों कण्ठों ने गर्जना करके इन नारों का साथ दिया। परन्तु इस वज्र-गर्जना में मिल गई बन्दूकों की गड़गड़ाहट। डिप्टी कमिश्नर ने पुलिस और सवारों का दल लेकर सभा को घेर लिया और गोली बरसाना शुरू कर दिया। कुछ मरकर गिर गए। कुछ भाग चले, कुछ तड़पने लगे। कुछ हारकर बैठे, और कुछ ने फिर गर्ज़ना की—इन्कलाब ज़िन्दाबाद! करेंगे या मरेंगे!! अंग्रेज़ो, निकल जाओ!!!

और इसी समय धुएँ की काली-सी रेखा म्युनिसिपैलिटी की संगीन इमारत से उठती नज़र आई। साथ ही दीपशिखा-सी लौ उठी जो देखते ही देखते विकराल ज्वाला की लपटों में बदल गई। दिल्ली का म्युनिसिपल भवन धाँय-धाँय जल रहा था। उधर भीड़ ने पुलिस-लारी में आग लगा दी थी। गोलियाँ बरस रही थीं, पर तार के खम्भे पटापट गिरते जा रहे थे। दमकल आग बुझाने आई, मगर उसे भी जलाकर सबने खाक कर दिया।

फतेहपुरी पर गोरी फौज दनादन गोलियाँ चला रही थी। भीड़ गली-कूचों में घुसकर पीली कोठी पहुँची, जो रेलवे एकाउण्ट क्लीयरिंग हाउस था। वहीं एक थानेदार कुछ सिपाहियों के साथ भीड़ पर पिस्तौल से गोली-वर्षा कर रहा था। भीड़ उस पर टूट पड़ी—पीली कोठी में आग लगा दी गई और थानेदार को उसमें झोंक दिया गया। उधर पहाड़गंज में गोरों के बैरक सुलगने लगे। एक ही दिन में अनेकों इमारतें जलाकर छार कर डाली गईं।

26

शिशिर गिरफ्तार हो गया।

डाक्टर अमृतराय के घर में विषाद का यह दूसरा चरण खुला। दिलीप का निषेध प्रथम चरण था। उस चरण ने इस सुखी परिवार के जीवन में चिन्ता और उदासीनता की छाया उत्पन्न कर दी थी । डाक्टर अमृतराय और अरुणा दोनों के ही लिए यह चिन्ता थी। एक पोषित मुस्लिम बालक को अपना पुत्र घोषित करने पर किन सामाजिक बाधाओं का सामना करना पड़ता है—इस पर अभी तक विचार करने का उन्हें अवसर ही न मिला था। अब एकाएक जैसे पहाड़ के समान कोई बाधा उनके सरल जीवन में आ गई। दिलीप का ब्याह मैं किस धर्मनिष्ठ हिन्दू लड़की से करूँ? कहाँ उसके आदर्शों पर पली लड़की को पाऊँ?

पाऊँ भी तो कैसे उसे और उसके परिवार को इस प्रवंचना में रखूँ कि वह जन्मजात मुसलमान का बालक नहीं है—हमारा औरस पुत्र है? और यह बात प्रकट करने पर कौन निष्ठावान् हिन्दू उससे अपनी कन्या का विवाह करना पसन्द करेगा? और यदि दिलीप का ब्याह न हुआ तो छोटे लड़कों की ब्याह-शादी फिर कैसे होगी? क्या कहकर इस अपवाद का निराकरण किया जा सकता है कि बड़ा बेटा कुँआरा रहते हुए छोटों का ब्याह हो सकता है? छोटों का ब्याह न होगा तो फिर क्या होगा? लड़की का क्या होगा?"...डाक्टर-दम्पती को गहरी चिन्ता और व्याकुलता ने व्याप्त कर लिया।

परन्तु अभी तक यही चिन्ता पुरानी न पड़ी थी कि शिशिर की गिरफ्तारी और जेल-यात्रा ने उन्हें मर्मान्तक कष्ट दिया। शिशिर उनका सबसे छोटा बेटा था। सभी का प्यार उस पर था। उसका इस प्रकार जेल जाना इस परिवार पर वज्रपात-सा हुआ। एक गहरे शोक की छाया घर-भर में व्याप्त हो गई। अरुणा और करुणा ने रो-रोकर घर भर दिया। डाक्टर समझाते-बुझाते स्वयं भी रोने लगे।

सुशील कम्युनिस्ट था। उन दिनों अंग्रेज़ों से रूस मिल गया था। इसलिए कम्युनिस्ट अंग्रेज़ों के समर्थक बन गए थे। वे कांग्रेस के विरोध में आवाज़ें उठा रहे थे। समानता और समाजवाद की बातें पीछे रह गई थीं और कूटनीति ने उन्हें पथभ्रष्ट कर दिया था। देश में इस समय कम्युनिस्टों के प्रति गहरा रोष छाया हुआ था। हाल ही में यह अफवाह उड़ी थी कि सुभाषचन्द्र बोस के भारत से पलायन में कम्युनिस्टों ने सहायता की थी। परन्तु इसके बाद ही रूस युद्धक्षेत्र में उतर आया था और एंग्लो-अमेरिकन गुट में सम्मिलित हो गया था। इसलिए उन्होंने सुभाष के पलायन का सारा भेद ब्रिटिश सरकार को बता दिया था। इससे देश-भर में कम्युनिस्ट के प्रति अवज्ञा और क्रोध की भावना फैल गई थी; यद्यपि कम्युनिस्ट चीख-चीखकर प्रचार कर रहे थे और अपने को निर्दोष प्रमाणित करने की चेष्टा कर रहे थे। परन्तु इसी समय कम्युनिस्टों के पत्र 'पीपल्स वार' में कम्युनिस्टों ने एक लेख छपाकर तत्कालीन यूनियनिस्ट सरकार की निन्दा की थी। जिससे जगह-जगह कम्युनिस्टों का बहिष्कार हो रहा था, और उन्हें पीठ में छुरा भोंकनेवाला दगाबाज़ कहा जा रहा था। इसी समय एक और बात का भी भण्डाफोड़ हुआ था कि कम्युनिस्टों ने जर्मन दूतावास से एक भारी रकम चुपचाप वसूल कर ली है। ब्रिटिश सरकार भी इनका विश्वास नहीं कर रही थी। और इनकी दशा इस समय धोबी के कुत्ते की भाँति हो रही थी। अंग्रेज़ जैसे बुद्धिमान् जाति के लोग यह बात अनायास ही समझ गए कि जो अपने देश के साथ विश्वासघात

करता है वह हमारे साथ भी विश्वासघात किया करेगा। फिर भी कम्युनिस्ट इस समय सी. आई. डी. का काम कर रहे थे।

सुशील दिल्ली की कम्युनिस्ट पार्टी का जनरल सेक्रेटरी था। दिल्ली राजधानी थी, अतः वह बहुत-सी गहरी कार्यवाहियों में संलग्न था। वह बहुधा दो-दो, तीन-तीन दिन तक घर से गैरहाज़िर रहता। इसी समय एक और बात हो गई थी—दो अपरिचित और रहस्यमय पुरुष छिपकर समय-समय पर उसके पास आने लगे थे। उनमें एक का नाम अच्छरसिंह था, दूसरे का हरनामसिंह। वास्तव में यही वे दोनों गूढ़पुरुष थे जिन्होंने सुभाषचन्द्र बोस को भारत से पलायन में मदद दी थी तथा काबुल में रूसी दूतावास में उन्हें ले गए थे। परन्तु अब इन्होंने दिल्ली केन्द्र की मार्फत सारे भेद खोल दिए थे। और अब वे सी. आई. डी. की भाँति काम कर रहे थे।

सुशील यद्यपि बहुत सावधान आदमी था। यों वह देश का शत्रु न था, पार्टी की नीति से वह विवश था। और अब तो चालें बहुत गहरी हो गई थीं। शिशिर की गिरफ्तारी से वह भी काफी चंचल हुआ। उधर सभी का यह सन्देह था कि इस गिरफ्तारी में सुशील का हाथ है। डाक्टर और अरुणादेवी ने उससे बोलचाल और बातचीत भी बन्द कर दी थी।

दिलीप शिशिर को खास तौर पर प्यार करता था और उसकी गिरफ्तारी से उसे बहुत गुस्सा चढ़ आया था। उसका स्वभाव ही तीखा था। माता-पिता का दुःख देखकर वह और भी अस्थिर हो गया। अंग्रेज़ी हुकूमत का तो वह विरोधी था ही। उसने अपने राष्ट्रीय संघ के तत्त्वावधान में एक विराट् सभा का आयोजन किया और उस सभा में उसने जो भाषण दिया, वह भाषण न था ज्वालामुखी का विस्फोट था। उसने कहा :

''भाइयो, गत चालीस साल से हम यह अनुभव कर रहे हैं कि अन्धकार में डूबी हुई जाति के भीतर एक नवीन जाति जन्म ले रही है। प्राचीन हिन्दू जाति धर्मग्लानि के कारण क्षुद्राशय हो गई थी। जिसे अनेक महात्माओं ने अपनी शक्ति और प्रतिभा को खर्च करके विपत्काल से उभारा, उन्हीं के अमोघ प्रभाव से आज नवीन जातीयता के बीज उगते दिख रहे हैं। कलियुग, अन्धकार का जो युग था, आज वह खत्म हो रहा है। देश का तरुण-मण्डल अग्निस्फुलिंग के समान पुराने झोंपड़े को ढहाकर नए महल का निर्माण कर रहा है। इस नवीन सन्तति ने जिस काम का बीड़ा उठाया है उसे वह बिना पूरा किए शान्त न होगी। हमारा राष्ट्रीय संघ वही अजेय संगठन है। हमारी इस नवीनता में भी प्राचीनता का प्रभाव है।

मैं डंके की चोट पर कहता हूँ कि भारत जब स्वतन्त्र होगा उसकी यही विशेषता उसे संसार के राष्ट्रों का शिरोमणि बनाएगी।''

सभा में मर्मर-ध्वनि उठी। दिलीप ने कुछ रुककर कहा, ''अंग्रेजो, तुमने भारत को पराधीन किया है। पर किस उद्देश्य से? कि तुम उसके बदले में गहरा हाथ मारो? तुम हमें धर्म-स्वतान्त्र्य देने की बात कहते हो, पर अपने धर्म पर तुम्हें खुद आस्था नहीं है; न तुम्हारे भाव धर्म को छू गए हैं। तुम धर्म को एक व्यर्थ ढोंग समझकर तुच्छ जानते हो। भारत के विशाल मैदान में धर्म के झगड़ों में पड़ने से तुम डरते भी थे। इन झगड़ों के कठिन परिणामों से तुम सावधान थे। इसी से धर्म में आड़ न लगाई। मगर तुमने ब्रह्मधर्म को उत्तेजन दिया। किसलिए तुमने मिशनरियों को अपना सगा समझा था? तुम्हारे राज्य में हिन्दू लड़कों को और लड़कियों को क्यों बाइबल ज़बर्दस्ती पढ़ाई जाती है? इन सब चालों को हम समझते हैं। फिर दार्शनिक हिन्दुओं और कट्टर मुसलमानों को धर्म सिखाना टेढ़ी खीर था। तुम्हें बैर भड़क उठने का भय था। तुमने मैसूर और ग्वालियर स्वतन्त्र किए, इसलिए कि इन टुकड़ों को डालकर दूसरों का भौंकना बन्द करें।''

सारी सभा उन्मत्त हो उठी। लोग हाथ उठा-उठाकर कहने लगे, ''चले जाओ अंग्रेज़ों, हिन्दुस्तान छोड़ दो! तुम खूनी हो–डाकू हो!''

दिलीप ने शान्त होकर कहा :

''और आज? समय का चक्र घूम गया है। यूरोप की लाश सिसक रही है। ढह गया तुम्हारा साम्राज्य! अंग्रेज़ों, अपनी खैर मनाओ और यहाँ से चले जाओ!'' अभी दिलीप के मुँह से ये शब्द निकले ही थे कि धड़ाम-धड़ाम चारों ओर 'त्राहि-त्राहि' होने लगी। सैकड़ों आदमी घायल होकर तड़पने लगे। खून के फव्वारे चलने लगे। सभा-भवन में भगदड़, हाहाकार मच गया। सारा ही सभास्थल पुलिस और सेना ने घेर लिया था। जो मर गए थे, वे औंधे मुँह पड़े थे। जो ज़िन्दा थे वे सिसक रहे थे। जो घायल होने से बचे थे उन्हें पुलिस के यमदूत पकड़ रहे थे, पकड़े हुए लोगों का अग्रदूत बनकर दिलीप पुलिस की लारी में जा बैठा।

27

शिशिर को पाकर दिलीप को प्रसन्नता हुई। उन दिनों जेलें अन्धाधुन्ध भरी हुई थीं। छोटे-बड़े नेता चारों ओर से जेल में ठूँसे जा रहे थे। दमन और अत्याचारों

के दौर से जेलें भी मुक्त न थीं। परन्तु ऐसा प्रतीत होता था कि जैसे देश का तारुण्य जाग उठा हो। उन वेदनाओं और कष्टों की किसी को चिन्ता ही न थी।

दिलीप ने आते ही जेल में रार ठान ली। उसने कहा, ''मैं निष्ठावान् हिन्दू हूँ। मुझे नित्यकर्म, पूजा करने की सुविधा दी जानी चाहिए। मेरा भोजन भी स्वतन्त्र होना चाहिए। मैं जिस-तिसके हाथ का छुआ भोजन न करूँगा। जिन बातों से मेरी धार्मिक भावना को ठेस पहुँचेगी उनके विरुद्ध मैं आमरण अनशन करूँगा।''

परन्तु दिलीप की सभी माँगें अव्यवहार्य थीं। जेल के प्रबन्धक उन्हें कैसे मान सकते थे? फिर दिलीप एक 'सी' श्रेणी का कैदी था। कोई गण्यमान्य लीडर भी न था। यद्यपि उसका वह पहला तीखा भाषण इतना ज़बर्दस्त हुआ था कि उसी से धाक बंध गई थी। परिणाम यह हुआ कि जेल में आने के दूसरे दिन उसने भूख-हड़ताल शुरू कर दी, उसकी सहानुभूति में शिशिर ने भी हड़ताल की। साथ ही कुछ कांग्रेसी और कुछ राष्ट्रीय संघी कैदियों ने भी। शीघ्र ही जेल के वातावरण में इस हड़ताल ने एक नई उत्तेजना की लहर उत्पन्न कर दी। कैदी झूम-झूमकर 'भूखहड़ताली ज़िन्दाबाद' के नारे लगाने लगे। एकाध छोटा-मोटा दंगा भी हो गया। जेल के नियमों में कड़ाई बरती गई, पर भूख-हड़तालियों की संख्या बढ़ती ही गई और बढ़ते-बढ़ते अब कुल सौ तरुण प्राणदान देने अकड़कर बैठ गए।

ज्यों-ज्यों दिन बीतने लगे, जेल अधिकारियों की चिन्ताएँ बढ़ने लगीं। इसी समय आगा खाँ महल में बन्दी महादेव देसाई की अकस्मात् मृत्यु की खबर हवा में तैरती आ गई। जेल की दीवारों को भी उसने लाँघ लिया। इससे वातावरण बहुत क्षुब्ध हो गया। इन तरुणों को समझाने-बुझाने के लिए नेताओं का प्रयोग भी किया गया, पर परिणाम कुछ न निकला। दिलीप ने कहा, ''अपना धार्मिक विश्वास मैं प्राण रहते नहीं छोड़ूँगा। मैं संध्या-वन्दन, नित्यकर्म करके अपने हाथ से बना भोजन ही खाऊँगा। नहीं तो मैं प्राण दूँगा।''

विवश अधिकारियों को झुकना पड़ा। उसे कुछ सुविधाएँ दे दी गईं। परन्तु इसके बाद ही उन उपद्रवी तरुणों को भिन्न-भिन्न जेलों में बिखेर दिया गया। दिलीप को मुल्तान भेज दिया गया, परन्तु शिशिर को दिल्ली ही में रखा गया। दोनों भाई आँसू बहाते अलग हुए।

शिशिर एक आदर्शवादी कांग्रेसी था। अतः उसने जेल में फिर कोई उपद्रव नहीं किया। यद्यपि उसे वहाँ कुछ काम-धाम न करना पड़ता था, परन्तु वह उदास और अनमना रहता था। जेल-जीवन उसे पसन्द न था, वह रह-रहकर राजविद्रोह

की बातें सोचता रहता। पढ़ने-लिखने को भी उसे यहाँ कुछ सुविधाएँ मिली थीं—इससे उसके ज्ञान की वृद्धि तो यहाँ खूब हुई, पर उसका वज़न बहुत घट गया। उसका स्वास्थ्य भी गिर गया।

जब करुणा के साथ डाक्टर और अरुणादेवी उससे मिलने आए तो बातचीत की अपेक्षा चारों आदमियों ने मौन रुदन ही अधिक किया।

परन्तु दिलीप एक जलता हुआ आग का अंगारा था। जहाँ जाता था, आग लगा देता था। हल्की कार्रवाई उसे पसन्द न थी। मुल्तान जेल में जाने पर रात के गम्भीर वातावरण में उसने सुना जैसे सुदूर अन्तरिक्ष में कोई देव, गन्धर्व, किन्नर सस्वर वीणा, मृदंग, मुरज बजाकर गान कर रहे हैं। इस कुत्सित जेल के वातावरण में उसे यह संगीत-ध्वनि विचित्र-सी लगी। कौन यहाँ गाता है? क्या अन्तरिक्ष के देवता हम पीड़ितों को आनन्द-सन्देश देते हैं? वह श्रद्धालु तो था ही—ऐसे ही विचार उसके उत्पन्न हुए। पर उसे अधिक देर इस रहस्य के जानने में न लगी। उसे एकान्त-यातना भोगने के लिए आज्ञा मिल गई और वह हथकड़ियों और डंडे-बेड़ियों से जकड़कर एक अन्धकूप में ला डाल दिया गया।

यह एक विशाल तहखाना था इसमें सूर्य का प्रकाश भी न जा पाता था। रात-दिन घोर अन्धकार रहता था। प्रातःकाल शौच आदि से निवृत्त होने को आधे घण्टे के लिए जब कैदी निकाले जाते तब उन्हें सूर्य के प्रकाश और खुली वायु की प्राप्ति होती थी। इसके बाद डंडे-बेड़ी और हथकड़ियों में कसे उन्हें उसी अन्धकूप में पड़ा रहना पड़ता था। भोजन भी उन्हें वहीं मिल जाता था। इस अन्धकूप में जाकर उसने देखा, कुल बाइस कैदी हैं, जिनमें दो को छोड़कर सभी तरुण थे। उन दोनों में एक किसी यूनिवर्सिटी के प्रोफेसर थे। दूसरे पंजाब के प्रसिद्ध डाक्टर थे। रात को यक्ष, गन्धर्व, किन्नर जो अन्तरिक्ष-गान करते थे उसका भी भेद खुल गया। वह नाद-ध्वनि यहीं, इसी तहखाने से उठती थी। वीणा, मुरज, मृदंग के स्थान पर अपनी हथकड़ी-बेड़ियाँ बजाते थे।

वे सब के सब एकप्राण थे। सभी राजनीतिक बन्दी थे। तोड़-फोड़ के, लूट और हत्या के, अग्निदाह के गम्भीर आरोप उन पर थे। परन्तु जैसे वे दुनिया-भर के बेफिकरे थे। चिन्ता और शोक उनसे कोसों दूर थे। वे हँसते, मज़ाक करते, कहकहे उड़ाते, कविता करते, तान-अलाप उड़ाते और किसी भी बाधा को न मान शाही तरीके से रहते थे। दोनों बुज़ुर्गों को वे अपना मुरब्बी मान रहे थे। हँसना तो उनके साथ उन्हें भी पड़ता था, परन्तु वे ज़रा गम्भीर थे। पर इन तरुणों के प्रति उनके प्रेम की थाह न थी। दिलीप के पहुँचते ही प्रत्येक ने उसे छाती से

लगाया, पेशानी चूमी और कहा, ''आज हमारा और एक भाई पैदा हुआ। इस खुशी में अभी एक जलसा होना चाहिए।'' और जलसे का जब रंग जमा तो उस मस्ती, बेफिकरी और आनन्द की लहर में दिलीप विभोर हो गया। उसकी आँखों से आँसू निकल आए, और जब उसका भोजन आया तब जिस भोजन के प्रश्न को उसने अपनी धर्मनिष्ठा समझा था, डण्डा-बेड़ी सहीं, यातनाएँ भोगीं, भूख-हड़ताल की, उसे यहाँ स्थिर न रख सका। उसने स्नेह-गद्गद कण्ठ से कहा, ''भाइयो, मैं एक निष्ठावान् हिन्दू हूँ। और अपने विश्वास के अनुसार छुआछूत का ध्यान रखता हूँ। यह मेरे जन्मजात संस्कार हैं। इनके लिए दिल्ली जेल में मैंने प्राणों की बाज़ी लगा दी थी। यहाँ भी तो आते ही इसी बात पर अड़ गया था, परन्तु अब मैं आपसे अलग नहीं हो सकता। मेरी अब अलग बिरादरी-जातपाँत नहीं कायम रह सकती। अब मैं तो आपके साथ हूँ। आपका छोटा भाई हूँ।''

सब लोग 'हुर्रा-हुर्रा' कहकर चिल्ला उठे। और एक बार बेड़ियों से डंडों पर हथकड़ियों की नपी-तुली चोटें पड़ने लगी। कैदियों में एक तरुण का नाम था—प्रकाशचन्द्र। लम्बा, दुबला-पतला, निरीह-सा आदमी—स्त्रियों जैसी भीरु आँखें, सुन्दर लाल होंठ, मृदु और कोमल ठोड़ी; कण्ठ-स्वर में वह माधुरी और लोच था कि वाह! उसने अलाप लिया, ''आज मोरे अँगना में खेलते लाल! रुन-झुन, रुन-झुन...'' दिलीप की आँखों से आँसू बरस उठे—झर-झर, झर-झर। बेड़ियों पर सचोट ताल बैठ रही थी। प्यार और मस्ती झूम रही थी। दिलीप विभोर हो बैठा रहा, देर तक अपने ही आँसुओं के मुँह में भीगा, सराबोर।

और इस प्रकार यह दारुण यातना की घड़ियाँ उन तरुणों के साथ कोमलतम रूप धारण करके बीतती चली जा रही थीं। परन्तु दिलीप का एक वैशिष्ट्य तो था ही, वह छिपा न रहा। दो ही दिन में वह उस मस्त तरुणमण्डली का नेता बन गया। धीरे-धीरे उसने उनके मन में हिन्दू, हिन्दी, हिन्दुस्तान की आग सुलगा दी। सभी तरुण देशभक्त थे। कुछ कांग्रेसी अवश्य थे, पर अधिक राष्ट्रीय संघी ही थे। वे भी एक ही स्वर से दिलीप को अपना नेता बना बैठे। अब नित्यप्रति उनकी मीटिंग होती। उसमें भिन्न-भिन्न राजनीतिक और धार्मिक मसलों का विवेचन होता। दिलीप की प्रतिभा ने इस समय मानवता का सम्पुट लगाकर एक नवीनतम भव्य रूप धारण कर लिया था। वह उस मण्डली का एकमात्र प्रवक्ता था।

प्रोफेसर का नाम था सियारामशरण। वे गुरुदासपुर में दर्शनशास्त्र के प्रधानाध्यापक थे। इंग्लैंड और जर्मनी की डाक्टरेट प्राप्त थे। विश्वदर्शी और बहुपंडित थे। गम्भीर, मनस्वी और शान्त थे। दंगाई विद्यार्थियों को छिपाने का

प्रश्रय देने का उन पर आरोप था। बच्चों के समान सरल आदमी थे। वे एक प्रकार से मौन ही रहते थे। तरुणमण्डली के सारे उपद्रव निरीह भाव से सहते। जब वे सब हँसते तो साथ देने को वे भी मुस्करा उठते थे। बहुधा वे घंटों चुपचाप समाधिस्थ-से बैठे रहते। यों वे सभी के श्रद्धाभाजन थे। इसके विपरीत डाक्टर साहब बड़े वाचाल थे। अमृतसर में होम्योपैथी की प्रैक्टिस करते थे। एफ. ए. फेल थे। पर बड़े भारी विद्वान् और भारी डाक्टर का ढोंग रचते थे—तरुणमण्डली उन्हें बनाती भी खूब थी। पर वे बनकर भी न बनते थे। लतीफे सुनाने तथा बामुहावरा गप्प लड़ाने की उनमें अद्‌भुत क्षमता थी। इससे सभी लोग उनसे प्रसन्न रहते थे। ‘बरखुरदार’ उनका तकियाकलाम था। बात-बात में वे कहा करते, ‘बरखुरदार, ये बाल मैंने धूप में सुखाकर सफेद नहीं किए! बहुत-कुछ खोकर कुछ पाया है। मेरी नेक नसीहत सुनो।’’ आदि-आदि। ये दोनों भद्रपुरुष हठी और आत्माभिमानी होने के कारण जेल-नियमों की अवज्ञा करके इस अन्धकूप में इन तरुणों के साथी आ बने थे। जो हो, सबकी मज़े में गुज़र रही थी, और जब उस दल का नेता दिलीप बना तो इन दोनों निरीह भद्रपुरुषों ने भी चुपचाप उसे स्वीकार कर लिया। प्रोफेसर तो मुस्कराकर ही चुप रह गए पर डाक्टर ने कहा, ‘बरखुरदार, हो तो तुम बहुत होशियार, बात भी पते की कहते हो, पर तजुर्बा कम है। हमारी तरह जब तुम्हारी दाढ़ी सफेद होने लगेगी तब कुछ समझोगे!’’

दिलीप जवाब न देता। यार लोग खिलखिलाकर हँस देते। प्रकाश तभी एक तान छोड़ देता। और वह मनहूस वायुमण्डल मुखरित हो उठता।

28

शिशिर का जेल-जीवन बिलकुल एक दूसरे ही ढंग का था। दिल्ली जेल में कुछ विशेष बातें थीं। विशेषों में विशेष यह कि वहाँ एक आजन्म कैदी थे—महन्तजी। पंजाब में वे किसी भारी गुरुद्वारे के महन्त थे। जिस गाँव में गुरुद्वारा था, वहाँ हुआ एक भारी हिन्दू-मुस्लिम विद्रोह। उसी में महन्तजी पर सात आदमियों के कत्ल का केस चला था। फाँसी से वे बच गए थे, पर सारी जायदाद, जो लाखों की थी, ज़ब्त हो गई। और आजन्म कैद की सज़ा काट रहे थे। परन्तु वे कहने ही को कैदी थे। जेल के सुपरिंटेंडेंट से लेकर साधारण कैदी तक उनका

आदर करते थे। जेल के बाहर-भीतर आने का भी उन पर प्रतिबन्ध न था। एक प्रकार से जेल के वे सहायक प्रबन्धकर्ता थे। बाज़ार जाना, सौदा सुलफ खरीदना, जेल की बनी वस्तुएँ बाज़ार में बेचना सभी काम महन्तजी करते थे।

जेल के कैदियों के वे आधारभूत पुरुष थे। कहना चाहिए—वे कैदियों के कल्पवृक्ष थे। कैदियों को अधिक से अधिक आराम पहुँचाना उनका धन्धा था। उन्हें एक स्वतन्त्र कोठरी रहने को दी हुई थी। वह कोठरी सर्वसिद्धि की दाता थी। महन्तजी ने कोठरी में एक गुप्त गढ़ा खोद रखा था। उस गढ़े में एक बड़ा-सा बक्स ज़मींदोज़ रखा था। यह बात नहीं कि उस बक्स का जेल-अधिकारियों को पता ही न हो। जानते सब कोई सब कुछ थे—परन्तु न जानने का ही ढोंग रचते थे। उस बक्स में सब कुछ समाया था। जो कैदी जिस वस्तु की इच्छा करता, वही उसे उस खज़ाने से प्राप्त होती थी। अफीम और चण्डू से लेकर तेल-फुलेल, बीड़ी-सिगरेट तक सभी वस्तुएँ महन्तजी प्रसन्न होने पर कैदियों को देते रहते थे। इससे कैदी जेल में महन्तजी को अपना परम हितकर्ता और सहायक मानते थे। गलती और अपराध करने पर भी कैदी महन्तजी की शरण जाकर दण्ड से बचे रहते थे। त्योहार-पर्व पर मिठाइयाँ-पकवान सभी कैदियों को उनकी बदौलत मिल जाते थे।

महन्तजी का व्यक्तित्व भी प्रभावशाली था। सफेद उज्ज्वल नाभि तक लटकती दाढ़ी, भरा हुआ शरीर, खूब लम्बा-चौड़ा कद, बड़ी-बड़ी जटाएँ, भगवा वस्त्र। आँखों में निर्भयता और प्रेम, होंठों पर हँसी। वाणी में व्यंग्य और कण्ठ में माधुर्य। संगीत के उस्ताद। मार्मिक कवि। सैकड़ों कथाओं के जानकार। ऐसे ही महन्त गिरिराजपुरी थे। उनके मुँह से मीठी गालियाँ खाकर जेलर और कैदी दोनों ही हँस पड़ते थे। महन्तजी जिसे गालियाँ दे देते उनका काम सिद्ध हुआ माना जाता था।

सन् '42 के भभ्भड़ में शिशिर जैसे न जाने कितने दुधमुँहे बालक जेल में आ गए थे। उन सब पर महन्तजी की दृष्टि और संरक्षण था। ये सब कच्ची बुद्धि के लड़के ज़रा-ज़रा-सी बात पर जेल का नियम भंग करके कड़ी सज़ाएँ पाते थे, पर महन्त इनकी रक्षा करनेवाली ढाल बन जाते थे।

शिशिर के जेल में पहुँचते ही महन्तजी की नज़र उस पर पड़ गई। शिशिर अनुभवहीन बालक था। जाते ही उसने जोश में आकर कुछ ऐसी गड़बड़ की कि उसे बेंतों की सज़ा दे दी गई। पर ज्योंही महन्तजी को मालूम हुआ, वे उसे उठाकर अपनी कोठरी में ले गए और बेंतों की सज़ा से उसे बचा लिया।

दिल्ली जेल में इस समय बहुत भीड़-भाड़ हो गई थी। यह सब भीड़ कुछ ऐसी बेकसी, बेतुकी थी कि जेल अधिकारी भी उस पर ज़्यादती करते घबराते थे। फिर बाहर चारों ओर से भयंकर समाचार आ रहे थे। तोड़-फोड़ और दमन दोनों ही धूमधाम से चलते जा रहे थे।

एक दिन डाक्टर और अरुणादेवी जेल में शिशिर से मुलाकात के लिए आए। शिशिर ने एक चिट्ठी माता अरुणादेवी को देने की चेष्टा की परन्तु वह जेल अधिकारी ने छीन ली। दोनों में काफी हाथापाई और लिपटा-लिपटी हुई। मुलाकात तुरन्त बन्द कर दी गई, और शिशिर को जेल सुपरिंटेंडेंट के सामने पेश किया गया। सुपिरिंटेंडेंट ने कहा, ''क्या कारण है कि तुम्हारी सब सुविधाएं न छीन ली जाएँ, और तुम्हें काल-कोठरी की सज़ा न दी जाए?''

''मैंने तो आपसे सुविधाओं को देने तथा कालकोठरी में न भेजने का अनुरोध नहीं किया।''

''लेकिन तुम जेल के नियमों को क्यों तोड़ते हो?''

''वह तो मेरा पेशा ही है। मैं जो चाहूँगा वह करूँगा और आप जो चाहें वह कीजिए।''

परन्तु इसी समय महन्तजी वहाँ आ उपस्थित हुए। उन्होंने सुपरिंटेंडेंट को कुछ झिड़कते हुए कहा, 'साहब, आप भी क्या दुधमुँहे बच्चों के मुँह लगते हैं। चार दिन की हवा है, खत्म हो जाएगी। नाहक आप जेल में झगड़े खड़े करने के कारण पैदा कर रहे हैं। जाइए, मैं ज़िम्मा लेता हूँ, यह लड़का अब कोई काम जेल के नियम के विरुद्ध न करेगा।''

और वे शिशिर का हाथ पकड़कर खींचते हुए ले गए। ऐसा ही प्रभाव महन्तजी का दिल्ली जेल में था।

29

यद्यपि देश के चोटी के नेता इस समय जेलों में बन्द थे, फिर भी देश में जो इतनी बड़ी क्रान्ति हो गई उसका एक मूल कारण था। इस समय दो व्यक्तियों का प्रभाव देश पर था। एक जवाहरलाल नेहरू, दूसरे सुभाषचन्द्र बोस। जवाहरलाल जेल में थे और सुभाष देश से बाहर। परन्तु दोनों ही के कार्य-कलाप हवा में तैरते हुए आते और लाखों-करोड़ों तरुणों को एक मूक सन्देश दे जाते थे। ये

दोनों ही नेता जैसे देश की तरुण-मण्डली की भावना में अशरीरी होकर व्याप्त हो गए थे।

सुभाष बाबू उग्रतम दल के एकनिष्ठ नेता थे। इस सम्बन्ध में दूसरी बात नहीं कही जा सकती थी। जवाहरलाल भी देश-विदेश में उग्रवादी कहे जाते थे। स्पष्ट ही वे साम्राज्य-विरोधी तो थे ही, समाजवादी विचारधारा भी उनके हृदय में प्रवाहित हो रही थी। कहना चाहिए कि जवाहरलाल गाँधीजी के अहिंसा-सिद्धान्त को नीति के रूप में मानते थे, सिद्धान्त के रूप में नहीं। उनमें उत्साह था, जोश था, तेज था और क्रियाशीलता थी। देश के युवकों पर उनका प्रभाव था। जब वे बोलने खड़े होते थे, तो ऐसा प्रतीत होता था मानो एक सेनापति अपने सैनिकों को उनके कर्त्तव्य-पालन की शिक्षा दे रहा है।

पर सुभाष की बातें लच्छेदार नहीं होती थीं। वे तो सीधी चोट करते थे। आदर्श उनका भी समाजवादी था। क्रियाशील भी वे नेहरू से किसी हालत में कम न थे। परन्तु उनका अपना व्यक्तित्व था और उनकी अपनी आकर्षण-शक्ति बड़ी विचित्र थी।

फिर भी इन दोनों नेताओं में एक गहरा अन्तर था। देश के प्रति और अपनी सेना के प्रति किसी सेनापति का कर्त्तव्य होता है कि वह व्यक्तियों के प्रभाव से परे रहे। परन्तु जवाहरलाल कांग्रेस के अनुशासन और गाँधीजी के नेतृत्व के आगे सदैव सिर झुकाते रहे। यहाँ तक कि कभी-कभी उन्होंने अनुशासन के नाम पर अपने सिद्धान्तों तक की बलि दे दी। सन् 1936 में जब लखनऊ में कांग्रेस के वे अध्यक्ष थे, तब अध्यक्ष-पद से कांग्रेस के द्वारा पदग्रहण करने का उन्होंने तीव्र विरोध किया। साथ ही किसानों के पृथक् संघटनों पर ज़ोर ही नहीं दिया बल्कि यहाँ तक कहा था कि श्रेणी-संस्थाओं को कांग्रेस में सामूहिक प्रतिनिधित्व देना चाहिए। वे उन दिनों अपने भाषणों में समाजवादी सिद्धान्तों का प्रचार करते थे और मन्त्रिमण्डल बनाने के विचारों का मज़ाक उड़ाया करते थे। परन्तु जब सन् 1937 में मन्त्रिमण्डल बना तो वे मन्त्रिमण्डलों के कट्टर समर्थक हो गए।

लाल झण्डे के सम्बन्ध में भी नेहरू के विचार महत्त्वपूर्ण थे। उन दिनों किसान-सभाओं में लाल झण्डा फहराया जाता था। कुछ कांग्रेसी, जो किसान-सभाओं के विरोधी थे, लाल झण्डे के प्रयोग का विरोध करते थे। उन्होंने जब जवाहरलाल से यह बात कही तो उन्होंने गरजते हुए कहा, "लाल झण्डा किसानों का है। वह आएगा और ज़रूर आएगा!" परन्तु उसी साल जब अयोध्या में प्रान्तीय

राजनीतिक सम्मेलन हुआ तो वे लाल झण्डे के बड़े विरोधी बन गए। किसान-सभाओं का भी विरोध करने लग गए। जो जवाहरलाल कभी कांग्रेस के भीतर उग्र विचारवालों की एकता के कट्टर समर्थक थे, उन्होंने अपनी आत्मकथा में उग्र विचारवालों की निन्दा की।

इसी प्रकार सुभाषचन्द्र बोस ने सन् 1939 में जब देश के वामपक्षीय दलों के प्रतिनिधियों की उग्र एकता-समिति बनाई तो उसे जवाहरलाल ने पसन्द नहीं किया।

सुभाष बाबू का दृष्टिकोण दूसरा था। वे इन प्रश्नों पर सिद्धान्त की दृष्टि से विचार करते थे। उनका कहना था कि व्यवहार के सम्बन्ध में किसी से समझौता किया जा सकता है, पर सिद्धान्तों की बलि नहीं दी जा सकती। उनका ख्याल था कि अनुशासन और एकता की रक्षा तभी हो सकती है जब लोगों की सिद्धान्त-नीति और कार्यप्रणाली एक हो। विभिन्न विचारों के माननेवालों में नीति और सिद्धान्तों-सम्बन्धी संघर्ष होगा ही। और जिसके सिद्धान्त और नीति समयानुकूल होगी उसकी विजय होगी। वे अपने सिद्धान्तों पर दृढ़ थे। परन्तु वे कांग्रेस में अनैक्य और अनुशासनहीनता उत्पन्न करना नहीं चाहते थे। वे यह भी समझते थे कि कांग्रेस के सभी जन साम्राज्य-विरोधी हैं इसलिए उनमें कार्य और नीति-सम्बन्धी एकता की बड़ी आवश्यकता है। पर वे समझते थे कि कांग्रेस की नीति और कार्य पद्धति समयानुकूल नहीं है; उसमें परिवर्तन होना चाहिए। वे देश की स्वतन्त्रता के प्रश्न पर ब्रिटिश साम्राज्यवाद से कोई भी समझौता करने के कट्टर विरोधी थे। जवाहरलाल भी यह जानते तथा मानते थे, पर वे अनुशासन के नाम पर पुराने दृष्टिकोण के स्थान पर नए दृष्टिकोण को स्थापित करके संघर्ष पैदा करना नहीं चाहते थे। वे अनुकूल समय की ताक में थे।

भारत के तरुणों के इन दोनों प्रतिनिधियों में ये विचार-भिन्नताएँ थीं। परन्तु युद्ध की समाप्ति पर तो वह अन्तर और साफ हो गया। जवाहरलाल युद्ध को लोकतन्त्रवादियों और फासिस्टों के बीच का युद्ध समझते थे। इसी से तथाकथित लोकतन्त्र-समर्थक ब्रिटेन और अमेरिका को किसी प्रकार का आन्दोलन करके परेशान नहीं करना चाहते थे। और, जब प्रयाग में हुई कांग्रेस कार्यसमिति में गाँधीजी ने 'भारत छोड़ो' प्रस्ताव रखा तो जवाहरलाल ने उसका विरोध करते हुए कहा, "इससे अमेरिका और अंग्रेज़ हमारे विषय में क्या सोचेंगे?" और बम्बई में 'भारत छोड़ो' का प्रस्ताव पास होने के कुछ पहले ही उन्होंने पत्र-संवाददाताओं से सुभाष की चर्चा चलने पर कहा, "हम अपने देश की स्वतन्त्रता के लिए ऐसे

किसी देश की सहायता का स्वागत करेंगे जो हमारी स्वतन्त्रता के अधिकार को स्वीकार करे। परन्तु हम अपने शत्रु की दुर्बलता से लाभ नहीं उठाना चाहते। और न उसे संकटकाल में परेशान ही करना चाहते हैं। जहाँ तक सुभाष बाबू का सम्बन्ध है–उनसे हमारा मतभेद रहा है; और अब तो हमने एक-दूसरे के विपरीत मार्ग ग्रहण कर लिया है। मेरा विश्वास है कि सुभाष धुरी राष्ट्रों से मिल गए हैं, और यदि उन्होंने भारत पर जापानी सेना लेकर आक्रमण किया तो मैं तलवार लेकर उनका मुकाबला करूँगा!''

सुभाष बाबू का ख्याल था कि ब्रिटेन युद्ध-संकट में फँसा है। यही अवसर है जब उस पर हमला करके उसे धूल में मिलाया जा सकता है। साम्राज्यवाद के हृदय-परिवर्तन में उन्हें तनिक भी विश्वास न था। वे तो इस नीति पर चल रहे थे कि शत्रु का शत्रु मित्र और शत्रु का मित्र शत्रु।

यही विचार थे, जिनके कारण उन्होंने युद्ध शुरू होते ही इस बात पर ज़ोर दिया था कि अब देश अपनी स्वतन्त्रता की घोषणा कर दे। वे गाँधीजी की 'ठहरो और प्रतीक्षा करो' की नीति पसन्द नहीं करते थे। वे समझते थे कि यदि हम इस अवसर को हाथ से निकल जाने देंगे तो युद्ध के बाद साम्राज्यवाद हमारी गुलामी की ज़ंजीरों को और भी ज़ोर से जकड़ देगा।

इसी से उन्होंने गाँधीजी को एक पत्र भी लिखा था :

''हम लोग यहाँ हिन्दुस्तान की आज़ादी के लिए हिन्दुस्तान की ज़मीन पर लड़ रहे हैं। हम मौत को पीछे धकेलकर आगे बढ़ रहे हैं। हमारा यह संग्राम तब तक चलता रहेगा जब तक कि आखिरी अंग्रेज़ स्वेज़ के पार नहीं धकेल दिया जाता।''

और वह दिन भी आया जब गाँधीजी ने 'भारत छोड़ो' का अग्निबाण छोड़ा। और जैसे किसी जादूगर के जादू से विमोहित हो अंग्रेज़ भारत को छोड़ चले।

दिलीप और शिशिर जब छूटकर घर आए, तो दोनों में गम्भीर परिवर्तन हो गए थे। शिशिर अधिक गम्भीर और दिलीप अधिक उग्र हो गया था। उसके भीतर और बाहर जैसे आग जल रही थी। वह बहुत कम घर में रहता, बहुत कम किसी से बोलता था। केवल करुणा उसका ध्यान रखती थी।

दिलीप और शिशिर घर आए तो, पर घर में से विषाद का वातावरण दूर नहीं हुआ। ऐसा प्रतीत होता था जैसे घर का प्रत्येक पुरुष चिन्ता के भार से दबा हुआ है। दिलीप जितना ही संयत होना चाहता, उतना ही वह असंयत होता जाता। जितना ही वह अपने को माया से विमुख करना चाहता, उतना ही माया

के प्रति उसका खिंचाव बढ़ता जाता। वह प्रत्येक क्षण अब केवल माया को भूलने के लिए राजनीतिक और साम्प्रदायिक दल-बन्दियों के ताने-बाने बुनता, पर प्रत्येक क्षण जैसे उसकी विचारधारा कुण्ठित होकर उसके सम्पूर्ण चैतन्य को माया की ओर ले दौड़ती। जेल-जीवन में वह कुछ उदार हुआ था और माया के प्रति निर्मम व्यवहार अब उसे और भी खल रहा था, फिर भी वह मन ही मन घुटा जा रहा था। वह किसी से मन की व्यथा कह न पाता था। माँ से वह कभी-कभी कहना चाहता था, परन्तु कह नहीं सकता था। सुशील सबके सन्देह और अश्रद्धा का भाजन बना, अपने आत्मसम्मान की रक्षा के लिए अब खीजा रहता। घर के सभी लोगों से वह कटुभाव रखता। घर के लोग भी कुछ उससे डरते, कुछ विरक्ति प्रकट करते। शिशिर अधिक गम्भीर हो गया। जेल-जीवन ने उसके मन में आत्मश्लाघा के भाव भर दिए और वह देश और राष्ट्र के लिए बड़े-बड़े काम करने की योजना बनाने लगा। स्थानीय कांग्रेस कमेटी में भी उसका प्रवेश हो गया। पढ़ना-लिखना छोड़ दिया। करुणा अपना मेडिकल कर रही थी। घर में अब उसे कोई साथी ढूँढ़े न मिलता था। वह सूनी-सूनी-सी रहती। माता को उदास देखकर वह चाहती, माँ को खुश रखे, पर कोई उपाय सूझ न पड़ता था। उसने संगीत में मन लगाना चाहा। शिशिर को उसने अपना साथी बनाना चाहा, पर यह भी न हुआ। जब-तब वह सितार को छेड़ती या कभी कोई सखी-सहेली कॉलेज की आ जाती तो उसका मन बहल जाता। अरुणादेवी को अब अपने बच्चों की ब्याह-शादी की चिन्ता सता रही थी। दिलीप की बाधा अब पहाड़ होकर उसके सामने अड़ गई थी। कैसे वह इस बाधा को पार करे, यह तय नहीं कर पाती थीं। पति से भी अब उसकी बातचीत का यही मुख्य विषय थी। जीवन, दाम्पत्य, गृहस्थी—सबसे ऊपर यह बोझ उन्हें मारे डाल रहा था। डाक्टर पर भी यह चिन्ता-भार था; इसके अतिरिक्त वे यह भी सोचते थे कि लड़के पढ़-लिखकर कुछ काम-धन्धा नहीं करते, उनका जीवन अव्यवस्थित हो रहा है। केवल इसीलिए नहीं कि इसमें जीविका का प्रश्न था। डाक्टर को रुपए-पैसे की कमी न थी—मुख्य प्रश्न उसके सामने यह था कि कहीं लोग इन लड़कों को आवारागर्द न समझ लें, उनकी पारिवारिक साख न डूब जाए। डाक्टर की इस चिन्ता पर जब दिलीप के जन्म-रहस्य और उसके विचारों की चिन्ता का प्रभाव होता था, तब डाक्टर इस उम्र में भी विचलित हो जाते थे।

करुणा ने एक दिन एकान्त रात में बैठकर माया को एक खत लिखा। खत बहुत लम्बा था। खत का प्रारम्भ हुआ था 'भाभी' से। और अन्त हुआ था,

'जल्दी आओ भाभी' से। बीच में बहुत-सी बातें थीं। अधिकांश में भैया की। बड़े भैया जेल गए। जेल से आ गए; अब वे गुमसुम अकेले बैठे रहते हैं। न उन्हें खाने की सुध है, न कपड़ों की। वे कभी नहीं हँसते। पहले जब वे हँसते थे, तो मालूम होता था पहाड़ फट पड़ा। पर अब वह हँसी गायब हो गई है। वे रात-रात-भर छत पर चटाई पर पड़े तारों में कुछ देखते रहते हैं। किसे देखते हैं भला भाभी? बताओ तो। अच्छा, मैं ही बताती हूँ—तुम्हें देखते हैं। तुम आओ तो वे तुरन्त हँस पड़ें। और मैं भी इतना हँसूं भाभी, कि बस समेटे से न सिमटूँ। और मैं तो बैठी-बैठी चौंक पड़ती हूँ। ऐसा मालूम होता है, तुम आ रही हो। ज़रा आहट पाई, समझ लिया, तुम आई हो। अम्माँ जब तुम्हारी याद करती हैं, आँख भर लाती हैं। मेरी अच्छी भाभी, तुम अम्माँ को रुलाती हो। तुम आओ तो हम सब हँसेंगे। बोलो कब आओगी?

पत्र में इसी तरह की बहुत बातें थीं। कुछ इधर-उधर की कहकर फिर 'कब आओगी, कहो' यही रट थी। खत भेज दिया गया। उसकी चर्चा करुणा ने किसी से नहीं की। खत का जवाब आया। माया ने केवल एक पंक्ति जवाब में लिखी थी—"अपने भैया से कहो—आकर ले जाएँ।"

करुणा के मन की कली खिल गई। उमंग में दौड़ी-दौड़ी दिलीप के पास पहुँची। अबोध बालिका की तरह खत को कपड़ों में छिपाकर कहा, "बताओ तो बड़े भैया, मेरे हाथ में क्या है?"

"मैं क्या जानूं?"

"वाह, जानना पड़ेगा!"

"ज़बर्दस्ती है कुछ।"

"है ही, बताओ क्या है?"

"बिल्ली का बच्चा है।"

"वाह!"

"बागड़बिल्ला है।"

"ठीक बताओ, नहीं तो हार मानो।"

"मान ली हार, अब जा तू।"

"देखोगे नहीं?"

"क्या?"

"वह चीज़।"

"ले जा, तू देख-भाल ले।"

"पीछे माँगोगे तो नहीं दूँगी।"

"पर है क्या?"

"मैं नहीं बताती।"

"मार खाएगी तू।"

"कौन मारेगा?"

"मैं मारूँगा।"

"नहीं, तुम नहीं।"

"तब कौन?"

"भाभी?" करुणा ने आँखों में हँसते हुए कहा।

दिलीप ने मारने को उठते हुए कहा, "जा, भाग, शैतान।" लेकिन करुणा ने हाथ पसारकर खत दिखा दिया।

"किसका खत है?"

"तुम बताओ।"

"मुझे क्या मालूम?"

"तो जाने दो।" वह चल दी। दिलीप ने कौतूहलाक्रान्त होकर कहा, "बता किसकी चिट्ठी है?"

"बताऊँ?"

"बता।"

"भाभी की।"

"दुत!" दिलीप ने जैसे झिड़कना चाहा पर उसकी आँखें फैल गईं। उसने कहा :

"देखूँ!"

"नहीं दिखाती, जाओ।"

"अच्छा, चल सुलह कर ले। ला दिखा किसकी चिट्ठी है?"

"भाभी की है।"

"झूठ।"

"तो देख लो।"

करुणा ने चिट्ठी दिलीप के हाथों में दे दी। दिलीप ने एक दृष्टि उस एक पंक्ति की चिट्ठी पर डालकर कहा, "तूने क्या उसे खत लिखा था?"

करुणा ने स्वीकार किया। दिलीप ने कहा :

"क्या लिखा था?"

"सब बातें लिखी थीं। तुम रात को तारों में 'भाभी' को देखते रहते हो, यह भी लिख दिया था। कभी हँसते नहीं हो, यह भी लिखा था—मैंने भाभी को जल्द आने को लिखा था।"

"क्यों लिखा था तूने?"

"ठीक लिखा था। अब तुम जाओ भैया, झट भाभी को लेकर आओ। मेरा मन उनसे मिलने को बहुत करता है।"

दिलीप ने क्रोध करना चाहा, झिड़कना चाहा। "तूने ठीक नहीं किया," कहना चाहा। पर यह सब उससे कुछ न हुआ। कुछ देर बाद उसने कहा, "अच्छा, अब तू जा।"

"तो तुम कब जाओगे भैया?"

"बस, अब जा ही रहा हूँ।"

"तो मैं माँ से जाकर कहती हूँ!" यह कहती हुई करुणा भाग गई। चिट्ठी की उस पंक्ति को मुट्ठी में ज़ोर से भींचकर दिलीप एक अनिर्वचनीय सुख-समुद्र में डूब गया।

30

बहुत दिन बाद हुस्नबानू दिल्ली आई। रंगमहल बन्द पड़ा था। वह बेमरम्मत और वीरान हो गया था। हुस्नबानू ने बहुत-से मज़दूर लगाकर उसे साफ कराया। नौकर-चाकर कोई साथ न था, केवल एक बूढ़ी दासी थी, जो उसकी सर्वाधिक विश्वासपात्री और उसके दुःख-दर्द की साथिन थी।

इस दुखिया स्त्री की दुर्भाग्य-कहानी हमने कही ही नहीं। वह कही जाने के योग्य भी नहीं। अट्ठाईस वर्ष बाद हुस्न दिल्ली आई थी। जब वह नवविवाहित दुलहिन बनकर अपनी सब आशा, उत्साह, उमंग और असामान्य हृदय-धन गँवाकर, केवल चम्पक-कुसुम-सम कमनीय रूप-सुषमा लेकर, उस पागल, नपुंसक, कोढ़ी नवाब की पत्नी बन, तीन-तीन सौतों की विषदृष्टि की शिकार बन पतिगृह गई थी तो जैसे उसका कुसुम कोमल गात सन्ताप की ज्वाला से धू-धू जल रहा था। उसने अपने बड़े अब्बा के प्रति अतुल प्यार और सम्मान मन में रख, स्वेच्छा से, साहस से, धैर्य से—और एक हद तक दबंगता से भी—अपने को जीवित ही चिता में झोंक दिया था, जहाँ वह जलती रही—अट्ठाईस वर्ष तक। और यद्यपि

अब भी वह जल रही थी उसी चिता में, जबकि जीवन ही उसकी चिता बन गया था, तो भी इस अनोखी आग में जल-भुनकर वह राख न बनी थी, कोयला बनी थी—सफेद कोयला। एक अपरिसीम शीतलता ने जैसे उसके अन्तर्दाह को चारों ओर से लपेट लिया था। अब उसकी उम्र पचास को पार कर रही थी। कोढ़ी और नामर्द पति का सुहाग उसे केवल आठ वर्ष उपलब्ध हुआ। पति से प्रथम ही उसकी सौत और सखी ज़ीनत स्वर्ग सिधार गई थीं, जिसका उसे उस पति-गृह में एकमात्र सहारा था। बड़ी बेगम तो उससे पहले ही मर चुकी थी। रह गई थी तीसरी महल; नवाब के मरते ही वह एक प्रेमी के साथ अपने ज़ेवरात को लेकर भाग गई थी। उसकी किसी ने खोज-खबर नहीं ली। बस नवाब के खानदान में अकेली रह गई थी बेगम हुस्नबानू—अपनी और पति की सारी स्टेट की स्वामिनी। रंग अब भी उसका वैसा ही चम्पे की कली के समान गोरा था—पर वह कुछ मोटी हो गई थी। माथे की सुन्दर अलकावलियाँ अब चाँदी-सोने के तार बन चुके थे। बड़ी-बड़ी कजरारी आँखों के चारों ओर स्याही का एक बड़ा-सा घेरा बन गया था। नुकीली नाक और गोल ठोड़ी उसकी चरित्रता और धैर्य का परिचय देते थे। उसके होंठों में दृढ़ता और कोमलता का सम्मिश्रण था। आवाज़ उसकी जैसे दर्द से भरी हुई थी। वह बहुत धीमे बोलती थी। क्रोध करना, ज़ोर से बोलना, सख्त बात कहना जैसे उसने कभी सीखा ही नहीं था। उसकी दृष्टि में एक दार्शनिक भावना व्यक्त होती थी। उसके सम्मुख आकर बड़े से बड़े आदमी को अवनत होना पड़ता था।

बूढ़ी दासी ने बेगम के पास आकर बड़बड़ाते हुए कहा, "मैंने कहा था बेगम कि दो-चार नौकर ले चलो, पर तुमने एक न सुनी। अल्लाह रखे, दर्जनों नौकर-चाकर हराम के टुकड़े तोड़ रहे हैं, जब यहाँ इतनी बड़ी हवेली जंगल हो रही है—मैं मरी बुड्ढी-ठुड्ढी कहाँ जाऊँ; क्या करूँ?"

बेगम ने आहिस्ता से कहा, "बुआ, दिल्ली शहर है देहात नहीं। झल्लीवालों को बुला लो या मज़दूर लगा लो। वे सब सफाई कर डालेंगे; परेशान क्यों होती हो?"

"पर किसे भेजूँ? अब मैं मज़दूर लेने जाऊँ?"

"चली जाओ ज़रा, बुआ। काम तो करना ही पड़ेगा। लेकिन रहमत मियाँ क्या अभी नहीं आए?"

"कहाँ, वे आ जाते तो रोना क्या था, कुछ तो सहारा मिलता!"

"हैं तो दिल्ली ही में?"

"हैं तो।"

"तो बुआ, रिक्शा ले लो; कूचा चेलान में वह जो नुक्कड़वाला मकान है, वहीं उनका घर है। एक बार चली जाओ। उनके आने से तुम्हें बहुत सहारा मिलेगा।"

"रिक्शे पर तो बेगम मुझसे चढ़ा न जाएगा। दौड़ेगा मुआ हुड़दंग घोड़े की तरह। डोली-कहार दिल्ली से न जाने कहाँ गायब हो गए? कैसा ज़माना आ गया बेगम, इज़्ज़तवालियाँ तो अब ज़हर ही खाकर मर जाएँगी!"

"रिक्शे पर भी पर्दा हो जाएगा, बुआ। जाओ, अभी चली जाओ।"

बूढ़ी दासी बड़बड़ाती हुई चली गई। उस बड़े महल में रह गई अकेली हुस्नबानू। बालपन की स्मृतियाँ उसकी आँखों में एक-एक करके नाचने लगीं। यह रंगमहल जब बड़े अब्बा के ज़माने में नौकरों-चाकरों, मुगलानियों, उस्तानियों, उर्दू बेगमों से भरा रहता था—एक आता था, एक जाता था। बाहर दीवानखाने में दरबार लगता था—बड़े अब्बा का। दीवानजी सफेद दाढ़ी हिलाते बात-बात पर सलामें झुकाते थे और मैं उन्हें देख-देखकर हँसती थी। उनकी दाढ़ी के बाल गिनती थी, पूछती थी—दीवानजी, मेरी दाढ़ी कब निकलेगी? दीवानजी गोद में लेकर कहते—निकलेगी बेटी, जब तुम दुलहिन बनकर डोली में बैठोगी।

दुलहिन बनना, डोली में बैठना—सभी कुछ तो हो गया। जीवन में जितने अरमान होते हैं, सभी का तो अब हिसाब बेबाक हो गया। अब तो न कोई अरमान रहा, न उनके पूरे होने की उम्मीद रही। जैसे बड़े अब्बा का यह रंगमहल सूना, उजाड़ और वीरान है, वैसा ही सूना, वीरान और उजाड़ उसका मन है, तन है और हृदय है—सूना...सूना...सूना। जैसे वह अकेली यात्री अपने देह की गठरी संभाले उस पार जाने के लिए गाड़ी की प्रतीक्षा कर रही है, जहाँ किसी भी प्रिय के मिलन की आशा नहीं है—जो सबसे बड़ा परदेस है।

बानू कब से हँसी नहीं है, इसका हिसाब कौन दे सकता है? परन्तु फिर भी सब मिलाकर उसकी सुषमा उस शरदभ्र से दी जा सकती है, जो विशाल नील गगन में चाँदी के महलों की भाँति दूर तक फैला हो और जिसमें एक बूँद भी जल शेष न रह गया हो। जलरहित शरदभ्र की यह रजत-सुषमा, सूखे, उत्तप्त पर्वतों को तृप्त नहीं कर सकती, झुलसे हुए त-पल्लवों को हरा-भरा नहीं कर सकती, पर नेत्रों को आनन्द तो दे ही सकती है। उसमें आनन्द निहित नहीं, पर आनन्द उसमें से प्रवाहित तो होता है।

रहमत मियाँ ने आकर बेगम को सलाम किया। सत्तर साल की उम्र, लम्बे, दुबले, छोटी-सी सफेद दाढ़ी। आँखों पर मोटे शीशों का पुराना चश्मा। सिर पर पुरानी मखमली टोपी, बदन पर अचकन, पैरों में रबर का सस्ता जूता।

बेगम ने मुस्कराकर कहा, ''रहमत मियाँ, घर में सब अच्छे तो हैं? मुद्दत में मिलना हुआ।''

''खैर-सल्लाह ही है सब। हुज़ूर, जब से बड़े नवाब जन्नतनशीन हुए, मैं घर में जा बैठा। किसी की नौकरी नहीं की। हुज़ूर की ड्योढ़ी पर मैंने खड़े होकर हुकूमत की है, अब किसके सामने हाथ फैलाता! हुसैन तो जवानी ही में दगा दे गया—और उसकी माँ उसके गम में मर गई। अकेला ही हूँ हुज़ूर। खुदा का शुक्र है, इतने दिन बाद हुज़ूर ने रहमत की। दिल्ली को याद फर्माया, और गुलाम को तलब किया। खुदा गवाह है, आँखें हरी हो गईं। मगर यह क्या देखता हूँ! सुना, अकेली ही तशरीफ लाई हैं। बुआ कह रही थी—नौकर-चाकर कोई साथ नहीं लिया; अब तो हुज़ूर को दिल्ली कुछ दिन रहना ही होगा?''

''रहूँगी, मियाँ रहमत। नौकर-चाकरों की फौज साथ रखने से क्या फायदा? बुआ साथ है। यहाँ उम्मीद थी, रहमत मियाँ हैं ही।''

''गुलाम को याद रखा, बड़ी बात की हुज़ूर।''

''मगर हुसैन की सुनकर गमगीन हूँ, यह तो बुढ़ापे में दाग लग गया।''

''खुदा की मर्ज़ी है हुज़ूर, अब आप ही को लो, मैं सुनता रहा हूँ।''

''खैर, तो रहमत मियाँ! अब तुम यहीं रहो। बुआ अकेली हैं, घर पर सफाई करानी है—ज़रूरत समझो, एकाध नौकर और रख लो। हाँ, जब से बड़े अब्बा जन्नतनशीन हुए और तुम घर बैठे हो, तभी से तुम्हारा मुशाहरा इस सरकार से मिलेगा। इत्मीनान रखो।''

''तो आखिर, हुज़ूर, पोती किस बाप की हैं, जिनकी सखावत का डंका विलायत तक बजा, उन्हीं नवाबुद्दौला मुश्ताक अहमद बहादुर का लहू इन नसों में है। आप तो ऐसा कहेंगी ही। मगर हुज़ूर, अब और कै दिन जिऊँगा? फिर मेरा दुनिया में कौन है? क्या करूँगा मुशाहरा लेकर सरकार? अब कदमों में रखिए, जूठन मिलेगा तो पेट भर जाएगा। बस।''

बूढ़ा खिदमतगार टपकती हुई आँखों पर दोनों हाथ रखकर दुज़ानू बैठ गया।

हुस्नबानू की भी आँखें भीग आईं। उसके मुँह से बोली न निकली।

31

आखिरी मरीज़ को भुगताकर डाक्टर कुर्सी से उठे, इसी समय तक मोटर उनकी डिस्पेंसरी के सामने आकर रुकी। डाक्टर ने आँख उठाकर मोटर की ओर देखा—और फिर घड़ी की ओर। एक बज रहा था—और एक बूढ़ा मुसलमान धीरे-धीरे डिस्पेंसरी की सीढ़ियों पर चढ़ रहा था। डाक्टर को सहसा अट्ठाईस वर्ष पहले की घटना याद हो आई।... वही काला रेशमी बुरका, वही बूढ़ा नवाब, और चम्पे की कली के समान उज्ज्वल दो उँगलियाँ...जीवन में वे कभी भूली तो थीं ही नहीं। स्मृतियों के बवंडर में दबी पड़ी रहती थीं—दिन-रात में हज़ार बार उभर आती थीं। आज इस क्षण जैसे वे मूर्त हो उठीं।

वे खड़े होकर बूढ़े की ओर देखने लगे। बूढ़ा रहमत था। रहमत ने आकर झुककर सलाम किया। और कहा, "हुज़ूर, रंगमहल से मोटर आई है; बेगम ने आपको याद फरमाया है।"

डाक्टर के हृदय की धड़कन जैसे एक क्षण के लिए बन्द हो गई। उसने काँपते कंठ से कहा, "रंगमहल? बेगम? कौन बेगम।"

"हुज़ूर, हुस्नबानू बेगम।"

"क्या वे दिल्ली में आई हैं?"

"जी हाँ, हुज़ूर।"

"कब?"

"एक हफ्ता हो गया।"

"...एक हफ्ता," डाक्टर सोच रहे थे, "एक हफ्ते बाद बुलाया है! नहीं, नहीं, अट्ठाईस वर्ष बाद..."

डाक्टर के मानस में एक भूचाल-सा आ गया। उन्होंने हकलाते हुए कहा :

"क्या...क्या अभी चलना होगा?"

"जी, हुक्म तो यही है।"

"तुम्हारा नाम क्या है?"

"रहमत है—हुज़ूर।"

"तो रहमत मियाँ, बेगम के साथ और कौन है?"

"वे अकेली हैं हुज़ूर।"

"नवाब नहीं हैं?"

"नवाब, कौन नवाब?"

''बेगम के शौहर।''

''उनका तो हुज़ूर, अब से बीस साल पहले ही इन्तकाल हो गया था!''

''बीस साल पहले?''

''जी हाँ।''

डाक्टर क्षण-भर चुप रहे। विचारों की आँधी का एक झोंका उन्हें हिला गया। उन्होंने संभलकर कहा, ''चलता हूँ रहमत।''

वे धम से गाड़ी में जा बैठे। इस समय डाक्टर को ऐसा प्रतीत हो रहा था, मानो हवा में उड़े जा रहे हों।

संगमरमर की दिव्य प्रतिमा के समान भव्य श्रीधारिणी हुस्नबानू को ताज़ीम दी। बैठने पर हँसकर कहा, ''इतनी मुद्दत के बाद, आखिर फिर मुलाकात हुई भाईजान, पहचानते तो हैं?''

डाक्टर का कंठ सूख गया। उन्होंने भर्राए कण्ठ से कहा :

''मुझे तो ऐसा मालूम होता है जैसे मैं सपना देख रहा हूँ।''

''मगर मैं तो हुस्नबानू हूँ।'' बानू ने हँसकर कहा।

''शायद।''

इस बार बानू खिलखिलाकर हँस पड़ी। उसने कहा, ''शुक्र है, आपने आज मुझे हँसाया तो!''

''इसके क्या माने?''

''अब इतने दिन बाद बीती बातों के माने पूछकर क्या कीजिएगा?''

''लेकिन नवाब साहब की बाबत...''

''क्या अभी सुना?''

''कैसे सुनता, तुमने तो कभी लिखा ही नहीं।''

''लिख-लिखकर दिल में रखती रही। भेजा नहीं।''

डाक्टर ने देखा—मुस्कान जो बानू के होंठों पर फैल रही थी, वह सूखती जा रही है। उन्होंने कहा, ''तुम्हारा इतना बड़ा दिल है, जो रखती गईं, समाता गया!''

''और आप भाईजान, लिख-लिखकर शायद फाड़कर फेंकते रहे!'' बेगम फिर मुस्करा उठीं।

''लिख ही न सका।''

''यह क्यों? लिखने की चाह ही शायद न रही।''

''नहीं, ताब न रही।''

"खैर, अब सब खैराफियत है?"

"दुनिया कदम-कदम चल रही है, लेकिन मुझे कुछ पूछ लेने दो।"

"क्या?"

"नवाब की बाबत!"

"क्या कीजिएगा पूछकर?"

"सुना मुद्दत हुई वे न रहे; तुमने इसकी खबर भी न भेजी?"

"क्या करते खबर पाकर आप, शायद खत भेजकर मातमपुर्सी करते।"

डाक्टर की आँखें बहने लगीं। उन्होंने जवाब नहीं दिया। बानू ने कहा :

"अब यह क्या हिमाकत है भाईजान, बूढ़े हो गए आप।"

"कौन कहता है?" डाक्टर ने चमककर कहा, "साठ को ज़रूर पार कर गया हूँ—लेकिन हुस्न, मैं जब तुम्हें याद करता हूँ तो अपने को वैसा ही जवान पाता हूँ जैसा तब था, जब मैंने पहली नज़र सिर्फ तुम्हारी दो उँगलियाँ-भर देखी थीं।"

"याद रहीं वे उँगलियाँ?"

"वे भूली जा सकती हैं? चलकर देखो—चम्पा लगाया है मैंने। उसमें हर साल कलियाँ आती हैं और उनमें वे उँगलियाँ झाँक उठती हैं। फिर रात-भर उनकी भीनी महक मेरी हर एक साँस को खुशबू से तरबतर कर देती है।"

"पागल तो आप नहीं हो गए भाईजान!"

"हो जाता, मेरी याद मर जाती, सब कुछ भूल जाता तो अच्छा था।"

"बहिन को ये सब बातें बताईं क्यों नहीं?"

"ये बातें बताईं नहीं जातीं। जानने वाले जान जाते हैं।"

कुछ देर बानू चुपचाप शून्य आकाश की ओर ताकती रही। फिर धीरे से बोली, "आपने दुनिया का इलाज किया—लेकिन अपना न कर सके।"

"कुछ बीमारियों में आराम होता ही नहीं।"

"खैर पूछिए—जो पूछना चाहते हैं।"

"मुझे तुम सिर्फ एक बात कह दो बानू, कम से कम जब तक नवाब जिन्दा रहे—तुम खुश रहीं?"

"मुझे देखकर आप कैसा समझते हैं?"

"बिल्कुल पत्थर, ठोस, जिसमें कहीं जान नहीं—साँस भी नहीं।"

"तो बस, इसी में समझ लीजिए।"

"समझ लिया है—तभी तो पूछता हूँ।"

"पूछने से फायदा?"

"हिसाब-किताब लगाकर देखूँगा बानू।"

"काहे का हिसाब-किताब भाईजान?"

"एक औरत की ताकत का। जानना चाहता हूँ कि आखिर एक औरत में कितनी ताकत होती है।"

"डाक्टरी किताबों में यह सब नहीं लिखा?"

"लिखा होता तो अपना इलाज न कर लेता? मर्ज़ को कलेजे में छिपाए क्यों फिरता?"

"तो समझ लीजिए–जैसी अट्ठाईस साल पहले गई थी–वैसी ही हूँ।"

"मेरा भी यही ख्याल था बानू। लेकिन क्यों? तुम्हें पाकर कोई कैसे इस तरह रह सकता है! नवाब क्या एकदम जानवर थे?"

"नहीं भाईजान, मैं खुश होती यदि एक जानवर के पल्ले बँधती–वह काटता, नोचता, खाता, बखेरता, झिंझोड़ता, दुःख-दर्द कुछ तो देता–अहसास का आखिर कुछ तो इस्तेमाल हो जाता।"

"जानवर नहीं थे नवाब, तब?"

"वहाँ जाने पर दो दिन में ही पता चल गया कि मेरी शादी एक मुर्दे से हुई है।"

डाक्टर के कलेजे में जैसे किसी ने पत्थर दे मारा। वे आह करके रह गए। फिर उन्होंने पागल की भाँति चीखकर कहा :

"उस मुर्दे को मरने में आठ साल लग गए–आठ साल तुम्हें वह लाश ढोनी पड़ी बानू?"

"गुस्सा करने से क्या होगा भाईजान! अकेली मैं ही तो न थी। हम चार थीं।"

"छी, छी!"

"फिर भी, मैं कहूँगी, नवाब शरीफ आदमी था। आखिर वक्त में तो मैं उनकी बदनसीबी पर कराह उठी। मुझसे जो बना उनकी खिदमत की, उन पर रहम किया।"

"और प्यार?"

"प्यार किया होता तो तुम क्या आज मुझे पत्थर, ठोस पत्थर समझते?"

"माफ किया तुमने उन्हें मरने से पेश्तर?",

"ओह, यह मत पूछो। माफ तो मैंने उन्हें उसी दिन कर दिया था जिस

दिन उन्हें पहली बार देखा था। उसके बाद तो मैं समझती ही गई कि यह आदमी तरस के काबिल है, फिर मैं औरत की ज़ात--अपनी आँख से एक आदमी को इस कदर लाचार, सूना, बेआसरे कैसे देख सकती थी! राह चलते भिखारी को भी तो मैं नहीं देख सकती; फिर वे तो मेरे शौहर थे।''

''एक बार भी तुमने कभी उन पर गुस्सा नहीं किया बानू?''

''गुस्सा? उन भूखी, अछताती-पछताती चोर की तरह नज़र छिपाती, गुनाह की तस्लीम करती हुई आँखों को देखकर भी भला कोई गुस्सा कर सकता है! पत्थर ज़रूर हूँ भाईजान, मगर औरत हूँ, यह भी तो सोचो।''

''लेकिन उसके बाद?''

''मेरा एक सहारा था—ज़ीनत।''

''तुम्हारी सौत?''

''लेकिन बड़ी बहन और माँ की तरह उन्होंने मुझे अपनी गोद में ढाँप लिया। इसी से वह आग जिसमें मेरी जैसी बदनसीब औरतें जला करती हैं, मुझे ज़्यादा तकलीफ न दे सकी—फिर, मैं तो जलने की आदी हो गई थी। अफसोस यही रहा कि वह गोद भी कायम न रही, छिन गई। और ज़ीनत बहन भी चली गईं।''

''कितने दिन जलीं वे?''

''अड़तीस बरस, मैं तो सिर्फ आठ ही बरस; वह भी ज़ीनत बहन की गोद में।''

''आठ बरस क्यों?''

''उसके बाद तो आग बुझ ही गई। राख में बैठे रहने में क्या दिक्कत थी!''

''तो बानू, आठ बरस मुर्दे के साथ और बीस बरस चिता की ठण्डी राख में बैठी रहकर यहाँ आई हो? लेकिन दूध की धोई-सी, उजली, पाक-साफ, फरिश्ते-सी, अछूती, निराली देवी...'' डाक्टर दोनों हाथ फैलाकर दौड़ पड़े और हुस्नबानू के पैरों में लोट गए।

हुस्नबानू घबराकर पीछे हट गई। डाक्टर ने खड़े होकर कहा, ''हम हिन्दू देवी के पुजारी होते हैं। हमारी देवी भी पत्थर की होती है। हम उसके सामने हँसते-रोते हैं, भेंट देते हैं, मानता मानते हैं, पर वह वैसी ही अचल रहती है। सुनते हैं, देखा नहीं कि किसी भक्त पर प्रसन्न होकर वह प्रकट होकर वर देती है—सो आज मेरा जीवन सफल हो गया—देवी का प्रत्यक्ष-प्रकट दर्शन हो गया।

इज़ाज़त दो, इन चरणों पर अपनी श्रद्धा के फूल चढ़ाऊं। अपने गुनाहों की माफी मांगूं।'

"गुनाह क्या?"

"मैं अभी तक ईमानदार नहीं हूँ बानू।"

"जाने दीजिए भाईजान! अच्छा मुझे घर की खैराफियत सुनाइए—सुनने को बेचैन हूँ। अरुणा बहन कैसी हैं?"

"चलकर देख लो, और दिलीप को भी।"

बानू को ऐसा प्रतीत हुआ मानो उसके हृदय की धड़कन रुक गई हो। उसने हाथ से सीने को दबा लिया। 'दिलीप'—उसने कहना चाहा पर कंठस्वर नहीं फूटा, केवल होंठों में ज़रा-सी फड़कन होकर रह गई। वह पलक मारना भी भूल गई। एकटक डाक्टर को देखने लगी। ज़िन्दगी में पहली बार आज वह अपने बेटे का नाम सुन रही थी। डाक्टर भी क्षण-भर को विचलित हुए। फिर उन्होंने कहा, "एम. ए. करके एल. एल. बी. भी कर लिया है, लेकिन अजब खब्ती लड़का है।"

"खब्ती?"

उसी भाँति होंठों में ही बानू ने कहा, लेकिन डाक्टर ने सुन लिया।

"तब क्या? आर्थोडाक्स हिन्दू। आधा दिन पूजा-पाठ और धर्म-ग्रन्थ पढ़ने में और बाकी संघ के झगड़े-झंझटों में बिताता है।"

"तन्दुरुस्त है?"

"खूब है।" डाक्टर ज़रा हँसे, "देखोगी नहीं?"

"नहीं।" बानू चुप हो गई। डाक्टर अवाक् होकर बानू का मुँह देखने लगे, जो इस समय वर्षोन्मुख, भरे हुए बादलों के समान हो रहा था। डाक्टर भी कुछ कह न सके। बहुत देर सन्नाटा रहा। डाक्टर को ऐसा प्रतीत हुआ, जैसे बानू के होंठ उसके हृदयगत ज्वर को भीतर ही दबा सकने में असमर्थ हो फड़ककर रह गए। बहुत देर बाद बानू ने कहा, "क्या उसे कुछ मालूम हैं?"

"नहीं, कुछ भी नहीं। और हम लोग उलझन में हैं।"

"उलझन?"

"हाँ, शादी की। बहुत गहरी दिक्कतें हैं। लोगों की नज़र में वह हमारा ही लड़का है, लेकिन हम अगर सही बात ज़ाहिर न करके किसी घराने में उसकी शादी कर देते हैं, तो यह एक भारी धोखाधड़ी होगी। तुम तो जानती ही हो कि हम लोगों में जात-बिरादरी की कितनी बंदिशें हैं।"

"क्या ऐसा कोई घर नहीं मिल सकता, जो इन बातों की परवाह न करे?"

"ऐसा ही कुछ हुआ था। मेरे एक दोस्त थे, बड़े भारी बैरिस्टर। लड़की उनकी एम. ए. सुन्दरी, हम लोगों को बिलकुल पसन्द। पर उसने नहीं माना, इन्कार कर दिया। वे लोग अपना-सा मुँह लेकर चले गए। अब दूसरे लड़कों के रिश्ते भी रुके हुए हैं, समझ नहीं रहा हूँ क्या करूँ।"

"बेहतर है आप उससे सब कुछ साफ-साफ कह दें। सिर्फ उसकी माँ कौन है यह न बताएँ। या कुछ किस्सा घड़ दें, और उसे उसके हाल पर छोड़ दें। उसकी कुछ जायदाद बची होगी। इधर मैं भी दे सकती हूँ, लेकिन यह बात उसे मालूम न होने पाए।"

"जायदाद, रुपया तो सब हमने छुआ नहीं है, बढ़ा ही है। हमने तो अपने ही लड़के की तरह उसे पाला है। न उसे न मेरे और बच्चों को यह सानो-गुमान है कि वे सब आपस में सगे भाई-बहिन नहीं हैं। सबके विचार अलग हैं, पर आपस में प्रेम बहुत है। दिलीप तेजमिज़ाज है ज़रूर, पर अपनी माँ को बहुत प्यार करता है। और करुणा तो उसे बहुत मानती है। फिर, वह बड़ा ही आर्थोडाक्स है, यह सब सुनेगा तो उसकी छाती न फट जाएगी। न, मैं तो उससे यह सब न कह सकूँगा। वह कैसे बर्दाश्त करेगा। और उसके भाई, करुणा, दूसरे लोग? उसकी सारी दुनिया अँधरी हो जाएगी। वह संसार में अकेला रह जाएगा।"

"ऐसा तो मैं उसे न होने दूँगी। अकेला रह जाना दुनिया में कैसा होता है, यह मैं जानती हूँ। लेकिन भाईजान, यह क्या बिलकुल ही नामुमकिन है कि आप ही अब इस बात को कतई भूल जाएँ कि वह आपका बेटा नहीं है।"

"मैंने तो कभी यह सोचा ही नहीं, पर दूसरों को धोखा देने में जी काँपता है।"

"धोखा..." बानू के होंठ काँपकर रह गए। वह बहुत कुछ कहना चाह रही थी, पर कह न सकी।

डाक्टर ने साहस करके कहा—"इसी से तो कहता था, तुम उसे एक बार मिल लेतीं तो..."

"यह तो हो नहीं सकता, भाईजान! आप भी तो सोचिए, वह क्या बर्दाश्त कर सकेगा?"

"न, नहीं कर सकेगा।"

"तो वह जैसा है रहने दीजिए। अपने बच्चों की शादी कर लीजिए।"

"यह भी नहीं हो सकता बानू, ऐसा ही होगा तो मैं वही करूँगा जो तुमने कहा। जो हो वह हो, लेकिन तुम उसकी माँ से तो मिल लो।"

"उन्हें यहीं भेज दीजिए भाईजान, और एक बात का ध्यान रखिए, आपकी यह बहिन बहुत दुखिया है, और अब उसे दुनिया में खुदा के बाद सिर्फ आपका ही आसरा है। उसी आसरे से मैं यहाँ आई हूँ—आपने मेरी इज़्ज़त बचाई है, अब आप मेरे दर्द को जितनी राहत पहुँचा सकेंगे, आपको सवाब होगा। खुदा के लिए आप अब यही समझ लिजिए—वह आप ही का बेटा है।"

इतना कहकर बानू ने जिन करुणा-भरे नयनों से उन्हें देखा—उस दृष्टि से विचलित होकर डाक्टर ने कहा :

"मेरी कमज़ोरी को माफ करना बानू, तुम्हारी बात ही ठीक है। दिलीप आज से मेरा ही बेटा है। मेरे मन की दुविधा दूर हो गई। अब कहो--तुम्हारे लिए और क्या करूँ?"

"बस, कभी-कभी मिलते रहें।"

"अब रहोगी तो दिल्ली ही में?"

"हाँ, यहीं रहूँगी।"

"अरुणा से क्या कहूँ?"

"कहना—दिलीप की माँ को बानू याद कर रही है। दर्शन दे जाएँ, आँखें तरस रही हैं।"

"कह दूँगा, लेकिन हिसाब नहीं समझेंगी आप?"

"कैसा हिसाब?"

"अपनी जायदाद का।"

"मेरी कौन सी जायदाद है?"

"जो दिलीप को दी गई थी।"

"उसमें मेरा क्या? और दिलीप का भी क्या? वह तो सभी भाई-बहिनों की है भाईजान! अब यह चर्चा मेरे सामने कभी न करना। साथ ही उससे भी मत कहना।"

"लेकिन बड़े नवाब ने दी तो थी उसी को।"

"तो अब मैं सब भाई-बहिन को देती हूँ। इसके अलावा मेरी और भी तो जायदाद है, वहाँ और यहाँ। यह सब भी तो इन्हीं बच्चों की है। दुनिया में मेरा और कौन है?" हुस्नबानू की आँखों से छल-छल आँसू बह चले! डाक्टर के मुँह से भी बात नहीं निकली। सिर्फ आँखें बहती रहीं। बहुत देर तक सन्नाटा रहा। कुछ देर बाद डाक्टर ने कहा, "किसी चीज़ की तकलीफ न पाना। ज़रूरत हो तो फौरन खबर देना।"

“ज़रूर दूँगी। लेकिन रहमत मियाँ आ गए हैं। फिर मेरी ऐसी ज़रूरत ही क्या है?”

रहमत ने चाय लाकर रख दी। बानू ने खुद उठकर एक प्याला बनाया और डाक्टर की ओर बढ़ाया। डाक्टर प्याला लेकर खड़े हो गए। अदब और प्यार से हुस्न को वह प्याला देते हुए कहा, “यह एक प्याला मेरे हाथ का तुम पियो हुस्न, मेरे ऊपर इतना एहसान तो कर दो!” डाक्टर भीतर से बाहर तक विचलित हो उठे।

हुस्न ने हँसकर कहा, “लाइए, लाइए—मेरे लिए तो यह पाक तबर्रुक है, जिसके लिए इतनी लम्बी ज़िन्दगी तरसते ही बीत गई।” उसने दोनों हाथ फैला दिए। डाक्टर ने प्याला बानू के काँपते हाथों में दे दिया फिर दूसरा प्याला स्वयं बनाकर चुपचाप पीकर उठ खड़े हुए। दोनों ही इस समय भाव-समुद्र में डूब-उतरा रहे थे—इसी से किसी ने भी बात न की। जैसे उन क्षणों में दोनों एक-दूसरे में खो गए हों।

डाक्टर के खड़े होते ही बानू ने उठकर कहा, “कल सवारी भेज दूँगी। अरुणा बहिन को भेज दीजिए।”

“अच्छा।” कहकर डाक्टर आँखें पोंछते हुए उठ खड़े हुए।

32

अरुणा और बानू का मिलन गाय और बाछी का मिलन था। बहुत देर तक दोनों एक-दूसरे की गोद में सिर दिए मूक रुदन करती रहीं। बानू जो अपना पुत्र—हृदयधन, प्रेम, आशा और उल्लास का प्रथम और एकमात्र चिह्न अरुणा को सौंपकर निर्मोही की भाँति मुँह मोड़कर चली गई, और निराशा, दुःख-दर्द के झाड़-झक्कड़, वन-पर्वत पार करती हुई, यौवन की देहरी पार करने से लेकर वार्धक्य के प्रांगण में जा खड़ी हुई—सो क्या उसने दुख-दर्द, निराशा और क्षोभ से भरे अपने लम्बे उबा देने वाले जीवन में एक क्षण को भी उस गोद की स्मृति को भूली जिसमें वह अपने कलेजे के टुकड़े को डाल गई थी? फिर बात केवल इतनी ही नहीं थी, अरुणा भी बानू से एकरस हो चुकी थी—एक ही थाल में उसके साथ खाना खाकर जो उसने अपनी गहरी एकता का परिचय दिया था—उसे भी बानू भूल न सकी थी।

सो आज, जब यह पहली मुलाकात हुई तो बहुत देर तक वे दोनों यह भूल ही गईं कि वे दो हैं। अरुणा इस नारी की विवशता पर पहले ही द्रवित थी। वह भी उसके मुँह को एक क्षण को भी न भूली थी। अपने पुत्र को करुणा की गोद में डालकर जब बानू चली गई थी, उसका नवल, अमल-धवल गात, चम्पक के समान सुवर्ण और सुशोभित कोमल, कमनीय कलेवर, किशोर वय, उठता यौवन, जीवन का जैसे सरल प्रभात था! परन्तु अब? जल-रहित शारदीय बादलों के समान विस्तार में फैला हुआ, थकित, पराजित, नभित देह। रस-भरे उन उत्फुल्ल होंठों के स्थान पर सूखे-फीके खाली-खाली-से होंठ, सफेद रुई के गोले के समान लटके हुए कपोल, जल-रहित गढ़े में छटपटाती मछली-सी आँखें। और वर्षाऋतु की उपल बखेरती-सी दृष्टि—यह सब क्या साधारण परिवर्तन था? परिवर्तन तो अरुणा में भी हुए थे। वह तो आयु में बानू से भी बड़ी थी—पचास को पार कर गई थी। पर वह माँ भी तो रही, पत्नी भी तो रही, गृहिणी भी तो रही। बानू न माँ, न पत्नी, न गृहिणी। तब उसने नारी-जन्म क्या पाया! नारी-जन्म पाकर भी, इतना रूप, श्री, विद्या, धन. सम्पत्ति—सब कुछ पाकर केवल जीवन ही नहीं पाया पर जीवित रही अब तक। बिना जीवन का वह जीवन भी भला कैसी विडम्बना की वस्तु थी! यह सब देख-समझकर ही अरुणा चौधारे आँसू बहाती रही। और बानू ने तो इन आँसुओं की धार ही में अपनी तीन दशाब्दियों की सारी दिनचर्या अरुणा को बता दी।

जब दोनों खूब रो चुकीं तो अन्त में बानू के आँसू सूखे। उसने हँसने की चेष्टा की। उसके होंठों पर हँसी देखकर भी अरुणा के आँसू न सूखे।

बानू ने कहा, "रोती कब तक रहोगी बहिन? बैठो, कुछ अपनी कहो, कुछ मेरी सुनो।"

"सुन नहीं सकती हूँ बहिन, मेरी छाती फट जाएगी। तुम्हारे इस रूप और इन आँसुओं ने ही सब कुछ कह दिया। लेकिन ऐसी पत्थर कलेजेवाली हो गईं कि इस अपनी बहिन को बिलकुल ही भूल गईं?"

"भूल जाती तो यहाँ आती ही क्यों?"

"क्या मेरे ही लिए आई हो?"

"खुदा गवाह है, सिर्फ तुम्हारे लिए। अब और कहीं मेरा ठौर-ठिकाना भी कहाँ है? मेरी साँस-साँस में तुम्हीं तो रम रही थीं—एक पल को भी मैं तुम्हें भूली नहीं हूँ भाभी।"

"फिर खत क्यों नहीं भेजा, आईं क्यों नहीं? युग बीत गए। दुनिया बदल गई।"

"बदल जाए। तुम्हारी यह बानू तो वही है, और मैंने तुम्हें देखते ही जान लिया–तुम भी वही हो। ज़माने ने हमें नहीं बदला। खुदा का शुक्र है। लेकिन खत तो कभी तुमने भी न लिखा।"

"इसी डर से कि कहीं तुम नाराज़ न हो जाओ। तुम्हें यह पसन्द हो या नहीं, बात ही कुछ ऐसी थी। हमने समझा कि तुम हर तरह हमसे दूर ही रहना चाहती हो।"

"चाहा तो यही बहिन, क्योंकि ऐसा न करती तो यह पहाड़-सी ज़िन्दगी शायद कटती भी नहीं।"

"इसी से, लेकिन तुम्हारे प्यार से तो मेरा रोम-रोम भरा है।"

"सो, क्या मैं जानती नहीं भाभी! तो अब यह मिट्टी तुम्हारे कदमों में है।"

"ऐसी बात क्यों कहती हो बहिन, अब तुम खुश रहो। बहुत भोगा। मैं सब सुन चुकी हूँ। अब तुम्हारी एक न मानूँगी–चाहे जो भी कुछ हो जाए, तुम्हारी गोद में तुम्हारी दौलत डाल दूँगी। तुम्हारी ज़िन्दगी को अब मैं यों सूनी न रहने दूँगी।"

"यह क्या कहती हो बहिन, यह तो कभी होने का नहीं।"

"क्यों नहीं होने का?"

"बस बहिन, मुझे परदे में ही रहने दो–मेरे ही लड़के के सामने मुझे नंगा मत करो, मैं हरगिज़ यह बर्दाश्त नहीं कर सकती।"

"लेकिन बानू..."

"बहिन, ज़ख्म को मत नोचो। तुम्हारे पाँव पड़ती हूँ। तुमने उसे पढ़ा-लिखाकर लायक कर दिया। अब उसे ज़िन्दगी से भरपूर भी कर दो। मैं इतने ही से खुश हूँ।"

"सब कुछ तो तुमने सुन लिया।"

"सुन लिया बहिन, पर मुझे तुम पर भरोसा है। तुम्हारी जैसी जिसकी माँ हो, उस बेटे के क्या कहने!"

"तो तुम उससे मिलोगी भी नहीं?"

"नहीं, मैं कौन हूँ–यह वह न जान पाएगा।"

"मैं तुम्हें दुःखी नहीं कर सकती, पर बहिन, तुम सहारा पाकर भी बेसहारा रहोगी?"

"अब तो आदी हो गई हूँ। जब आदी न थी, तब भी तो आखिर रही

ही। अब तो यह बेसहारा रहना ही मेरा सहारा है।'' बानू हँस दी। पर अरुणा ने फिर मोती बिखेरे। बानू ने अरुणा के गले में बाँहें डाल दीं और उसकी छाती में मुँह छिपा लिया।

बूढ़ी दासी ने चाय और नाश्ता सामने ला धरा। बानू ने हँसकर कहा, ''तुम कहो तो भाभी, मैं इसे छू लूँ। जी करता है एक टुकड़ा तुम्हारे मुँह में ठूँस दूँ।''

''ऐसा गज़ब न कर बैठना कहीं। तुमने इसे छुआ और यह ज़हर हुआ। मैं खाते ही जैसे मर ही जाऊँगी।'' अरुणा ने त्योरियों में बल डालकर मिठाई का एक टुकड़ा उठाकर बानू के मुँह में ठूँस दिया। और इसके बाद तो बानू सब कुछ भूल गई और वह ज़िद करके अरुणा को अपने हाथ से खिलाने लगी। अरुणा ने भी उसी तरह उसे खिलाया।

बहुत देर तक दोनों अभिन्न हृदय एक-दूसरे को समझते रहे, समझाते रहे, साँझ होने पर अरुणा ने कहा, ''अब जाऊँगी बहिन, तो तुम्हें मैं अब अपने यहाँ आने को कहूँ नहीं?''

''बहिन इस बदनसीब से नाराज़ न हो जाना। तुम्हें मुझसे मिलने हर बार यहीं आना पड़ेगा, मैं न जा सकूँगी। और तुम्हें अपने होंठ सीने भी पड़ेंगे।''

''होंठ तो सिले ही पड़े हैं बहिन।'' अरुणा ने उदासी से कहा। कुछ ठहरकर फिर कहा :

''न हो तो छिपकर उसे देख लो एक बार।''

''नहीं बहिन, नहीं।'' बानू ने दोनों हाथों से छाती दबा ली। वह आँखें बन्द करके बैठ गई। अरुणा को और कुछ न सूझा—वह उसे समझा-बुझाकर चली गई।

33

करुणा के खत ने माया को जैसे आत्मसात् कर लिया। करुणा और माया दोनों ही शिक्षित बालिकाएँ थीं। परन्तु प्रेम के अभाव से दोनों ही अज्ञात थीं। माया अधिक समझदार थी सही, पर करुणा का यह पत्र तो ऐसा था जिसका आदि-अन्त ही न था। एक सरल-तरल बालिका ने अपनी प्रिय भाभी का आवाहन किया था। उसका अपना मन उससे मिलने को व्यग्र है, पर वह इसे गौण करके भैया के वैकल्य का ही वर्णन करती है। वह इतना जानती है, भाभी पर तो भैया

का ही अधिक अधिकार है। पर वह यह विचारने का अवकाश ही नहीं पा रही है कि वह भाभी है ही नहीं। भैया का उससे विवाह हुआ ही नहीं है। भैया ने उसे अस्वीकार कर दिया है। इन सब बातों के लिए उसके मन में स्थान है ही नहीं। और अब, जब भैया ने माया का आह्वान स्वीकार कर लिया, भाभी को लेने जाने को कह दिया तो बस, अब करुणा को सोचने-विचारने की कौन-सी बात रह गई!

करुणा के पत्र में कितनी गहरी आन्तरिक आत्मीयता थी। माया से यह छिपा न रहा। माया ने भी एक दृष्टि ही में करुणा पर अपने को न्यौछावर कर दिया था। फिर दिलीप को तो वह अपना मन दे ही आई है। दिलीप ने ब्याह नहीं किया। वह उसी की मूर्ति का दर्शन एकान्त रात में तारों की टिमटिमाहट में करता है। यह सत्य है या असत्य, माया को इस पर विचारना नहीं पड़ा। उसे वह सब सत्य ही प्रतीत हुआ। और माया ने जैसे अवश होकर, आवेशित होकर यह पंक्ति लिखकर भेज दी।

पंक्ति भेजकर भी माया स्थिर न रह सकी। पिता के प्रति वह साहसी थी। दूसरे ही दिन उसने पिता से बातचीत की। उसने चाय प्याले में उंडेलते हुए कहा, ''बाबूजी, चलिए, एक बार दिल्ली घूम आएँ।''

रायसाहब चौंक उठे। उन्होंने कहा, ''क्यों? क्या बात है, दिल्ली क्यों जाना चाहती है?''

माया ने बिना इधर-उधर किए कहा, ''करुणा का खत आया है। उसने बुलाया है—मेरा भी जी उससे मिलने को चाह रहा है। लिखा है, माताजी का स्वास्थ्य ठीक नहीं है। चलिए देख आएँ।''

रायसाहब ने सिर खुजाते हुए कहा, ''लेकिन, यह क्या ठीक होगा बेटी, यह बात चलकर खत्म हो गई—अब उसके बाद?''

''तो उससे क्या? हम लोग तो पहले भी गए हैं। कुछ उसी बात पर निर्भर थोड़े ही हैं!'' माया ने यह कहने को तो कह दिया, पर उसका मुँह लाल हो गया। बेटी का यह भाव रायसाहब से छिपा नहीं रहा।

उन्होंने कहा, ''नहीं, नहीं, यह ठीक नहीं होगा माया! नहीं, तुम करुणा को एक खत लिख दो—यहीं आकर मिल जाए।''

लेकिन माया ने ज़िद करके कहा, ''नहीं बाबूजी, चलिए हमीं चलें! मेरा मन दिल्ली देखने को बहुत करता है। उस बार तो देख ही न सकी! इस बार तो एक हफ्ता रहूँगी।''

पिता ने बेटी का मन रखने को कहा, "अच्छा देखा जाएगा। तेरी माँ से सलाह लेनी होगी। कचहरी के काम से भी छुट्टी का मौका देखना होगा। अभी तो दो भारी-भारी केस हैं। दम मारने की भी फुर्सत नहीं है।"

"आठ दिन बाद मुहर्रम की छुट्टियाँ हैं, तभी चलें तो कैसा?"

"देखूँगा, तेरी माँ से भी तो सलाह करनी होगी।"

परन्तु माया की माँ बेटी को दिल्ली भेजने के लिए किसी तरह राज़ी न हो सकी। माया का दिल्ली जाना न हुआ। अब वह धड़कते कलेजे से अपने उस छोटे-से पत्र की क्या प्रतिक्रिया होती है, इसी की प्रतिक्षा करने लगी। उस छोटे-से पत्र में उसने अपना सम्पूर्ण व्यंग्य, साहस, प्रेम, वैकल्य, अवशता कूट-कूटकर भर दी थी। उसकी आँखों में करुणा की मधुर मूर्ति थी, पर रक्त की प्रत्येक बूँद में वह निष्ठुर, कठोर अभिमान-भरा दिलीप व्याप्त हो गया।

34

दिलीप ने उस पत्र को मुट्ठी में कस लिया और इतनी ज़ोर से मुट्ठी भींच ली कि उसके नाखून उसके माँस में घुस गए। उसके होंठ संपुटित हो गए। मन से कहने लगा—चल, और जाकर कह, मैं आ गया, चलो। परन्तु उसका मन जितना चंचल हो रहा था उतना ही जड़ उसका शरीर हो रहा था। उसमें न इतना साहस था, न बल, कि माता से, पिता से, करुणा से मन की बात कह सके। माया को पत्र लिखना तो बहुत दूर की बात थी।

दिलीप आहत पशु की भाँति कराहता हुआ इधर-उधर फिरने लगा। उसका मन किसी भी काम में न लगता था। बहुधा वह बहुत ही जल्दी सुबह उठकर जंगलों में निकल जाता, और दिन-दिन-भर घूमता रहता।

यद्यपि डाक्टर और अरुणादेवी उससे उदासीन हो गए थे, परन्तु उनकी ममता ने उन्हें विवश कर दिया। डाक्टर ने पत्नी से कहा :

"दिलीप की हालत दिन-दिन बिगड़ती जा रही है, देखती हो?"

"तुम्हीं देखो—दिलीप ही क्या और बेटों की ओर भी देखो।"

"खैर, अभी तो दिलीप का प्रश्न हल करो। यह तो हम पर एक भारी पारिवारिक विपत्ति आई दिखती है।"

"मैं कहती हूँ, अब मन की दुर्बलता से क्या होगा? मैं स्वीकार करती हूँ,

वह मेरे पेट का बेटा है। तुम भी यही स्वीकार कर लो। सब झंझट और दुविधाएँ खत्म हैं, मनचाही जगह उसका ब्याह कर दो। इसके बाद दूसरों के भी ब्याह कर दो। उनकी उम्र है। समय पर लड़कों की ब्याह-शादी न होगी तो वे आवारा होंगे ही। तुम सब बातें समझकर भी नहीं समझ रहे हो।''

''ऐसा ही करो फिर, तुम आज दिलीप से बात करो।''

परन्तु दिलीप से अरुणादेवी बातें करें इससे प्रथम ही करुणा ने हँसते-हँसते माँ के गले में बाँह डालकर कहा, ''माँ, भाभी आ रही हैं।''

''कौन भाभी?''

''वही कानपुरवाली।''

''पागल हो गई है, कैसे आ रही हैं?''

''वाह, भैया जा रहे हैं लेने को।''

''कौन भैया?''

''बड़े भैया, और कौन!''

''उसने तुझसे कुछ कहा है?''

''कहा है, भाभी ने बुलाया है उन्हें।''

''बुलाया है, यह क्या कहती है?''

''भाभी का खत आया है कि मुझे लेने को अपने भैया को भेज दो।''

''उसने क्या वहाँ कोई खत लिखा था?''

''मैंने लिखा था।''

''तूने क्या लिखा था?''

''लिखा था, भाभी तुम आओ, भैया और अम्माँ तुम्हें बहुत याद करते हैं।''

''पगली, मुझे क्यों नहीं बताया?''

''भूल गई अम्माँ।''

''कहाँ है खत? देखूँ!''

''भैया के पास है।''

कुछ देर अरुणादेवी चुप रही। फिर बोली, ''जा, तू अपना काम कर।''

रात को अरुणादेवी ने दिलीप से बात की। अरुणा ने कहा, ''बेटा दिलीप, कहो, अब तुम्हारा क्या इरादा है? मुझसे दिल की बात कहो।''

''क्या बात, माँ?''

''क्या मैं तुम्हारे ब्याह की बात दूसरी जगह पक्की करूँ?''

''इसकी क्या ज़रूरत है माँ!''

"तुम्हें ज़रूरत नहीं है—मुझे तो है। फिर तुम्हारे दूसरे भाई-बहिन भी तो हैं, यह भी तो सोचो।"

"तो उनका ब्याह कर दो।"

"तुम बड़े भैया हो, हमारे बड़े बेटे हो, सो तुमसे पहले उनका ब्याह कैसे हो सकता है?"

"वाह, नहीं कैसे हो सकता है? भीष्म ने अपना विवाह नहीं किया—अपने छोटे भाइयों का किया या नहीं?" दिलीप ने हँसकर कहा।

दिलीप की उस सूनी-सी हँसी में एक विचित्र खोखलापन देखकर अरुणादेवी कुछ देर चुपचाप दिलीप का मुँह ताकती रही। फिर उसने दिलीप को पास खींचा, उसके सिर पर हाथ फेरते हुए कहा, "दिलीप, तू माँ से भी मन की बात नहीं कह सकता पगले?"

"मन की बात कौन-सी है माँ?"

"माया का खत आया है न?"

"हाँ।" दिलीप ने सिर नीचा कर लिया।

"तो तू उसे लाने कानपुर जा रहा है?"

"यह तुमसे कितने कहा?"

"तू ही कह, किसी के कहने से क्या?"

"मैं क्या कहूँ?"

'तूने करुणा से कहा था?"

"वह हँसी की बात, उसने तुमसे जड़ दी, और तुमने सच मान ली, भोंदू हो तुम माँ!"

"हाँ, मैं भौंदूँ हूँ। पर तेरा मन हो तो मैं उनसे कहूँ—रायसाहब को वे पत्र लिखें?"

दिलीप बहुत चाहकर भी 'हाँ' न कह सका। जैसे एक समूचा पहाड़ ही उसकी छाती पर आ गिरा हो। वह लड़खड़ाता हुआ बाहर को चला गया। बिना ही जवाब दिए।

35

इसी समय भारत में महान युगान्तरकारी परिवर्तन का समय आ पहुँचा। युद्ध ने ब्रिटिश साम्राज्य का ढाँचा हिला डाला। और अब अंग्रेज़ पिटकर भारत

से भागने की अपेक्षा राज़ी-खुशी भारत को छोड़ देने को तैयार हो गए। परन्तु इस काम में भी उनके मन में कुटिलता थी। जिस कूटनीति का आश्रय लेकर उन्होंने भारत की राष्ट्रीयता को खण्डित किया था, उसके अब भारत के तीन मुख्य दल थे। एक कांग्रेस का, जिसके नेता नेहरू थे; दूसरा अछूतों का, जिसके नेता अम्बेडकर थे; तीसरे मुसलमानों का, जिनके नेता जिन्ना थे।

निस्सन्देह कांग्रेस में मुसलमानों का अल्पमत था। जिन्ना ने कांग्रेस से पृथक् होकर मुस्लिम लीग अपना ली थी। और वही उनके मत से मुसलमानों की प्रतिनिधि संस्था थी। सरकार ने यह बात अपने गूढ़ मन्तव्यों के आधार पर स्वीकार कर ली थी। अछूतों के नेता अम्बेडकर अपना राग अलाप रहे थे। हिन्दू सभा इस समय भी एक लुंज-पुंज संस्था थी। उसमें जैसे कोई दम ही न था। कांग्रेस को नेहरू और पटेल जैसों का ही नहीं—गाँधीजी का भी बल मिला था। उनकी यातना-कथाओं ने कांग्रेस के प्रति देश-भर को कांग्रेस का भक्त बना दिया था। गाँधीजी ही नहीं, जवाहरलाल भी इस समय देवता की भाँति पूजे जा रहे थे।

इसी समय अंग्रेज़ों ने भारत छोड़ना स्वीकार कर लिया और भारत के नेताओं के सामने प्रश्न रहा कि अंग्रेज़ अब भारत छोड़कर जाएँ तो भारत को किसे सौंपकर जाएँ। अछूतों की बात पीछे रहे—मुख्य तनाव कांग्रेस और मुस्लिम लीग में था। परन्तु मुस्लिम लीग जैसे मुसलमानों की प्रतिनिधि संस्था थी, वैसे कांग्रेस हिन्दुओं की संस्था न थी। हिन्दुओं का उसमें बहुमत तो था, परन्तु वह एक राष्ट्रीय संस्था थी। और उसमें मुसलमान भी थे। इस समय अबुलकलाम आज़ाद ही कांग्रेस के अध्यक्ष थे। कहने को कांग्रेस राष्ट्रीय सभा थी और वह हिन्दू, मुसलमान, ईसाई, पारसी सभी को एक राष्ट्र समसझती थी, परन्तु वास्तव में ये सब जातियों के प्रतिनिधि एक राष्ट्र के प्रतिनिधि न थे। खास कर मुसलमान, जो अब से कुछ साल पहले अल्पसंख्यक माने जाते थे, बराबर के हिस्सेदार बन रहे थे। वास्तव में इस्लाम केवल एक धर्म ही न था, धर्म की नींव पर खड़ा किया हुआ एक राजनीतिक और सामाजिक संगठन भी था। हिन्दूधर्म और हिन्दू भावनाओं से उसमें बड़ा भेद था। प्रारम्भ में गाँधीजी के उद्योग से 'हिन्दू-मुस्लिम भाई-भाई' की आवाज़ कुछ दिन भारत में सुनाई दी। पर पीछे जिन्ना के कांग्रेस से पृथक् होने पर यह आवाज़ गायब हो गई। वे कहने लगे—न हम हिन्दुओं के भाई हैं और न उनके साथी। हमारा अपना एक पृथक् राष्ट्र है और उसके पृथक् ही स्वार्थ भी हैं। इस पृथक् राष्ट्र का पृथक् स्वार्थ था तो केवल हिन्दुओं के मुकाबले, पर उसे ओट लिया कांग्रेस ने अपने सिर। इसलिए अब एक तरफ कांग्रेस थी

जिसमें मुसलमानों का भी हिस्सा था; दूसरी तरफ मुस्लिम लीग जो केवल मुसलमानों ही की थी। उसका यह अर्थ था कि हमारा माल तो हमारा है ही, तुम्हारे में भी हमारा हिस्सा है। कांग्रेस हिन्दुओं का समर्थन न कर सकती थी। वह तो अपने को असाम्प्रदायिक संस्था कहती थी और गाँधीजी अपनी साधुतावश सादा चेक मुसलमानों को देने को राज़ी थे। जब तक अंग्रेज़ों की अमलदारी थी तब तक तो मामला थोड़ी-सी नौकरियों तथा कुर्सियों ही का था। परन्तु अब उसने भारत के बँटवारे का रूप धारण कर लिया था। अब मुसलमान जिन्ना के नेतृत्व में पाकिस्तान की माँग कर रहे थे। इन दलों के अलावा राजे-महाराजे थे, जो चाहते थे कि अंग्रेज़ों के जाने पर वे स्वेच्छाचारी हो जाएँ। जवाहरलाल ने उसके सम्बन्ध में यह व्यक्त किया था कि आज के भारत में राजा-महाराजाओं की कोई गिनती नहीं है—संधि के अधिकार जो पत्थर की भाँति निर्जीव पड़े हैं, या राज्यवंश के अधिकार, जिनका जनता की आँखों में कोई मूल्य नहीं है, निरर्थक हैं। तथ्य केवल मानवीय अधिकारों में है। उसी मापदंड को सामने रखकर हम समस्याओं पर विचार और निर्णय कर सकते हैं। समाजवादी लोग कह रहे थे कि भारतवर्ष में एक समाजवादी ढंग की शासन-व्यवस्था होनी चाहिए, जिसमें सभी व्यक्तियों को उन्नति का पूरा-पूरा अवसर मिले तथा सारा अधिकार जनता का हो। अम्बेडकर अपने को छः करोड़ हरिजनों का नेता कहते थे। वे राष्ट्रीय हित से भी प्रधान अपने वर्ग को समझते थे। वे हरिजनों को हिन्दुओं से पृथक् मानना चाहते थे।

इंग्लैंड से मन्त्रियों का एक मन्त्रिमण्डल योजना लेकर आया। योजना पर बहुत वाद-विवाद हुआ। अन्त में, भारत का विभाजन हो गया। पाकिस्तान पृथक कर दिया गया। पाकिस्तान के प्रथम गवर्नर जनरल जिन्ना बनाए गए। भारत के गवर्नर-जनरल लार्ड माउंटबेटन बने। संयुक्त रक्षा कौन्सिल के अध्यक्ष भी माउंटबेटन बने। परन्तु भारत का गर्वनर-जनरल के लिए भारत की राय नहीं ली गई। पाकिस्तान के गवर्नर-जनरल तो लीग की सहमति से हुआ, पर पाकिस्तान ने स्वच्छन्द आचरण प्रारम्भ कर दिया और देखते ही देखते पश्चिम पंजाब और पूर्वी बंगाल में मार-काट, लूट, आग, बलात्कार, हत्या का बाज़ार गर्म हो गया। चारों तरफ से मारकाट, लूटमार के समाचार आने लगे, और देखते ही देखते यह हत्याकाण्ड ऐसा विराट रूप धारण कर गया जो मानव-जाति के इतिहास में अपना सानी नहीं रखता था। इस समय की पिशाच-लीलाओं का वर्णन लेखनी नहीं कर सकती। लायलपुर, मिण्टागुमरी, शेखूपुरा, लाहौर और गुजराँवाला सिक्खों के गढ़ थे। वहाँ से उन्हें बुरी तरह भागना और मरना पड़ा। लाहौर और कलकत्ता के

बाज़ारों में भयंकर अग्नि की गगनचुम्बी लपटें उठीं। निरीह औरतों, बच्चों, बूढ़ों, जवानों के आर्तनाद; घरों, कूचों बाज़ारों में, अस्पतालों में दम तोड़नेवालों की हिचकियाँ सुनाई पड़ीं। कलकत्ता से आग की भयंकर लपटें नोआखाली, बिहार, इलाहाबाद, बम्बई और दिल्ली आ पहुँचीं।

36

शराब में डूबे हुए और ऐयाशी की आग में झुलसे हुए मुगल तख्त को फिर से वीरान लालकिले में आबाद करने के दिल्ली के मुसलमानों के मनसूबे जैसे पर लगाकर उड़ चले। विभाजन की बातें चल रही थीं, तभी जिन्ना का डाइरेक्ट ऐक्शन दिल्ली में बड़ी-बड़ी तैयारी कर रहा था। बन्दूक, गोले-गोली, तोपें, पिस्तौल, बम, ट्रान्समीटर सब कुछ दिल्ली की गुप्त हवेलियों में तैयार था। और दिल्ली को फतह करने की एक तारीख भी मुकर्रर हो चुकी थी–इक्कीस अगस्त।

दरियागंज के एक मुस्लिम प्रेस में श्री खन्ना, एक युवक, कई महीने से कम्पोज़ीटर की नौकरी बजा रहा था। वह दिलीप का गोइन्दा था। राष्ट्रीय संघ समिति की आज्ञा से वह इस ड्यूटी पर तैनात हुआ था। नाम यहाँ उसने अपना बताया था 'शकूर' और रहने वाला शाहाबाद ज़िले के किसी देहात का। सभी उसे बूदम समझते थे। बनाते थे। वह घुन्ना बना अपना काम करता रहता था–वास्तव में रहने वाला था वह कटरा नील का। यह मुहल्ला हिन्दू रईसों का मुहल्ला है। इसके द्वारा प्रतिक्षण मुस्लिम षड्यन्त्रों की सूचनाएँ दिलीप को मिलती रहती थीं। एक दिन शकूर ने देखा, उसके पड़ोसी कम्पोज़ीटर के सामने एक पर्चा पड़ा है। पर्चे में इक्कीस अगस्त के डाइरेक्ट ऐक्शन का प्रोग्राम था। उस पर अर्जेंट लिखा था–और पास वाला युवक जल्दी-जल्दी इसे कम्पोज़ कर रहा था। खन्ना ने कहा, "यार, इस कदर बेतहाशा किस काम में मशगूल हो?"

साथी ने कहा, "अरे शकूर, अर्जेंट पर्चा है, ज़रा मदद कर, कुछ लाइन कम्पोज़ कर दे।"

शकूर ने नखरे से कहा, "वाह, मेरे पास अपना ही काम क्या कम है? फोरमैन दोपहर को कान ऐंठ देगा।"

"नहीं यार, दस मिनट ही का तो काम है। ले, ज़रा झपाके से हाथ चला।"

परचा उसने उसके सामने सरका दिया। शकूर अपने हाथ का काम छोड़ साथी की मदद करनें लगा।

पर्चे को पढ़ते-पढ़ते शकूर को पसीना आ गया। तब क्या इक्कीस अगस्त को दिल्ली उलट-पलट हो जाएगी? उँगलियाँ उसकी केसों में बिखरे हुए टाइप को ढूँढ़ रही थीं, और मन उसका मचल रहा था दूसरी ही जगह। उसे एक अवसर भी मिल गया। पेशाब करने के बहाने वह उठा। परचा उसने जेब में डाला। साथी का ध्यान दूसरी ओर था। पेशाबघर में घुसकर वह दूसरी ओर दीवार कूद गया, फिर वह भागा दिलीप के पास। कुछ दूर ट्राम ली, फिर पैदल।

थोड़ी ही देर में साथी का उधर ध्यान लगा। कहाँ गया शकूर का बच्चा, और पर्चा कहाँ है? सामने बिखरे कागज़ों में उसने बहुत टटोला। उसका चेहरा फक हो गया। क्षण-भर बाद ही प्रेस में हलचल मच गई। शकूर की तलाश में गोइन्दे दौड़े।

परचा पढ़कर दिलीप सकते की हालत में हो गया। वह सोचने लगा। इक्कीस अगस्त को दिल्ली में भी लाहौर की ज्वाला उठेगी। चाँदनी चौक अनारकली की भाँति धाँय-धाँय जलेगा। केबिनट के हिन्दू वज़ीर मार डाले जाएँगे। यहाँ भी हिन्दू बालाओं पर बलात्कार होगा। नहीं, नहीं, मेरे रहते यह नहीं होगा।

दिलीप ने तुरन्त कहा, "खन्ना, तुम्हीं को सब भुगतना पड़ेगा भाई। जो कुछ करना है आज, अभी कर दो कल तो फिर इक्कीस है ही।" वह उठा बक्स के कागज़ में लपेटा हुआ एक बण्डल निकाला। उसे देते हुए कहा, "खूब होशियारी रखना। और अपने दाँव का कोई मौका चूकना नहीं। बस फतेहपुरी की मस्जिद पर, अँधेरा होते ही।" खन्ना ने बण्डल लिया और चुपचाप एक ओर चल दिया। दिलीप ने भी साइकिल पकड़ी। ढाई बज रहा था। तीन बजे उसे शरणार्थियों की विराट सभा में भाषण देना था। वह तीर की तरह सभा-स्थल की ओर भागा।

बहुत आदमी जमा हो चुके हैं। पर अभी मीटिंग का समय नहीं हुआ था। खबर थी, पुलिस मीटिंग न होने देगी। दिलीप ने समय की प्रतीक्षा न की। मंच पर खड़े होकर वह गरजा। वही पुर्ज़ा उसके हाथ में था। भारतीय क्रान्ति के इतिहास में यह पहला ही भाषण था जब दिलीप ने हिन्दुओं को डाइरेक्ट ऐक्शन का मर्म समझाकर इस समय तत्क्षण 'करने और मरने' का सन्देश दिया। दिलीप का प्रत्येक शब्द आग का शोला था। सभा के स्त्री-पुरुष, तरुण-वृद्ध सभी का खून खौल उठा—संयम, धैर्य, व्यवस्था, कायदा कुछ भी नहीं सोचा गया। दाँत के बदले दाँत

और नाक के बदले नाक, बस यही नारा बुलन्द हुआ। लोग पीड़ित थे, लुट चुके थे। किसी की आँखों के सामने उसकी बहुओं-बेटियों की लाज लूटी गई थी—किन्हीं को अपनी बेटियों को आग में भस्म करना पड़ा था। पीढ़ियों की कमाई, बाप-दादों का घर-द्वार, देश, कारबार वे छोड़कर खानाबदोशों की भाँति यहाँ आकर पड़े थे। उन्हें प्राणों का भला क्या मोह! जीवन की भला क्या चिन्ता! भले-बुरे का भला क्या ज्ञान! प्रचण्ड प्रलय की ज्वाला उनके हृदयों में जल उठी। किसी प्रकार की बाधा-व्यवस्था की आन मानने का वह वातावरण ही न था। शताब्दियों बाद खुले मंच पर मुँह खोलकर एक हिन्दू ने ललकारा था—"मारो!" जब तक पुलिस सतर्क हो तब तक तो लोग बिखर गए, जनून में भरे हुए। दिलीप सीधा स्टेशन पहुँचा। इस समय एक बलूची फौज की एक टुकड़ी शरणार्थियों की गाड़ी को लेकर जंक्शन पर पहुँची थी। सभास्थल से भागे हुए तरुणों ने समझा, दिल्ली पर हमला करने वह नई सेना आई है। आमना-सामना होते ही छुरेबाज़ी होने तथा गोलियाँ चलने लगीं। देखते-देखते लाशें तड़पने लगीं। इस समय दिल्ली स्टेशन एक भटियारखाना बना हुआ था। विशाल स्टेशन के प्लेटफार्म पर तिल धरने की जगह न थी। अनेक शरणार्थी अपना चौका-चूल्हा, चर्खा, खाट, पीढ़ी लिए जहाँ-तहाँ पड़े थे। दिलीप ने ज्यों ही गोली की आवाज़ सुनी, वह दो-दो, चार-चार छलाँगें भरता हुआ उधर जा पहुँचा। इसी समय सामने एक रेल-डिब्बे में ज़ोरों का भड़ाका हुआ। ऐसा मालूम हुआ जैसे अभी स्टेशन फट पड़ा। स्टेशन पर थोड़ी-सी हथियारबन्द फौज तैनात थी। वह अभी बलूचियों की ओर जा ही रही थी कि इस धड़ाके की ओर दौड़ पड़ी। डिब्बे को उसने घेर लिया। डिब्बे में 'अमरोहा-मुरादाबाद' जाने वाले मुसलमानों का एक गुट था। गुट के सामान से ढेर-छुरे, बम, पिस्तौल और विध्वंसक सामग्री मिली। सभी को गिरफ्तार कर लिया गया। परन्तु बहुतेरे आँख बचाकर भीड़ में मिल गए। इस समय तक स्टेशन पर छुरेबाज़ी और तलवार के खुले हाथ चल रहे थे। बीसों लाशें तड़प रही थीं। लोग जिधर जिसका मुँह उठता था भाग रहे थे।

सदर बाज़ार, हौज़काज़ी, फतेहपुरी, बल्लीमारान में कोई हिन्दू सही-सलामत नहीं आ-जा रहा था। खन्ना इस समय फतेहपुरी में बंडल बगल में दबाए घूम रहा था, अब उसमें अन्धकार होने तक रुकने का धैर्य न रहा। भीड़भाड़ की वजह से माल से लदी बहुत-सी ट्रकें वहाँ अड़ी खड़ी थीं। एक पर चढ़कर उसने खूब जोर से वह बंडल फतहपुरी मस्जिद के द्वार पर फेंक दिया। बण्डल का बम फटते ही बड़ा भारी धड़ाका हुआ और भगदड़ मच गई। मुसलमानों को पहली

बार भय का सामना करना पड़ा। चारों ओर से शरणार्थियों और मुसलमानों ने अपनी-अपनी घात पाकर छुरे चलाने आरम्भ कर दिए।

शुक्रवार का दिन था और जामा मस्जिद में जुमे की नमाज़ अदा करने को कोई साठ हज़ार मुसलमान जमा हो गए थे। सम्भवतः यहाँ से डाइरेक्ट ऐक्शन होने वाला था। दिलीप ने जल्दी-जल्दी इसकी सूचना डिप्टी कमिश्नर को दी। डिप्टी कमिश्नर ने जितनी सेना और पुलिस वे ला सके, लाकर जामा मस्जिद को घेर लिया। नमाज़ अदा होने के बाद उन्होंने दस-दस आदमियों को बाहर आने का आदेश दिया। तनी हुई संगीनें देखकर मुसलमान घबरा गए। दस-दस की संख्या में वे आने लगे। तलाशी लेने पर उनके पास छुरे, बम, पिस्तौलें बरामद होने लगीं। देखते ही देखते छुरों और पिस्तौलों के ढेर हो गए। बहुत आदमी लारियों में भरकर जेल भेज दिए गए।

दुर्भाग्य से इस समय दिल्ली में सेना बहुत कम थी। सेना तथा पुलिस में अधिकांश मुसलमान भरे थे, जिन पर भरोसा नहीं किया जा सकता था। डिप्टी कमिश्नर ने मेरठ से सहायता माँगी थी, जिसकी क्षण-क्षण आशा की जा रही थी। जामा मस्जिद की तलाशी से निबटकर डिप्टी कमिश्नर ने एक टुकड़ी सेना के साथ दिल्ली के संदिग्ध मुहल्लों में गश्त लगाना आरम्भ किया। चितली कब्र के पास होकर वे एक गली में घुसे। इसी गली में एक मकान में विद्रोहियों का अड्डा था। उन्होंने समझा कि हमारा भेद पाकर पुलिस ने हम पर रेड की है। असंयत होकर उन्होंने गोली दागना शुरू कर दिया। सेना ने भी मोर्चा गांठा। दोनों ओर से गोलियों की बौछार चलने लगी। सेना के सिपाही और गोली-बारूद चुकने लगा। चिन्ता की सिकुड़न डिप्टी कमिश्नर के माथे पर पड़ी—इसी समय मेरठ से सहायता आ गई। आठ घण्टे की अग्निवर्षा के बाद सब लोग पकड़ लिए गए। बहुत से ट्रांसमीटर हाथ लगे। यहीं पर सब्ज़ीमण्डी के एक ज़मींदोज़ खतरनाक अड्डे का पता चला। परन्तु मिलिटरी की सहायता मिलने से प्रथम ही सब्जीमण्डी के मोर्चे से बम और गोलियाँ राह चलतों को भूनने लगीं। दिलीप ने सुना। कुल इक्कीस तरुणों को लेकर उस मोर्चे पर पहुँचा, जिसके सामने लाशों का ढेर लगा हुआ था। इन इक्कीस तरुणों के पास सिर्फ तीन बन्दूकें थीं। उनसे कोई काम नहीं निकल सकता था। मिलिटरी की सहायता भी समय पर नहीं पहुँच रही थी। यदि उस रात अड्डे को नियन्त्रित नहीं किया जाता तो शहर की खैर नहीं है। अब तक पचासों मकान जला डाले गए थे जिनमें जलती हुई आग की लपटें उस रात में बड़ी भयानक लग रही थीं। दिलीप को सूचना मिली,

मुहल्ले के कुछ रईसों के पास बन्दूकें हैं, जिन्हें उन्होंने मखमली खोलों में सजाकर रख छोड़ा है। इस समय भी वे उनसे काम लेना नहीं चाहते थे। सब घरों में छिपे बैठे थे। दिलीप ने तय किया, पहले उन बन्दूकों को ही कब्ज़े में लेना चाहिए। तीन बन्दूकों को ताने हुए वे, एक-एक करके उन रईसों के बंगलों में घुस गए और ज़बरदस्ती उनकी बन्दूकें छीन लाए। इनमें बहुतेरों ने पुलिस को फोन किए कि डाकू हमारी बन्दूकें छीन ले गए हैं। पर पुलिस किसकी सुनती थी! अब सत्रह बन्दूकों से लैस होकर दिलीप ने अपने तरुणों को हुक्म दिया कि प्रत्येक युवक पड़ोस के घरों से एक-एक तवा उठा लाकर छाती से बाँध ले। आनन-फानन में तवे छातियों पर बँध गए। छाती पर बाँधकर ये इक्कीस तरुण अपनी बन्दूकों को ले, जितना जहाँ गोला-बारूद मिला, कब्ज़ा कर पेड़ों और मकानों की आड़ में मोर्चे बनाकर फायर करने लगे। वह एक ऐसा जबर्दस्त प्रतिरोध था जिसने आततायियों को बाहर निकलने से रोक दिया। रात-भर दोनों ओर से गोलियाँ चलती रहीं। चार बजे सुबह मिलिटरी ने आकर अड्डे और बम और मशीनगनों से आक्रमण किया। और पहर दिन चढ़ते-चढ़ते अड्डे पर अधिकार कर लिया।

दिल्ली के विद्रोहियों के ये दो प्रबल अड्डे थे। यों तीन दिन तक दिल्ली की गली-गली, कूचे-कूचे से मारकाट होती रही। पर मुसलमानों का बल टूट गया और वे भयभीत होकर भागने लगे। हिन्दुस्तान की विजय सपना हो गई। पाकिस्तान पहुँचना दूभर हो गया। गली-कूचों में लाशें सड़ने लगीं। सारा शहर दुर्गन्ध से भर उठा। सब व्यवस्था छिन्न-भिन्न हो गई। मुसलमान अपने बाल-बच्चों, परिजनों को तांगों पर, ठेलों पर, मोटरों पर, घोड़ों पर लादकर पंक्ति-पंक्ति उदास और भयभीत दृष्टि से दिल्ली और लालकिले पर हसरत की नज़र डालते हुए घर-बार छोड़कर हुमायूँ के मकबरे की ओर जा रहे थे। शहर में सिक्ख शरणार्थी और राष्ट्रीय संघ के तरुण बिफरे बाघ की भाँति सीना ऊँचा करके घूम रहे थे। दिल्ली ने सात सौ वर्षों के बाद ये दिन देखे थे। यह दिल्ली तो वास्तव में मुसलमानों की ही नगरी थी। यहाँ की भाषा, रंगत, अमीरी, नज़ाकत, शहरियत सभी कुछ मुसलमानों का था। सात सौ वर्ष तक हिन्दू अर्ध-दासता भोगते रहकर दिल्ली की चौखट पर माथा टेकते रहे थे। उसी दिल्ली को, वैसा ही भरा-पूरा गुलज़ार छोड़, उस पर हसरत की नज़र डालते हुए, उसकी सम्पन्न सड़कों पर सदा के गुलाम हिन्दुओं को शेर की तरह घूमते देखते हुए वे चले जा रहे थे। यह कालचक्र का परिवर्तन था, जो अभूतपूर्व था।

37

डाक्टर ने सूखे मुँह घबराए आकर अरुणा से कहा, ''दिलीप रंगमहल में आग लगाने गया है, बहुत-से संघी गुण्डे उसके साथ हैं।''

अरुणादेवी का मुँह भय से सफेद हो गया। उन्होंने कहा, ''तो अब बानू का क्या होगा?''

''मेरी समझ में नहीं आता, क्या किया जाए।''

''तुम्हें खुद जाकर उन्हें यहाँ ले आना चाहिए था।''

''मैंने बहुत कहा, पर उन्होंने किसी तरह आना स्वीकार नहीं किया।''

''दिलीप को तुम समझाओ।''

''बेकार है, उस पर खून सवार है। क्या मैंने उसे कम समझाया है? समझाने-बुझाने का यह नतीजा हुआ कि आज आठ दिन से उसकी सूरत तक नहीं दिखाई दी।''

''लेकिन बानू की सुरक्षा तो करनी ही होगी, चाहे जो भी हो।''

''पर हम कर भी क्या सकते हैं?''

''मुझे जाना होगा, क्या कोई सवारी मिलेगी?''

''पागल तो नहीं हो गई हो, देखती हो शहर का क्या हाल है!''

''जो भी हो।'' अरुणादेवी ने एक क्षण भी खोना खतरनाक समझा, अंग पर दुपट्टा डाल जैसी खड़ी थी चल खड़ी हुईं।

''यह क्या कर रही हो, सुनो तो!''

''तुम समझते नहीं हो, बानू की जान पर आ बनी है।''

''तो फिर सुशील को साथ लेकर मैं जाता हूँ।''

''नहीं, और किसी का काम नहीं है। बानू के बिना हुक्म, मैं किसी से उनके सम्बन्ध में कुछ नहीं कह सकती।''

''तब ठहरो, मैं भी चलता हूँ।'' डाक्टर भी अरुणादेवी के साथ हो लिए। चलती बार सुशील को उन्होंने सावधान करके कहा, ''हमें देर लग सकती है। सम्भव है रात को भी न आ सकें, पर तुम चिन्ता न करना।''

सुशील, शिशिर और करुणा भय और उद्वेग से देखते रह गए और ये दोनों कर्मठ पति-पत्नी पैर बढ़ाते हुए मुसलमानों के मुहल्ले में घुसे।

चलते-चलते डाक्टर ने कहा, 'सुनती हो, हम लोग बड़े ही खतरे में जा रहे हैं। कोई भी मुसलमान अपने घर से हमें गोली मार सकता है।''

''कोई सवारी मिल जाती तो ठीक था।''

''सम्भव नहीं है।'' उन्होंने चारों ओर व्याकुल दृष्टि से देखा। परन्तु अरुणादेवी द्रुतगति से कदम बढ़ाती चली जा रही थीं। फर्राशखाना आ गया। वे गली में घुसे। विचित्र शब्द, शोरगुल और भय का वातावरण जैसे उन्हें निगले जा रहा था, परन्तु वे दोनों मूर्तियां तो आगे बढ़ती जा रही थीं। गली सूनी थी–एकाध कुत्ता भौंक रहा था। दोनों रंगमहल के निकट सही-सलामत पहुँचे। सामने कोई पचास कदम पर रंगमहल था। रंगमहल की ओर से बड़ा भारी शोर आ रहा था। दिलीप का दल वहाँ पहुँच चुका था। दल में बहस हो रही थी। दल के लोग कह रहे थे–पहले रंगमहल को लूट लो, उसके रहनेवालों को मार डालो, पीछे उसमें आग लगा दो। दिलीप कह रहा था–नहीं, आग लगा दो। सब कुछ भस्म हो जाने दो।

इसी समय डाक्टर और अरुणादेवी वहाँ पहुँच गए। भीड़ में उन्होंने एक शब्द भी न कहा, न उन्होंने दिलीप की ओर आँख उठाकर देखा। वे दोनों भीड़ को धकेलते हुए भीतर घुस गए। भीड़ में कुछ लोग डाक्टर को पहचानते थे, कुछ नहीं। जो पहचानते थे वे ज़रा दुविधा में पड़े कि इस समय दिलीप के माता-पिता को यहाँ आने का क्या काम था?

वे दिलीप का मुँह ताकने लगे। उनकी बहस बन्द हो गई। जो नहीं जानते थे वे भी जान गए, दिलीप के माता और पिता आए हैं। उन लोगों का वहाँ आने का उद्देश्य क्या है–यही जिज्ञासा सबकी आँखों में फैल गई। उनका विवाद भी जहाँ का तहाँ रुक गया।

डाक्टर और अरुणा देवी वहाँ रुके नहीं, भीतर की पौर पर चढ़ते चले गए। दिलीप ने आगे बढ़कर कहा, ''बाबूजी, आप वहाँ कहाँ आ रहे हैं, ज़रा ठहरिए।'' डाक्टर ने रुककर पीछे को देखा।

दिलीप ने पास पहुँचकर कहा, ''इस समय आप यहाँ क्यों आए हैं? कृपा कर घर चले जाइए।''

डाक्टर ने कहा, ''दिलीप, मैं बाप होकर बेटे से यह नहीं पूछता कि वह इतनी भीड़ को लेकर यहाँ क्यों आया है, फिर बेटा बाप से क्यों जवाब तलब करता है? हर एक आदमी का जुदा-जुदा मतलब होता है, जुदा-जुदा उद्देश्य होता है। तुम्हारा उद्देश्य कुछ और है और मेरा कुछ और। हम दोनों के दो भिन्न मार्ग हैं। वह मैंने जान लिया है, तुमसे कुछ कहना बेकार है; और अब तुम यह जान लो, मुझसे भी कुछ कहना बेकार है।''

"आप समझते नहीं हैं बाबूजी, हम इस रंगमहल में आग लगाने जा रहे हैं। आप यहाँ से चले जाइए।"

"मैं खूब समझता हूँ। शैतान तुम पर सवार है। परन्तु बेटे के पाप में माँ-बाप का भी हिस्सा है। यहाँ रंगमहल में एक बानू रहती हैं। वे अकेली महिला हैं। उनकी प्राण-रक्षा करने या उन्हीं के साथ जल मरने के लिए हम लोग आए हैं। तुम भी यह समझ लो।"

"आप गलती कर रहे हैं बाबूजी।"

"गलती तो हमने तभी की जब तुम्हें हम लोगों ने छाती से लगाकर दूध पिलाकर पाला। अब तो उस गलती का परिमार्जन कर रहे हैं, दिलीप!"

अभी बाप-बेटे की ये बातें हो रही थीं, अरुणादेवी भीतरी आँगन लाँघ चुकी थीं। दिलीप दौड़कर उनके पास पहुँचा और माँ के पैर पकड़कर कहा, "माँ, यहाँ से चली जाओ, चली जाओ माँ!"

अरुणा का चेहरा पत्थर की भाँति कठोर हो गया। उन्होंने कहा, "दिलीप, मुझे तू मत छू, अधर्मी, दूर हो मेरी आँखों से!"

दिलीप ने आज तक अरुणा की वह मूर्ति न देखी थी। वह सकते की हालत में हो गया। अरुणा आगे बढ़कर भीतरी दालान में चली गई। इसी समय उन्हें सामने बानू खड़ी दिखाई दी।

बानू का मुँह सफेद हो रहा था, रक्त की एक बूँद भी उसके मुँह पर न थी। वह दौड़कर अरुणादेवी के पास आकर बोली, "इस समय तुम यहाँ क्यों आईं? तुमने यह क्या किया बहिन?"

किन्तु अरुणा ने लपककर बानू को छाती से लगा लिया। इसी समय लपकते हुए डाक्टर अमृतराय पहुँच गए। उन्होंने कहा, "बन्दूक कहाँ है बानू?"

"भाईजान, आप बहिन को लेकर अभी चले जाइए। मुझ पर जो बीतेगा मैं देख लूँगी। हाथ जोड़ती हूँ भाईजान!"

लेकिन डाक्टर लपककर भीतर घुस गए। बन्दूक उन्होंने उठा ली और जल्दी-जल्दी कारतूस डालकर उसकी नाल दिलीप की ओर सीधी की।

"यह क्या?" बानू ने बन्दूक की नाल काँपते हुए दोनों हाथ में पकड़कर कहा, "वे सैकड़ों हैं, एक बन्दूक से किसे-किसे मारेंगे आप?"

"औरों से मुझे सरोकार नहीं, मैं दिलीप को—इस शैतान बेटे को गोली मार दूँ तो बस।" उन्होंने बन्दूक सीधी की। दिलीप सामने सीधा तना खड़ा था। उसका नाम सुनते ही बानू की पलकें फैल गईं। उसने आँख उठाकर दिलीप की

ओर देखा। होंठ फड़के। उनमें से एक अस्फुट ध्वनि निकली, 'दि-ली-प!''

''दिलीप ही है बहिन, देख लो इसे आखिरी बार, और पहली बार। अरुणा ने बानू की आँख में आँख डालकर कहा। फिर पति को संकेत किया, ''मार दो गोली।''

लेकिन बानू उनके अंकपाश से निकलकर तेज़ी से झपटते हुए बन्दूक की नाल के आगे आ खड़ी हुई। उसने कहा, ''खुदा के लिए भाईजान, बन्दूक मुझे दे दीजिए। उसे जो जी चाहे करने दीजिए।'' और उसने एक तौर से बन्दूक उनके हाथ से छीन ली।

दिलीप ने कहा, ''आप चाहें तो घर से बाहर जा सकती हैं। हम लोग आपको चले जाने देंगे—मगर हम रंगमहल में ज़रूर आग लगाएँगे।'' बानू ने एक बार दिलीप की ओर आँख उठाकर देखा। पर जवाब कुछ नहीं दिया। जवाब दिया डाक्टर ने, जैसे बानू की आत्मा में प्रविष्ट होकर उन्होंने बानू के मन में बात जान ली। उन्होंने कहा, ''हम लोग बाहर नहीं जाएँगे। जाओ, तुम अपना काम करो। उन्होंने उसकी ओर से पीठ फेर ली और कहा, ''अब हम तीनों के अतिरिक्त घर में दो आदमी केवल और हैं, एक बूढ़ी दासी, दूसरे रहमत मियाँ।''

बानू अब साहस करके कदम बढ़ाकर दिलीप के सामने जा खड़ी हुई। उसने स्थिर-शान्त स्वर से कहा, ''दिलीप, रहमत मियाँ और बुआ को तुम चला जाने दो। खुदा तुम्हारा भला करे।''

लेकिन रहमत मियाँ और बूढ़ी दासी ने जाने से इन्कार कर दिया। उन्होंने कहा, ''यह नहीं होगा। आपके कदमों में हम भी सदके।'' रहमत ने एक करारी आवाज़ लगाकर दिलीप से कहा, ''जाओ मियाँ, तुम अपना काम करो।''

परन्तु दिलीप के निर्णय तक अधीर भीड़ ने सब्र नहीं किया। उसने रंगमहल में आग लगा दी। देखते-देखते आग ने फाटक को पकड़ लिया। और घर का आँगन धुएँ से भर गया। बानू और डाक्टर-दम्पती भीतर चले गए। दिलीप किंकर्तव्यविमूढ़ खड़ा रहा।

आग ने रंगमहल को ग्रस लिया। दरवाज़े और खिड़कियाँ धाँय-धाँय जलने लगीं। आग की लाल-लाल लपटें हवा में लहराने लगीं। सम्भवतः इसी समय पुलिस या मिलीटरी की एक टुकड़ी उधर जा निकली। यह देख आततातियों की भीड़ भाग गई, डाक्टर-दम्पती और बानू के साथ दिलीप भी आग में घिर गया।

किन्तु आग अभी तक यहाँ भीतरी कक्ष में नहीं पहुँची थी। दिलीप अब एक क्षण को भी देर न कर भीतर की ओर लपका। उसने इधर-उधर देख एक

बड़ी-सी रस्सी उठा पिछवाड़े की खिड़की में बाँधी और अरुणा के पास आकर कहा, "अम्माँ, ईश्वर के लिए इस खिड़की की राह तुम बाहर निकलो।"

अरुणा ने कहा, "तुम्हें जो कुछ कहना हो, बानू से कहो। हमारा जो कुछ होगा, उन्हीं के साथ।"

दिलीप ने बानू के पास जाकर कहा, "माँ को आप समझाइए–जो होना था हो चुका। कृपा कर आप इस खिड़की की राह निकल जाइए, आग अभी यहाँ नहीं पहुँची है।"

किन्तु बानू ने इसका कोई जवाब नहीं दिया। दिलीप ने कहा, "आप लोग यदि मेरी बात नहीं सुनते हैं तो मैं भी यहीं जल मरूँगा।"

दिलीप भी उनके साथ आग में घिर गया है, इस पर बानू का ध्यान ही नहीं गया था। अब उसकी यह बात सुनते ही उन्होंने घबराकर कहा, "दिलीप, तुम इस खिड़की की राह निकल जाओ, खुदा के लिए जल्दी करो!" मातृ-हृदय जैसे आकुल-व्याकुल होकर बानू की वाणी में व्याप गया। इसी समय पहली बार दिलीप ने बानू के मुँह की ओर देखा। पहली बार दोनों की आँखें चार हुईं, और किसी अज्ञात प्रेरणा ने उसे बानू के पैरों में झुका दिया। उसने कहा, "आपके हाथ सभी की जान है। आप न जाएँगी तो माँ और बाबूजी भी नहीं जाएँगे। मैं भी न जाऊँगा। आप ही हम सबको बचा लीजिए। आपके खुदा के नाम पर!" न जाने अन्तरात्मा की किस गहराई से दिलीप की आँखों में आँसू भर आए।

बानू का मन बदल गया। उसने अरुणा से कहा, "चलो बहिन, दिलीप की बात ही रहे।" उन्होंने डाक्टर की ओर देखकर पुकारा, "भाईजान, जल्दी कीजिए।"

"आप चलेंगी?"

"चलूँगी भाईजान।"

फुर्ती से डाक्टर खिड़की पर आ गए। रस्सी को जाँचा। फिर कहा, "मैं आपकी कमर में रस्सी बाँधता हूँ। आप धीरे-धीरे उतरिए।"

"नहीं, पहले अरुणा बहिन।"

अरुणा ने कहा, "यह नहीं हो सकता।"

"आप समय बर्बाद कर रही हैं।" दिलीप ने अधीर होकर कहा, "बाबूजी, आप नीचे जाकर रस्सी साधिए। मैं एक-एक करके सबको उतारता हूँ।"

डाक्टर चुपचाप रस्सी के सहारे नीचे उतर गए। नीचे पहुँच रस्सी तानकर उन्होंने कहा, "पहले बानू।"

बानू ने कहा, ''नहीं बुआ।''

दिलीप ने गेंद की भाँति बूढ़ी दासी को उठाकर रस्से पर लटका दिया। बुढ़िया सही-सलामत रोती-चीखती नीचे पहुँच गई।

''अब बहिन, तुम।'' बानू ने अरुणा से कहा। किन्तु अरुणा ने कहा, ''यह नहीं होगा—तुम जाओ पहले।''

आग ने अब कमरे को छू लिया। दिलीप ने गुस्सा करके कहा, ''आप सुनती नहीं हैं, क्या आपको भी उसी तरह उठाना होगा।'' वह बानू की ओर बढ़ा। निरीह की भाँति बानू आगे बढ़ी। दिलीप ने उसे सावधानी से नीचे उतार दिया, इसके बाद अरुणा और रहमत मियाँ को भी । यह सब करते-कराते आग खिड़की तक आ पहुँची और ज्योंही दिलीप ने रस्सी पर हाथ डाला, रस्सी का वह सिरा जल उठा। रस्सी दिलीप के भारी बोझ को लिए नीचे आ रही। दिलीप सिर के बल गिरा, सिर फट गया। दिलीप बेहोश हो गया। बानू दौड़कर उसके ऊपर गिर गई।

इस समय वहाँ बहुत आदमी एकत्रित हो गए थे। वास्तविक घटना का किसी को पता न था। आग बुझानेवाले, पुलिसवाले, मिलिटरी भी आ पहुँची थी। सारा महल धाँय-धाँय जल रहा था। लोग इस समय इस तरुण दिलीप की तारीफ कर रहे थे। जिसने वीरतापूर्वक इतने आदमियों की जान बचाई थी।

38

होश आने पर दिलीप ने आँखें खोलीं। उसने इधर-उधर नज़र घुमाई। एक चेहरे पर उसकी नज़र अटक गई। पलंग के पास एक स्त्री कुर्सी पर बैठी थी। वह झुककर उस समय ध्यान से उसे देख रही थी। चेहरा उसने पहचाना नहीं। 'तुम कौन हो?'' यही शायद वह कहना चाहता था, परन्तु होंठों से बोली नहीं फूट रही थी। होंठ केवल हिलकर रह गए। उसने आँखें बन्द कर लीं। जो स्त्री पास बैठी थी उसने दो-तीन चम्मच जल उसके मुँह में डाल दिया।

जल पीकर उसने फिर आँखें खोलीं। अब वह पूरे होश में था। उसने धीरे से कहा, ''आप कौन हैं?''

स्त्री मुस्करा दी। उसने जवाब नहीं दिया। दिलीप एकटक उस मुख को देखता रहा। उसने अपनी स्मृति पर बहुत जोर दिया, सिर दर्द करने लगा। उसने

फिर आँखें बन्द कर लीं। पास बैठी स्त्री ने धीरे-धीरे उसके माथे पर हाथ फेरा। उस कोमल-स्निग्ध हाथ का स्पर्श पाकर दिलीप में जैसे नए प्राणों का संचार हो गया। उसने आँखें खोलकर उसे देखा और पूछा, "आप...आप कौन हैं?"

"क्या पहचानते नहीं?"

"न।" दिलीप ने सिर हिला दिया। स्त्री ने कहा :

"तब जाने दीजिए। पहचानने की क्या ज़रूरत है। जाऊँ, बाबूजी को खबर कर देती हूँ। और स्त्री तेज़ी से उठकर चली गई। उसे रोकने के लिए दिलीप का हाथ उठा का उठा रह गया। थोड़ी ही देर में उस कमरे में डाक्टर, अरुणा, शिशिर, सुशील, करुणा–घर के सभी आदमी आ गए। सबके पीछे बानू।

अरुणा ने आँखों में आँसू भरकर कहा, "कैसा है दिलीप?"

दिलीप ने माँ का हाथ पकड़ लिया। उसने कहा, "मैं क्या बहुत बीमार हो गया था माँ?"

"आज चौथा दिन है, तभी से बेहोश पड़े हो।"

"मैं कहाँ हूँ?"

"क्यों, अपने घर ही में तो हो!"

"करुणा कहां है?"

"मैं यह हूँ भैया।" करुणा आगे आई। उसे ध्यान से देखकर वह 'अच्छा' कहकर चुप हो गया। कुछ देर बाद उसने अपनी स्मृति पर ज़ोर देकर कहा, "उस घटना में सब बच गए न, सब लोग कहाँ हैं?"

"यहीं हैं सब।"

दिलीप ने अपनी आँख घुमाई। बानू सबसे पीछे खड़ी थी। उसकी ओर देखकर दिलीप ने आँखें नीची कर ली। अरुणा ने कहा, "यहाँ आओ बहिन, यहाँ बैठो।"

बानू आकर दिलीप के सिरहाने खड़ी हो गई। दिलीप ने फिर उसकी ओर देखकर कहा, "आप तो मुझसे नाराज़ नहीं हैं?"

उत्तर में बानू तकिए के सहारे बैठ दिलीप के सिर पर हाथ फेरने लगी।

दिलीप ने कहा, "समझ गया, आपने माफ कर दिया।" पर इसी समय उसे फिर उस मुख की याद आ गई, जिसे उसने होश में आने पर पहली बार देखा था। उसने आँख उठाकर चारों ओर देखा था। अनेक चेहरे थे, पर वह नहीं था। उसने फिर आँखें बन्द कर लीं। वह उसी मुख का ध्यान करने लगा। वह कौन था? इसी समय दो गर्म बूँदें उसके माथे पर गिरीं। दिलीप ने आँख खोलकर

देखा। बानू के आँसू ढरक रहे थे।

उन आँसुओं को देख दिलीप की अन्तरात्मा जैसे कराह उठी। अपने कुकृत्य पर जैसे वह लज्जा और ग्लानि से दब गया। पर उसके मुँह से शब्द न निकले। किन्तु न जाने कहाँ से आँसू उसकी आँखों से भी ढरकने लगे।

इतनी देर बाद डाक्टर ने कहा, ''अब इसके पास भीड़भाड़ न करो। फोन कर दिया है। डाक्टर भटनागर आ रहे हैं। चोपड़ा भी हैं। वे देख लें तो प्रेस्क्रिपशन लिखा जाए।''

फिर उन्होंने दिलीप को लक्ष्य करके कहा, ''कुछ तकलीफ तो नहीं है दिलीप?''

''सिर में बहुत दर्द है।''

''ठीक है, अच्छा अब सब कोई यहाँ से जाओ, इसे आराम की बहुत ज़रूरत है। अब खतरे की कोई बात नहीं है।''

इसी समय डाक्टर लोग आ गए। सब लोग कमरे से बाहर चले गए। सलाह-मशवरा करके नुस्खा लिखा। डाक्टरों के जाने पर अरुणा और डाक्टर ने उसका हाथ-मुँह साफ किया, थोड़ी गर्म कॉफी दी। ज़ख्मों पर मरहम-पट्टी की, और उसे आराम करने को कहकर चले गए। थोड़ी देर बाद दिलीप सो गया।

बहुत देर तक सोता रहा। आँख खुली तो देखा—वही मुख।

उसी मुख ने कहा, ''अब तबीयत कैसी है?''

''अच्छी है।'' दिलीप देर तक एकटक उसी मुख को देखता रहा, फिर एकाएक बिजली-सी उसकी आँखों में कौंध गई। उसने काँपते कण्ठ से कहा, ''तुम!''

मुख ने हँसकर कहा, ''पहचान लिया?''

''हूँ!'' दिलीप ने हाथ बढ़ाकर उसका हाथ पकड़ लिया। उस मुख की स्वामिनी ने हाथ नहीं खींचा—किन्तु कोमल-स्निग्ध स्वर से कहा, ''कुछ चाहिए?''

''नहीं।'' दिलीप चुपचाप आँखें बन्द किए बहुत देर तक उन कोमल चम्पे की कली के समान उँगलियों को अपनी मुट्ठी में कसे चुपचाप पड़ा रहा। फिर उसने आहिस्ता से हाथ छोड़ दिया। आँखें खोलीं। पूछा, ''कब आई?''

''आज पाँचवाँ दिन है।''

''बाबूजी भी हैं?''

''नहीं। आए थे—पर चले गए। एक-दो ज़रूरी खून के मुकदमे थे।''

''तुम नहीं गईं?''

''करुणा ने नहीं जाने दिया।''

कुछ देर दिलीप चुपचाप नीचे ताकता रहा। फिर बोला, ''तुम्हें क्या मेरी बीमारी की खबर दी गई थी?''

''हाँ।''

''करुणा ने खत लिखा था?''

''नहीं, तार दिया था।''

''बाबूजी ने आपत्ति नहीं की, तुम्हें लेकर चले आए?''

''आपत्ति की थी, पर मैं हठ करके चली आई।''

''और अब?''

''अब भी, वे तो छोड़ना नहीं चाहते थे, लेकिन मैं रह गई।''

''क्यों?''

''करुणा ने ज़िद्द की, नहीं जाने दिया।''

''बस, या और कुछ?''

''और कुछ क्या?''

दिलीप ने फिर उसकी कोमल उँगलियाँ मुट्ठी में कस लीं। फिर उसकी आँखों से आँखें मिलाकर कहा, ''अपने मन से नहीं रहीं?''

''मेरा भी मन था।''

''अच्छा!'' दिलीप ने फिर उसका मुँह देखा। मुँह से हँसी फूटी पड़ रही थी। कुछ रुककर दिलीप ने कहा, ''तुम्हारा मन क्यों था भला?''

''मेरा एक काम था—सोचा, उसे निपटाती चलूँ।''

''कौन काम था?''

''जब मैं पिछली बार आई थी, मैंने एक आदमी को एक घड़ी दी थी, उसी घड़ी की बात पूछनी थी।''

''क्या बात पूछनी थी?''

''कि घड़ी ठीक-ठीक चल भी रही है या ठप्प पड़ी है।''

दिलीप ने जवाब नहीं दिया। आहिस्ता से उसका हाथ खींचकर अपने वक्षस्थल पर रख लिया। वक्ष पर उस हाथ को अपने हाथ से दबाकर कहा, ''देखो ज़रा, घड़ी चल रही है या ठप्प पड़ी है।''

और उस मुखर मुख की बोलती बन्द हो गई। उसकी फूटती हँसी भी गायब हो गई। उस पर प्रभात की अरुण आभा की भाँति लाली फैल गई। उन चम्पक उँगलियों में भी कम्पन होने लगा। उसने आहिस्ता से हाथ खींच लिया, और वह

चुपचाप उठकर वहाँ से चली गई। और दिलीप जैसे विश्व की सम्पदा को अपने वक्ष में भरकर आनन्द और ऐश्वर्य में मग्न हो गया।

39

भरपूर नींद सो लेने पर दिलीप का मन बहुत हल्का हो गया। जब उसकी आँख खुली तो वह बहुत खुश था। वह उत्फुल्ल मुख और कोमल उँगलियाँ उसके अन्तस्तल में स्पन्दन कर रही थीं। इसी समय दरवाज़े पर खटका सुनकर उसने उधर आँख उठाई, आशा और उल्लास से उसके नेत्र स्फीत हो गए। द्वार खुला और करुणा चाय की ट्रे लेकर भीतर आई। दिलीप का मन बुझ गया। उसने मुँह फेर लिया। करुणा ने चाय की ट्रे स्टूल पर रखकर कंधे पकड़कर दिलीप को तकिये के सहारे उकसाया। फिर पलंग पर बैठ एक टोस्ट पर मक्खन लगाने लगी। दिलीप ने कुढ़कर कहा, ''मैं चाय नहीं पीऊँगा।''

''क्यों?''

''मेरा मन।''

''लेकिन मेरा मन है, पी लो। फर्स्टक्लास चाय बनी है।

''मुझे नहीं पीनी, कह दिया।''

''तो मैं जाकर अम्माँ से कहती हूँ।''

''तू लाटसाहब से कह दे।''

''अच्छा, लाटसाहब को भेजती हूँ।''

दिलीप ने घूँसा तानकर कहा, ''मार खाएगी तू।'' करुणा हँसती हुई भाग गई।

थोड़ी देर में दरवाज़ा फिर खुला। दिलीप मुँह फेरकर सो रहा था। किन्तु उसके कानों ने सुना—कोई कह रहा है, ''मुझे बुलाया था?''

दिलीप ने मुँह फेरकर देखा। वही मुँह, वही उँगलियाँ। उसने कहा, ''क्या?''

''मुझे बुलाया था?''

''नहीं तो।''

''तब जाती हूँ।'' वह मुड़ी, तो दिलीप ने हाथ बढ़ाकर उँगलियों की पोर का स्पर्श किया। जानेवाली रुक गई। रुककर पूछा, ''क्या चाय बना दूँ?''

''बना दो।''

वे ही उँगलियाँ चाय बनाने लगीं। तब उसने कहा, ''करुणा चाय बना रही थी उसे भगा क्यों दिया?''

''मैंने कहाँ भगाया?''

''किसने कहा?''

''करुणा ने।''

''क्या?''

''कहा, तुम्हें बुलाते हैं।''

दिलीप के होंठों पर मुस्कान फैल गई। उसने कहा :

''समझा, लाटसाहब आप ही का नाम है।''

''लाटसाहब?''

''वह कह गई थी—लाटसाहब को भेजती हूँ।''

उस मुख पर भी मुस्कान फैल गई। जब वे उँगलियाँ प्याला देने लगीं, तो उँगलियों-सहित प्याला दिलीप ने अपने हाथों में ले लिया। प्याले से उँगलियाँ पृथक् न हो सकीं। एक हल्का-सा झटका पाकर वह पलंग पर बैठ गई। लाज से वह मुखर मुख एक बार फिर लाल हो उठा।

दिलीप ने उसे खींचकर अंक में भर लिया। उसने कहा, ''क्या सचमुच माया, तुमने मुझे क्षमा कर दिया? मेरा अपराध तो छोटा न था। मैंने बाबूजी का अपमान किया था।''

''लेकिन...''

''लेकिन क्या?''

''अब जाने भी दीजिए।''

''कहो माया, दिल की घुंडी खोल दो, जो मन में है कह दो, अब दुविधा में न रखो, यह जीवन अब तुम्हारे हाथ है, कह दो तुमने मुझे अपना लिया।''

''अपने मन से ही क्यों नहीं पूछ लेते?''

''मन से भी पूछ लूँगा। पहले...''

''लेकिन...''

''कहो, लेकिन क्या?''

''आपकी आँखें आपकी बातों का उपहास कर रही थीं उस दिन, इसी से...''

''ओह, तो तुमने सिर्फ मेरी बेवकूफी को ही नहीं, दर्द को भी जान लिया था!''

''जान लिया था—तभी तो।''

"लेकिन बाबूजी?"

"वे समुद्र हैं, उनकी सहन-शक्ति की थाह नहीं है, फिर एक और बात भी तो है।"

"क्या?"

"अब उसे मत कहलाइए।"

"कहना तो पड़ेगा।"

"तब सुनिए। वे बेटी के बाप हैं, हिन्दू बेटी के। मान-अपमान का विचार करेंगे, तो बेटी को घर से धकेलेंगे कैसे? आप तो हिन्दू धर्मध्वजी हैं, इतना तो ज़रूर जानते होंगे कि हिन्दू की बेटी बाप की छाती पर सिल होती है।"

दिलीप हताश भाव से तकिये पर गिर गया। माया ने कहा, "क्या बहुत बुरा लगा?"

"ओह, समझ गया तुम्हारा गुस्सा। लेकिन माया, तुम्हारे गुस्से का तो मैं मूल्य चुका दूँगा, किन्तु बाबूजी से भी माफी दिला दो।"

"मेरे गुस्से का क्या मूल्य चुकाओगे भला?"

"अच्छी तरह चुका सकूँगा, उतनी पूँजी मेरे पास है!"

"तो बाबूजी से भी आप ही हिसाब बेबाक कर लेना।"

"नहीं, नहीं। उन्हें तो मैं मुँह नहीं दिखा सकता।"

"मुँह तो वे अच्छी तरह देख गए हैं। तीन दिन तक रात-रात-भर बैठे रहे हैं तुम्हारे सिराहने। किसी की न सुनी—न पिता की, न अम्माँ की, न मेरी।"

दिलीप आँखें फाड़कर माया को देखने लगा। उसने दोनों हाथों से अपने सिर के बाल नोच डाले। "हाय, हाय, और मैंने उनका अपमान किया था! मैं अपने को क्षमा नहीं करूँगा—किसी तरह नहीं करूँगा!"

"अब यह कैसा पागलपन है!"

"माया, मैं जान दे दूँगा।"

"खैर, अब ज़रा सो रहो।" वह उठी और कम्बल अच्छी तरह दिलीप की छाती पर सरका दिया। किन्तु दिलीप ने माया को खींचकर अपने ऊपर गिरा लिया। उसने कहा :

"माया, तुमने मेरी बेवकूफी और दर्द को देखा, और कुछ नहीं?"

"और भी कुछ है?"

"यह दम्भ।"

"दम्भ?"

"मैंने अभी कहा न था—तुम्हारे गुस्से का मूल्य चुका दूँगा। उतनी पूँजी मेरे पास है।"

"तो फिर?"

"यह दम्भ ही तो है, कोरा दम्भ!"

"तो इससे क्या? मैंने तो मूल्य चुकता करने की माँग की नहीं। अभी मुझे जल्दी भी नहीं है, चुकाइए धीरे-धीरे या टाट उलट दीजिए।"

"टाट उलटा ही समझो माया, मूल्य मैं न चुका सकूँगा।"

"जाने दीजिए। मैं बेबाकी की रसीद देती हूँ, अब ज़रा सो जाइए।"

"तुम सब कुछ कर सकती हो। इतना बड़ा ऋण बिना ही चुकाए बेबाकी की रसीद दे सकती हो, अपमानित होकर भी मेरे दर्द पर अपना वरदहस्त रख सकती हो, रात-रात-भर इस अधम के पास बैठी रह सकती हो। निस्सन्देह माया, मैं मूल्य नहीं चुका सकता हूँ, लेकिन मेरी एक अर्ज़दाश्त है।"

"वह भी कह डालिए।"

"मुझे मौका तो दो अब जो भी क्षण जीवन के हैं उन्हें सिर्फ तुम्हारे इन चरणों की पूजा करके बिता दूँ।"

दिलीप ने सचमुच माया के दोनों पैर उठाकर अपने वक्ष पर रख लिए।

"यह क्या, यह क्या!" माया घबराकर उठ खड़ी हुई। दिलीप ने फिर उसे वक्ष पर कसकर कहा, "सिर्फ एक बार कह दो कि तुमने मुझे अपना लिया—बस एक बार।"

माया ने आहिस्ता से दिलीप के अंकपाश से छूटकर अपने वस्त्रों को ठीक किया। फिर उसने तनिक मुस्कराकर कहा, "सब कुछ तो करुणा कर चुकी।"

"कसकर मुझे बाँध दिया, तुम्हारे पल्ले में। अब छुटकारे की तो कोई राह ही नहीं दिखती।"

"तुम छूटने को छटपटा तो नहीं रहीं न?"

"तुम क्या देख नहीं रहे?"

"तुम्हारे इस 'तुम' ने सब कुछ सिखा दिया। माया, मैं जी गया। तुम कैसे जान सकोगी कि उसी दिन एक क्षण-भर देखने के बाद मेरे रक्त की प्रत्येक बूँद में तुम बस गई थीं। तब से अब तक एक क्षण को भी मैंने तुम्हें भुलाया नहीं और उस दिन जो होश में आने पर अपने पास तुम्हें बैठे देखा तो मुझे ऐसा प्रतीत हुआ कि तुम जैसे मेरी आँखों में से ही बाहर निकल आकर बैठ गई हो।"

माया की आँखों में एक नशा-सा छा गया। उसने आहिस्ता से कहा, "उस दिन तुम्हारी आँखों में मैंने क्या देखा था, जानते हो?"

"किस दिन?"

"जब हम लोग जा रहे थे और तुम बाल बखेरे पागल की तरह द्वार पकड़े सबसे पीछे खड़े थे।"

"तब क्या देखा था तुमने मेरी आँखों में?"

"तुम्हारी आँखों में मैंने अपने को ही बैठे देखा था।"

"सच कहती हो प्रिये, सच कहती हो। जब तुमने माँ की वह सौगात घड़ी मेरे हाथ पर रखी और उस समय जो तुम्हारी उँगली की पोर ने ज़रा-सा मेरा स्पर्श किया, तभी, उस क्षण तुम बरबस मेरी आँखों में बस गईं। और मैं उन आँखों में आँसुओं से तुम्हें अर्घ्य देता हुआ आज तक भटकता रहा हूँ।" उसने फिर खींचकर माया को अपने वक्ष पर डाल लिया।

माया ने दिलीप के वक्ष को आँसुओं से भिगो दिया। उसने काँपते स्वर से कहा, "मैं भी तभी से यहीं—तुम्हारी आँखों में आबद्ध रह गई। केवल मेरी देह वहाँ जलती-भुनती रही।"

"ओह, यह देह का पार्थक्य भी कितना दुखदायी था!" कह दिलीप ने माया को इस प्रकार अपने में समेट लिया, जैसे अब वह देह के पार्थक्य को स्वीकार ही नहीं करना चाहता। दोनों के नेत्रों से बहुत देर तक मूक-निर्वाक् अश्रुकण बहते रहे। बड़ी देर बाद दिलीप ने व्याकुल होकर कहा, "अब बाबूजी को मैं कैसे मुँह दिखाऊँगा, कहो तो माया?"

"परसों वे आ रहे हैं।"

"सच?"

"उन्हें जाने में बहुत कष्ट हुआ। बहुत ज़रूरी केस था—जाना पड़ा। पर चलते-चलते कह गए थे मुझे कि मैं तुम्हें एक पल को भी अकेला न छोड़ूं। और जब वे जा रहे थे, उनकी आँखें आँसुओं से धुंधली हो रही थीं, मैंने तो बाबूजी की आँखों में अपने आज तक के जीवन में सिर्फ उसी दिन आँसू देखे थे।"

"मुझ अधम को वे इतना प्यार करते हैं! मुझे तुम बताओ माया, मैं क्या करूँ? मैं तो उनकी तरफ आँख उठाकर भी न देख सकूँगा।"

कुछ देर माया निस्पन्द रही। फिर उसने कहा, "अब आराम करो। इन पागलपन की बातों को दिमाग से निकाल दो। जो अपने हैं, वे दो नहीं होते। उनके लिए उद्विग्न होने की ज़रूरत नहीं। बाबूजी ने तो उसी दिन तुम्हें माफ

कर दिया था, जब तुम्हारी चर्चा चलने पर मेरी आँख नीचे को झुक गई थीं। वे सब कुछ समझ गए थे। सब कुछ!" माया देर तक दिलीप के बालों में उँगलियाँ घुमाती रही। और दिलीप आँखें बन्द कर तन-मन से सुख-सागर में डूब गया।

40

अबोध शिशु की भाँति प्यार के अंक में भरकर, गीले पलकों से उसे निहारती हुई और अपना वरदहस्त उसके मस्तक पर फेरती हुई अरुणादेवी ने धीरे-धीरे सब कुछ दिलीप को बता दिया। उसके जीवन का इतिहास। कुछ भी छिपाकर न रखा। सब कुछ सुनकर दिलीप पत्थर की भाँति भावहीन, निश्चल, निश्चेष्ट होकर माँ की गोद में गिर गया। सब कुछ कह चुकने पर जब अरुणादेवी की वाणी मूक हो गई तो भी उसने कोई जवाब नहीं दिया। न वह रोया, न उत्तेजित हुआ, न हिला, न डुला। अरुणादेवी चाहती थी वह रो पड़े। आँसू बहाकर मन हल्का कर ले, पर ऐसा हुआ नहीं। फिर भी अरुणादेवी बहुत देर तक स्वयं भी मूक, मौन, निस्पन्द उसे उसी भाँति अंक में भरे बैठी उसके मस्तक पर हाथ फेरती रही बहुत देर तक। फिर आहिस्ता से उसका सिर तकिये पर रखकर चुपचाप उठकर कमरे से बाहर निकल गईं।

दिलीप उसी भाँति पड़ा रहा, निश्चल, निर्वाक्, निस्पन्द, एक शिलाखण्ड के समान। अरुणादेवी फिर आईं। डाक्टर आए, सुशील आया, शिशिर आया, करुणा आई, माया आई, रायसाहब आए और चले गए। किसी का कोई शब्द उसने ग्रहण नहीं किया। दिन बीता, रात बीती। फिर दिन और रात, फिर दिन और रात। लेकिन दिलीप उसी तरह नीरव, निस्पन्द, मूक, मौन, पत्थर की शिला की भाँति पड़ा रहा।

घर में अब सब कोई सच्ची बातें जान गया था। सबके मन चिन्ता और उद्वेग से भरे हुए, दर्द से कराहते-से हो रहे थे। क्या किया जाए, दिलीप क्या प्राण दे देगा? वह तेजस्वी, मेधावी, उद्‌ग्रीव तरुण है, भावुक है, रक्त उसका गर्म है—यह चोट क्या प्राणान्त कर देगी। रोते-रोते माया की आँखें फूलकर गुड़हल का फूल हो गई थीं। करुणा उसे अंक में भरे, "भाभी-भाभी"—बीच में इस प्रकार भरे स्वर में पुकार उठती जैसे उसका गला काटा जा रहा हो। परन्तु माया भी वैसी ही मूक, मौन, निस्पन्द पड़ी थी।

डाक्टर और रायसाहब परेशान कभी इधर और कभी उधर घर में चक्कर लगा रहे थे। बहुत बार वह दिलीप के कमरे में जा चुके थे, बहुत कुछ उससे कह चुके थे, मगर बेकार।

सिर्फ बानू दिलीप के पास नहीं गई। उसकी आँखों में आँसू भी नहीं आए। अरुणा ने बहुत बार उसकी मिन्नतें कीं, बहुत कहा, फिर एक बार वह दिलीप के पास जाए—परन्तु बानू ने हर बार 'नहीं' कह दिया। वह नहीं गई। अपने कमरे में अवाक् बैठी रही।

तीन दिन बीत गए। एक विचित्र विषादपूर्ण सन्नाटा घर में छाया था। प्रभात का समय। अरुणादेवी बानू के कमरे में जाकर चुपचाप उसके निकट खड़ी हो गईं। बहुत देर तक खड़ी रहीं। बानू ने उनकी ओर आँख उठाकर देखा भी नहीं, कुछ कहा भी नहीं। अरुणादेवी चुपचाप बानू का सफेद बर्फ के समान रक्तहीन चेहरा, जिस पर झुकी हुई पलकें और सम्पुटित ओष्ठ वेदना और निराशा की चरम घोषणा कर रहे थे—ताकती खड़ी रहीं। एक शब्द भी उनके मुँह में नहीं निकला। एकाएक उन्होंने देखा, एक छायामूर्ति ने कमरे में प्रवेश किया। दिलीप ही था। शराबी की तरह लड़खड़ाता, डग भरता हुआ वह 'माँ' कहकर बानू के सामने आ धरती पर गिर गया। बानू के दोनों चरणों पर उसने अपने सूखे, शीतल होंठ रख दिए।

बानू ने अपने दुबले-पतले काँपते हाथों से उसका सिर उठाकर छाती से लगा लिया। अब माता और पुत्र एक थे—नीरव, निस्पन्द, मूक, निश्चल, पत्थर की शिला की भाँति।

अरुणादेवी चुपचाप कमरे से बाहर हो गईं।

बहुत देर तक दोनों इसी प्रकार बैठे रहे। बानू के शब्द जैसे होंठों से निकलते-निकलते होंठों ही में समा गए। बड़ी कठिनाई से वह कह पाई "दिलीप!"

"माँ" कहकर दिलीप ने बानू को अपने अंकपाश में बाँध लिया। अब उसकी आँखों का स्रोत फूटा और गंगा-जमुना की धार वहाँ से बह चली। यह एक तरुण का रुदन था। जीवन और तेज से भरपूर तरुण का। जिसकी दुनिया ही बदल चुकी थी, मनसूबे ढह चुके थे, आदर्श छिन्न-भिन्न हो चुके थे। जो अब अपने ही लिए पराया था। परन्तु बानू की आँखें तो अभी भी सूनी थी। एक परम वीतराग जितात्मा योगी की भाँति वह अपने ही में गूढ़ बनी इस पार्थक्य में पुत्रवती होने का जैसे मूलमन्त्र पा रही थी किन्तु हर्षविषाद से दूर—बहुत दूर। इस बार उसने स्थिर कण्ठ में कहा, "दिलीप!"

दिलीप ने कहा, ''माँ!''

''दिलीप''—इस एक 'दिलीप' के उच्चारण ही में बानू ने सारा मातृ-भाव उंड़ेल दिया।

दिलीप ने पहली बार आँख उठाकर बानू का मुँह देखा। उन्मादिनी दृष्टि से। और उसकी वह दृष्टि उलझ गई बानू की पलकों पर, जहाँ वेदना के सातों समुद्रों में ज्वार आ रहा था। उसके दोनों काँपते हुए हाथ ऊपर को उठे। बानू के मुँह को उसने जैसे अपनी अंजली में भर लिया, जैसे शतदल श्वेत कमल झरझर झरते हुए जल सहित वह अंजलि में भर लाया हो।

उसने उसी भाँति बानू की आँखों में आँखें उलझाकर, उसी भाँति उस मुख को अंजलि में भरे हुए कहा, ''माँ!''

''बेटे'', बानू के होंठ फूट पड़े, ''तूने अपनी बदनसीब गुनहगार माँ की सूनी गोद भर दी, बड़ा सवाब का काम किया बेटे, खुदा तेरी उम्रदराज़ करे!''

''लेकिन माँ, क्या तुमने इस अधम को माफ कर दिया? इसे अपना लिया?''

''मैंने कभी यह उम्मीद न की थी कि तू मुझे माँ की इज़्ज़त और ज़िन्दगी देगा। मैं मरते दम तक तुझसे दूर—अनजान रहने की ठान चुकी थी।''

''क्यों, इस अधम पर इतना अविश्वास किया माँ, एक बार मुझे बुलाया क्यों नहीं?''

''क्या मैं तेरे साथ माँ की तरह पेश आई? क्या मैंने तेरे साथ संगदिली में कोई कसर रखी? दुनिया की कौन-सी माँ इस तरह अपने कलेजे के टुकड़े को दूसरे के हाथों देकर मुँह फेर सकती है?''

''लेकिन माँ, मैंने तुम्हारा तप भी देख लिया। तुम्हारी माँ की आत्मा भी देख ली। अब आओ चलें, दुनिया से दूर, जहाँ कोई हमारी जान-पहचान का न हो।''

''यह क्यों बेटे?''

''तो तुम्हीं कहो, इस दुनिया में मेरे खड़े होने की जगह अब कहाँ है?''

''यह बात तो अरुणा बहिन बता सकती हैं।''

''अब मैं क्या उन्हें मुँह दिखा सकता हूँ?''

''क्यों, क्या वे तेरी माँ नहीं हैं बेटे?''

''माँ हैं, लेकिन...''

''माँ हैं तो लेकिन क्या?''

"कैसे कहूँ, अब मैं बहुत-सी बातें समझ गया हूँ माँ। उन सबकी भलाई भी इसी में है कि हम लोग यहाँ से चुपचाप चले जाएँ। उन सब बातों को आप नहीं समझ सकतीं, मैं समझता हूँ, माँ हमें यहाँ से जाना होगा।"

"लेकिन दिलीप, तुझे मैं एक गोद से छीनकर ले जाने की ताब नहीं रखती, मुझसे यह न हो सकेगा।"

"तब?"

"अरुणा बहिन ही की हमें पनाह लेनी होगी, वही हमें राह दिखा सकती हैं।"

"माँ, वे तो जीते-जी हमें छोड़ेंगी नहीं।"

"तब फिर बेटे, हमारा भी अब और ठिकाना कहाँ है! मैं तो सब कुछ छोड़कर अब उन्हीं के आसरे पर हूँ।"

"परन्तु आप माँ समझती नहीं हैं। उनके बच्चे हैं, उनकी ब्याह-शादी में बड़े झंझट उठ खड़े होंगे, उनका खानदान तबाह हो जाएगा। हमें यह भी तो सोचना चाहिए। हिन्दुओं की रीति-रस्म जात-पाँत के मामले बड़े टेढ़े हैं, हमें उनकी राह का रोड़ा नहीं होना चाहिए।"

"तो तू जो ठीक समझे वही कर, लेकिन सब कुछ उन्हीं के हुक्म से।"

"अच्छा, मैं उनसे बात करूँगा।"

41

जब दिलीप ने अरुणादेवी का एक भी अनुरोध-निषेध नहीं स्वीकार किया, तो अरुणादेवी ने हिचकियाँ लेते हुए रोष-भरे स्वर से कहा, "दिलीप, तू ऐसा ही निर्दय होना चाहता है तो अपने माँ-बाप की भले ही मिट्टी ख्वार करके चला जा—लेकिन माया की बात कुछ सोच। उस पर तो रहम कर।"

"उसे तुम समझा देना माँ, वह सब बातें अभी कहाँ समझती है? कुछ दिन में यह सब कुछ भूल जाएगी।"

"तू क्या उससे एक बात भी न करेगा?"

"न।"

वह पागल की भाँति उड़कर तेज़ी से बाहर चला गया। गाड़ी आ गई। अरुणा पछाड़ खाकर गिर पड़ी। अरुणादेवी ने बानू को कसकर अंक में भर लिया—हौले-हौले कहा, "बहिन, गरीब का धन लूट ले चलीं तुम!"

रायसाहब और डाक्टर सकते की हालत में खड़े थे। सुशील और शिशिर जार-जार आँसू बहा रहे थे। ''भैया, भैया'' कहकर दिलीप के पैरों में लिपट पड़े थे।

दिलीप ने लम्बे-लम्बे डग भरते हुए बानू से कहा, ''आओ, देर हो रही है।'' और वह गाड़ी में घुसा। परन्तु यह क्या? माया वहाँ चुपचाप, स्थिर, निश्चल बैठी थी। दिलीप को अपनी आँखों पर विश्वास नहीं हुआ। उसने हकलाते हुए, ''यहाँ क्यों?''

''मेरी मर्ज़ी।''

''लेकिन हम दूर जा रहे हैं माया।''

''चलो फिर, रोकता कौन है तुम्हें?''

''लेकिन...लेकिन तुम्हारा जाना तो नहीं हो सकेगा।''

''खूब अच्छी तरह हो सकेगा, मेरी अपनी आँखें हैं, अपना मन है, अपने पैर हैं।''

''माया, क्या मैं इस काबिल हूँ कि तुम अब इस समय मुझ पर गुस्सा करो? मानता हूँ कि क्षमा के योग्य नहीं, लेकिन रहम...''

दिलीप की ज़बान लड़खड़ा गई।

माया ने कहा, ''अब सब बातें क्या यहीं सड़क पर खड़े होकर होंगी? गाड़ी में बैठो।''

''नहीं।''

''तो घर में चलो—वहाँ चलकर जो कहना हो कहो।''

''चलो फिर।'' दिलीप ने भरे हुए स्वर में कहा। माया चुपचाप गाड़ी से उतरकर घर में चली गई। उसके पीछे दिलीप भी। सब चुपचाप देख रहे थे।

कमरे का दरवाज़ा भीतर से बन्द करके दिलीप ने कहा, ''माया!''

''ठहरो, पहले यह बताओ कि सब बात तय करने से पहले तुम मुझसे क्यों नहीं मिले? मुझसे क्यों नहीं पूछा?''

''मैं, मैं...माया...क्या इस योग्य रह गया, तुमने तो सब बातें जान ही लीं।''

''तो?''

''अब भला मैं तुमसे कैसे आशा कर सकता था! फिर इतना स्वार्थी भी नहीं हूँ कि तुमसे किसी कुर्बानी की दरख्वास्त करूँ।''

''तुम कितने स्वार्थी हो, इसका सबूत तो तुमने सदा से ही दिया है। और सबसे ताज़ा सबूत तुम्हारा यों मुँह मोड़कर भागना है।''

''मुँह मोड़कर भागने को छोड़ दूसरा चारा नहीं है माया।''

''सबसे मुँह मोड़ सकते हो, लेकिन मुझसे भी मुँह मोड़ चले। सो मैंने पत्थर के देवता को रोम-रोम में बसाकर उसकी पूजा की। सुनते तो हैं कि पत्थर के देवता भी सच्ची उपासना से प्रसन्न हो जाते हैं, अभीष्ट वर देते हैं, पर तुम पत्थर से भी निष्ठुर निकले। और क्यों न निकलते, हिन्दू तो तुम हो नहीं, फिर हिन्दू देवता का बड़प्पन तुममें कैसे आ सकता था!'' माया की आँखों से झरना बह चला।

दिलीप ने कहा, ''तुम्हारा इतना गुस्सा मैं बर्दाश्त नहीं कर सकूँगा माया! मेरी छाती फट जाएगी। मैंने कुछ और ही सोचा था, परन्तु तुम तो...''

''हाँ, अपने ही जैसा निर्मम, निष्ठुर, मूढ़ तुम दूसरों को भी समझते हो।''

दिलीप ने दोनों हाथ फैलाकर कहा, ''माया, हुक्म दो कि क्या करूँ।'' किन्तु माया अर्ध-मूर्छित-सी होकर झूमने लगी। दिलीप ने लपककर उसे अपने अंक में भर लिया। माया ने सिसकते-सिसकते कहा, ''तुमने मुझे छोड़कर चला जाना इतना आसान समझ लिया था?''

''वाह माया, मैं हिमालय का उल्लंघन कर रहा था। तुम्हारे मन की मैं समझ गया। सच पूछो तो मैं केवल तुमसे ही भाग रहा था—केवल तुमसे; इसी से मैंने माँ का, बाबूजी का, पिताजी का, किसी का भी अनुरोध नहीं माना। मैं क्या जानता था कि तुम मेरी हो, किन्तु एक बार अपने मुँह से कह दो तो।''

''मैं तो यह भी नहीं जानती कि तुम तुम हो और मैं मैं हूँ। परन्तु अंत में तुमने मुझे निर्लज्ज बनाकर ही छोड़ा।''

दिलीप ने दोनों बलिष्ठ हाथों में माया को अधर आकाश में उठा लिया। उसने कहा, ''माया, लो इन प्राणों को संभालो, ये तुम्हारे हैं। चलो, माँ को प्रणाम कर आएँ।''

और जब दोनों ने आकर दोनों माताओं के चरणों में, जो अभी परस्पर बद्ध खड़ी थीं, अपने को डाल दिया, तो बानू ने माया को उठाकर छाती से लगा लिया और दिलीप ने फिर रायसाहब की चरण-धूलि ली, डाक्टर के चरणों में माथा टेका।

एक चमत्कारिक नाटक देखते-देखते हो गया। बानू और अरुणा के अंकपाश में बँधी हुई माया घर में चली गई। डाक्टर दिलीप को छाती से लगाए ड्राइंगरूम में घुस गए। गाड़ी में लदा सामान उतार लिया गया। रायसाहब कुछ क्षण स्तब्ध खड़े रहे। फिर उन्होंने आँखों की कोर से आँसू पोंछकर पास खड़े सुशील से कहा,

''देखो बेटा, एक अच्छा-सा बैंड तो अभी लेकर आओ, और तुम शिशिर, ज़रा मेरे साथ चलो।'' वे कन्धा पकड़कर एक प्रकार से उसे घसीटते हुए, उसी गाड़ी में जा बैठे। कोचवान को हुक्म दिया, ''चलो, ज़रा चाँदनी चौक।''

42

और उस दिन की संध्या उस दिन के प्रभात से कुछ दूसरे ही ढंग की थी। सारा घर रंग-बिरंगी ध्वजा-पताकाओं से सज रहा था। रंगीन बत्तियों के प्रकाश से कोठी जगमगा रही थी। बैंड बज रहा था, शहनाई तान अलाप रही थी, आगत मेहमान भड़कीली पोशाक पहने हँसते-हँसते जा रहे थे, मुख्य द्वार पर डाक्टर अमृतराय और अरुणादेवी आगत-समागतों का स्वागत कर रहे थे। लोग बधाइयाँ दे रहे थे; मिठाइयों के, मेवों के थाल घर में आते जा रहे थे। रायसाहब एक आरामकुर्सी पर पड़े सिगार का धुआँ उड़ा रहे थे, और सामने यज्ञदेवी पर वेदपाठ और मंगलगान के साथ दिलीप कुमार का मायादेवी के साथ शुभ विवाह हो रहा था। बानू आगत मेहमानों के बीच बैठी, वर-वधू की जोड़ी की बड़ाई की चर्चा में भाग ले रही थी।

□□□